中国专业作家
小说典藏文库

中国专业作家
小说典藏文库

像纸片一样飞
阳光下的故乡

陶纯 著

中国文史出版社

写作的意义（代序）

关于写作的意义，以前我并没有过多考虑，就像我没有过多考虑人生的意义一样。人们活着为了什么？若要刨根问底寻找答案，可能有很多——有人为了贪图享乐，追求欲望的充分满足；有人为了事业的成功，一生孜孜不倦；有人为了一己私利，一辈子只知索取，不知奉献；有人稀里糊涂过一辈子，也不知道为了啥……

同样，写作为了什么？

用世俗的看法，不外乎下列几种：一是为了初心和梦想；二是为了名利；三是把写文章当作梯子往上爬，谋取官位；四是为了养家糊口。

关于写作的意义，古今中外的伟大作家有很多高论。《左传》上说，人生有三不朽：立德、立功、立言。立言即指具有真知灼见的言论文章，它能流芳百世。曹操的儿子曹丕似乎站得最高，他在《典论·论文》中说："盖文章，经国之大业，不朽之盛事。年寿有时而尽，荣乐止乎其身，二者必至之常期，未若文章之无穷。"意思是文章它能关乎国家兴亡，是治理国家必不可少的重器，是万代不朽的大事业，人的寿命、荣乐随时会中止，而好文章会代代相传，所以写文章要用心。杜甫在《偶题》一诗中说："文章千古事，得失寸心知。"意思是文章是传之千古的事业，而其中甘苦得失只有作者自己心里知道。龚自珍在《咏史》诗中说："避席畏闻文字狱，著书都为稻粱谋。"意思是，文人骚客一听到文字狱的事就胆战心惊，离席而去，他们著书立说的目的只是为了生活糊口，不敢揭露社会的阴暗面。法国作家大仲马说："历史是

1

一颗钉子，在上面挂我的小说。"大仲马很自信，他把自己的作品当成了历史的一面镜子，事实上他也做到了。阿根廷作家博尔赫斯说过："我写作不是为了名声，不是为了特定的读者，我写作是为了光阴流逝使我心安。"可见他是一个淡定的写作者。巴金说："我写作不是我有才华，而是我有感情。"巴金先生非常平易近人，不故弄玄虚。鲁迅说："文章怎么写，我说不出来。"鲁迅先生此话并非谦虚，他可能想说，作家是课堂上教不出来的，作家需要天赋，文无定法，没有现成的路数教你们成功……

若问我写作为了什么？

为了名利吗？肯定有这个因素，否则就缺乏某种动力，而现实又很严酷——只有成功，才能获取名利。为了往上爬？真没想过，我比较散漫，心直口快，不适合当领导，事实上我一辈子只是一名专业创作员，从没担任过任何官职，连个班长、小组长都没干过。为了初心和梦想？这个没问题，绝对是，我主要是为初心和梦想而创作。为了养家糊口吗？我开始写作的时候，已经是一名军官，生活说得过去，吃饭不成问题，也没想着靠写作发大财，所以这条不成立。归根结底，对于我来说，写作是我生命的一部分，是生命和灵魂的需要，写作于我就像空气和阳光，不能离开。写作照亮了我的生活，使我有勇气面对艰难困苦和悲观孤独……

我们的生活中，几乎干什么都要花钱，大概只有三样东西不要钱：一是阳光，二是空气，三是文字。这三样东西，是可以随便取用的，不用掏腰包。我觉得自己这辈子很幸运很幸福，把三样东西都占了。

我女儿劝我，你光会写不行，还得学会吆喝。我说，先写出好东西再说吧。文坛就像官场，并不是坐在高位上的都是好官，文坛上有些名气大的，也没见他写出什么让人服气的大作。文坛犹如一池水，水上面难免有泡沫，泡沫浮在最上面，阳光一照，花花绿绿，可能很好看晃眼，人们首先看到的就是泡沫，但它是虚的。自己既然做不了泡沫，那就做一颗水中的石子吧，石子不显山不露水，沉甸甸地在下面卧着，多少年之后，泡沫没了，但石子还在。

我还想说，有时候，写作与创作不是一个概念，写作与创作的区别在于写作是物理反应，而创作是化学反应。真正的创作是创新——塑造新的人物，描写新的生活，发掘新的细节，抒发新的情感。

特别感谢中国文史出版社，使我的主要作品以这种形式与读者见面。这不是我写作的终点，而是又一个起点。

此为序。

陶　纯

2018 年 5 月 13 日

目　录

像纸片一样飞

阳光下的故乡

像纸片一样飞

第 一 章

　　下午四点，阳光仍旧灿烂，甚至更烂漫了。西天的霞光浩浩荡荡奔涌而来，把整个城市涂抹得像一个浓妆艳丽的女人。这个时刻的它开始不安分了，有了蠢蠢欲动的念头，有了一点儿淫荡的味道。

　　不过，何一为却没有心思和兴趣体会城市在一天里的细微的变化。他急匆匆地赶路。马路上已经有了落叶，是法国梧桐的叶子，宽大而明亮，很像是虚拟的油饼，一张张的，无序地铺排在还算洁净的路面上。走着走着，他眼前一亮，停下来。

　　估计就是这儿了。

　　在九月依旧逼人的阳光里，何一为费力地仰起脸来，望着面前这座高大雄壮的建筑物出神。不断有各种颜色各种款式的小轿车从何一为身边唰唰地驶过，带来一股股混合着浓烈汽油味的热风，在他身前身后旋转奔突。约有一个足球场般大小的广场上，除了停泊得整整齐齐的小车，便是摇来摇去的红男绿女，偶尔有一两个身着深蓝色制服的保安出现在人们的视野里，他们的整束很像军阀混战年代的仪仗队员。大厦门前的喷水池放射出五颜六色的光芒，仿佛是一个永远也无法消失的梦境。

　　何一为来到省城刚刚半个月。他身穿纯白色的的确良短袖上衣，下身着一条深蓝色的长裤，脚蹬回力牌白胶鞋，衣服由于换洗不及时而染上了淡淡的汗渍。他的头发长而凌乱，眼神飘忽不定，流露出一种怯怯的成分，明眼人不难发现，他是一个外地人。

何一为来自离此五百里外的一座小县城，他考上了省城一所最著名的大学。半个月前，他走下长途汽车，双脚刚一踏上省城的柏油路面，心里就咯噔咯噔响了一阵，一种说不清道不明的亲近感由表及里，狠狠咬噬着他。后来他想，他有这种感觉一点儿都不奇怪，因为他原本就是这座城市的人。十六年前，他们全家搬离了省城，从此他就与这座城市断绝了来往。但现在，他又来到了这里，他不知道自己以后的路怎么走，他只知道他是作为一个外地人闯进这座城市的。

这座城市会接纳我吗？会接纳我吗？他一遍遍地想这个问题。到后来又变成了他一遍遍地问自己，我能喜欢上这个光怪陆离的城市吗？

他得不到任何答案。

他们全家搬离省城的那一年，何一为才五岁多一点儿。在他闪烁不定的记忆中，他家住在城东靠近市中心的剪子巷。那是一条曾经挺有名的巷子，一切都显得古色古香。剪子巷19号就是他的家。那是一座老式的四合院。是他的祖父在这座城市刚解放时，用攒了一辈子的钱买下来的。祖父祖母去世之后，房产就落到了他父亲名下。到这时，房屋都很破旧了，屋顶上的瓦缝里长满了荒草，风一吹过就发出沙沙的响声；院子倒挺大，铺着青砖，由于年深日久，青砖早变成了土地一样的黑褐色；院子中央生长着一棵枝繁叶茂的洋槐树，每年春夏季节都有一些"吊死鬼"拖着长长的丝线晃来晃去，稍不留意，它们就会钻进你的脖颈儿里。那时，年幼的何一为没有朋友，他就捉"吊死鬼"玩，有一天，他捉了满满一洋铁盒，又把它们放进了父母床上的被子里。晚上睡觉时，他的母亲被满床的肉虫子惊呆了。他的父亲气得咬牙切齿，照他屁股就是一巴掌，然后又怒气冲冲地说："我他妈的早晚要亲手刨掉这棵该死的洋槐树！"

然而没等他的父亲实施刨树的计划，他们一家就给撵到了五百里外的地方。后来在父亲最悲惨的日子里，有一天父亲突然说："也不知咱家那棵洋槐树咋样了，我很想念上面那些'吊死鬼'……"

　　母亲冷笑一声，接过话茬儿，恶声恶气地说："你还有脸提这些！我们混得人不是人鬼不是鬼，都是你一手造成的！……"

　　父亲叹口气，说："是呀，我他妈的连那些'吊死鬼'都不如啊！……"

　　他们家一系列的不幸的变故完全与父亲有关。是父亲一错再错，改变了全家人的命运。

　　半个月前的一天傍晚，二十二岁的何一为扛着简单的行李走下长途公共汽车。下车后他做的第一件事，就是在路边的一个小摊上花五角钱买了一份省城导游图，然后他借着路灯昏黄的光亮迫不及待地仔细研读，但他找来找去，就是找不到剪子巷。到学校报上到后，他又找人打听，有谁知道剪子巷在哪儿？系里的一位副教授说，他在本城待了十多年，从没听说过有这样一条巷子。何一为当然不死心，继续找人打听，甚至不惜跑到学校图书馆翻阅省城十多年前出版的旧报纸，企图从那上面找到答案，终是一无所获。直到开学后的第二个星期天，在校门口摆摊修鞋的一位老大爷告诉他，先前城里确实有一条名叫剪子巷的小胡同，离市政府不远，但"文化大革命"时改名叫红卫巷，"文革"结束后又改名叫青年路，那地方不难找，因为本城最高的大楼——五星级的金鼎大厦就矗立在那里。

　　何一为舒了口长气。他匆匆谢过修鞋的老头，顾不上回宿舍，蹽起双脚就上了路。这些年里，城市的变化真是太大了，几乎一天一个样儿，快得让人甚至来不及琢磨。比如脚下这条宽阔的马路，何一为相信当年他的父亲和母亲一定带着他从上面走过，但现在马路以及它两边的建筑早就面目全非了。虽然何一为已经意识到人间所有的一切都不过是过眼烟云，但此刻他仍然感到兴奋。远远地，他看见了那座巧克力色的大厦，它直插云天，仿佛想去拥抱日月。

在走进大厦广场之前，何一为好奇地同路边一个摆烟酒饮料摊的小伙子攀谈了几句。小伙子神神秘秘地告诉何一为，金鼎大厦春天刚刚开张，它是本城唯一的一家五星级宾馆，十五层以上专门接待外国人，每天都有大批的妓女前来服务，每到夜晚就播放黄色录像，警察绝不干预。小伙子吐了个烟圈，暧昧地说："怎么？你想进去试试吗？不过，没钱的话进去可就出不来啦！妈的，那里面一罐饮料都卖到二十块钱，可照样有人买……"

何一为脸腾地红了，赶紧离开了小伙子。

现在，何一为站在九月温煦的阳光里，费力地、久久地仰起脸，他怎么也数不准金鼎大厦有多少层，是三十一层、三十二层，抑或是三十三层？

具有悠久历史的剪子巷早就不存在了，取而代之的是大厦门口的这条名为青年路的平坦马路。金鼎大厦是青年路的象征。过去这一带的老房子也都不见了踪影，周围全变成了整齐的高层民居和餐馆商场。直觉告诉何一为，剪子巷19号——他的出生地就是面前金鼎大厦主楼的位置，如今，那座古老的四合院，还有那棵枝繁叶茂的洋槐树，被这座冰冷的高大建筑物压在了身下，再也没有出头之日了……

何一为感到脖子酸疼。这时，一个大块头的保安朝何一为走过来。保安犹犹豫豫地说："先生，您有事吗？"听口音，保安不像是本地人。

何一为猛一愣怔，忙说："噢，不不，我随便看看。"

往外走的时候，何一为禁不住想："这个地方，这个金碧辉煌的地方，它就是我的伤心之地！"

他几乎是咬牙切齿地决定，以后再也不会到这个地方来了。

第 二 章

二十世纪八十年代初期和中期，大学校园差不多就是中国大地上最迷人的地方。

起初，何一为并不引人注目。主要的原因是他落落寡合，喜欢独处。他甚至没有一个朋友，除了上课，他常常一个人到外面散步，显得很是孤独。在大学校园这种才子佳人层出不穷的地方，在大家初入校门忙着广交朋友、高谈阔论、愤世嫉俗、谈情说爱的时候，他的沉默寡言的行为方式使别人暂时忽略了他。

其实，单看外表，何一为确实又是一个十分出众的人。一米八几的个头，魁梧之中蕴含着动人的灵秀，宽阔而高耸的额头流露出智慧的光芒，面部的线条生动而有力度。眼窝深陷，使人想起碉堡的射击孔，那里面射出的目光就显得深邃、专注和浪漫。从侧面看去，他很像西方的电影明星，酷极了。他衣着整洁，身上穿的虽然没有一件名牌，但朴素和洁净依然能够成全他。他的学习成绩据说一直不错，总是排在班级前几名，然而大学不像中学，在大学里，又有谁在乎你的学习成绩呢？反正好赖都能毕业。所以，很多人都感到，读大学是最没有压力、最自由自在的时光。

一年之后，有一个名叫丁冬的女孩子终于注意到了何一为。

他们熟悉了之后，丁冬有一次好奇地问何一为："你为什么这样孤独？这就是你的性格吗？”

何一为双眉紧锁，不假思索地说："我喜欢这样。因为我明白，我很难喜欢别人，别人也轻易不会喜欢我。"

这样的回答令丁冬不知所措，无言以对。

丁冬个头不高，留着男孩子样的短发，皮肤白皙，眼睛不大，鼻尖略略上翘，嘴巴也显大了一点儿，不过在有些人眼里，这种长相是比较性感的。其实，在佳丽成群的大学校园里，丁冬的相貌只能算中等偏上。她来自一座美丽宁静的海滨小城，父母都是知识分子。她属于典型的小家碧玉，庄重而不失激情，执着而不偏执。

何一为和丁冬同级不同班。在长达一年的时间里，他们虽然经常在路上、教室或者食堂里相遇，彼此很面熟，可能也知道对方的名字，但从未说过一句话。何一为总是一副目不斜视、旁若无人的样子，见了女性更是如此。丁冬当然也不会主动与他攀谈。如果说大学校园是个非常迷人的地方，那么，学校食堂便是校园里最不迷人的地方，每到开饭时间，几百名甚至上千名学生一拥而进，里面的混乱劲儿可想而知，使人想起灾荒年代的赈济场所。更要命的是，某些脸皮厚的男同学总是借机起哄，在女同学身前身后蹭来蹭去，占点儿说不出口的小便宜。这似乎也成了他们乐此不疲的事情。

这一天，丁冬被人簇拥着走进食堂，里面已有了很多人，乌烟瘴气的，乱得不能再乱。排队打饭时，丁冬猛一回头，发现她后面站着的不是别人，正是平时沉默得像块石头的何一为。越往前走队伍越乱，接近打菜窗口时，有人开始从后面大力起哄，丁冬觉得自己仿佛处在风口浪尖上，给推搡得喘不动气，呼吸困难。她忍不住冲后面说："请慢点儿，好不好？"何一为比丁冬高出整整一个头，丁冬看他时须吃力地仰起脖子。她看到何一为脸红了红。突然，又一个浪头过来，何一为热乎乎的胸膛完全贴在了丁冬身上，丁冬不由恼了，用力朝何一为扛了一肩膀，火气蛮大地说："讨厌！德行！"

何一为的脸瞬间变成了猪肝色，他支支吾吾的，一句完整的话也说不出来。确实是冤枉他了。排在何一为后面的一个留着小胡子的男同学用筷子使劲敲了一下搪瓷碗，嬉皮笑脸地接话道："丁冬同学，不是德行是惯性，懂吗？"他的话引起一片哄笑声。

就在这时，丁冬感到自己背后松快了一些，扭头看时，发现何一为已经不见了。她意识到自己刚才的举动可能伤害了何一为。其实一点儿也怪不着何一为，他也是被后面的人推搡着往前走的。草草吃了几口饭，丁冬没有回宿舍，而是朝男生宿舍的方向走，她希望能碰到何一为，找他解释几句，不然她心里不安。

走到离男生宿舍区二十多米远的地方，丁冬就看到何一为从另一条小路走过来，手里拿着一块面包，边走边啃。见到丁冬，他愣了愣，快速把嘴里的食物咽下去。丁冬迎上几步，笑笑说："刚才对不起，实在对不起，我不光是针对你的……"这是丁冬有生以来和何一为认真说的第一句话。

何一为却说："你骂得对，我们这里确实有很多人让人讨厌，缺乏德行。这哪是大学生啊？我看和盲流差不多！"

扔下这句话，何一为昂首向前走去。从那以后，丁冬很少再在食堂里见到何一为，他变得好像更加沉默寡言了，几乎不和任何人来往。

不久之后的一天晚上，丁冬再次遇见了何一为。九点多钟，丁冬从教室出来，往宿舍的方向走，路过空荡荡的大操场时，模模糊糊看到了一个有些熟悉的身影。好奇心引领着她朝那人走去。近了一看，原来是何一为。何一为一个人孤零零立在操场的中央，正双手掐腰，仰天长望，并未注意到丁冬的到来。丁冬原本不想打扰何一为，但正值青春期的她有着强烈的和人说话的欲望，尤其是面对何一为这样一个与众不同的异性。于是，丁冬轻咳一声，说："喂，何一为同学，你在干什么？"

何一为收回目光，仔细看了一眼丁冬，认出是她后，说："是你呀。"何一为这个晚上的情绪不错，他接着说，"是这样，报纸上讲，今晚有一颗彗星将经过地球，天气好的话，能看到它奇特的光亮。"

丁冬咯咯笑了起来，心想这人真有意思，居然像小孩子一样，有那么重的好奇心。于是，她问他："你对天文学感兴趣？"

"不不，我只是看看。"何一为忙说。

丁冬又问："几点钟？"他说："十点三十分左右。"丁冬说："时间还不到啊，天气也不算好，可能看不到的。"何一为勾了勾脑袋，重新抬起头来，认真打量着天空。天上没有月亮，好像有点儿阴，露水很重，空气湿漉漉的，只能看到少许几颗并不明亮的星星，因此丁冬认为他的举动将会是徒劳的，甚至有几分可笑。

然而，何一为在夜色里却用极其执拗的口气说："十点三十分只是科学家的大致的预测，不一定那么准确，我想我耐心等下去，会看到的。"

呼呼的风声带来深秋的凉意，丁冬打了一个寒战。何一为的认真劲儿已经多多少少感动了丁冬，但她很快就离开了他，因为她并没有陪他看什么彗星的兴趣，她仅仅是感动于他对某些事物的执着。熄灯之后，丁冬趴在双人床的上铺，这个位置正好可以看到操场的一角。她远远地朝大操场的方向张望，隐隐约约感到何一为仍然孤立在空荡荡的操场上，像一个不知疲倦的稻草人。她睡醒一觉后，趴在床上往外看，何一为好像还一动不动地站在那里。丁冬突然觉得有点儿恐惧，仿佛何一为真的变成了稻草人，或者只是一副人类的躯壳。

第二天去大教室上课时，丁冬特意走到何一为面前，小声问道："昨晚你看到彗星了吗？"

何一为尴尬地笑了笑，异常认真地说："我一直等到深夜，天上有好几颗流星划过，我不知道哪颗是我要等的，也许它已经过去了，可我并没有发现它；也许我要等的一直没有出现，甚至永远不会出现了……唉，真是弄不清啊……"

丁冬再一次为何一为的认真劲儿感到惊奇。望着他远去的背影，她陷入了长长的沉思。

但这仅仅才是开始。

第 三 章

何一为真正被丁冬爱上，或者说他也爱上丁冬是在他们读大三的时候。

按说像他们这样的年龄，又处在那样一个开放的环境里，应该说对任何事情都会感兴趣：政治、经济、哲学、社会、人生、前途、欢乐、痛苦、足球、排球、电影、小说等，当然还有性。性是人们蔑视传统的最有力的武器。性可以使人发狂，使人忘却一切。那时在校园里没坠入爱河的人少得可怜，每逢夜晚来临时，男男女女相亲相爱的影子满世界都是，空气浓烈得连他们自己都感到呼吸不畅。尤其是周末，有些女孩子用最快的速度化好妆，跟着来接她们的人，像一只只飞走的蝴蝶，坐豪华轿车到外面消遣，甚至彻夜不归。

到这时何一为仍然按兵不动，我行我素，谁也不知道他葫芦里卖的什么药。

丁冬比他积极。丁冬先是和外语系的一个男同学好了一阵，那家伙嘴里不断冒出的像葡萄串一样的英语单词越来越令她反胃，索性和他"拜拜"了。不久，她又和经济系外贸专业的一个研究生好上了，这人名叫汪家林，当时正面临毕业。据说学经济专业的人找一份好工作一点儿问题没有，因为那时社会上各行各业都需要经济专业的人才，所以汪家林一点儿也不着急，一心一意和丁冬谈恋爱。

12

汪家林比丁冬大好几岁，家住本市，看上去他很腼腆，戴一副近视眼镜，文质彬彬。其实汪家林追女孩子的手段却像老练的贪污犯一样高明，不长时间，丁冬就被他搞得神魂颠倒，要死要活。

他们的关系发展迅速，丁冬差一点儿就把自己完完全全交给汪家林了。当时她之所以对汪家林有所保留，并不是她多么看重贞节，她觉得处女膜只是一种外在的形式，仅此而已。她认为，一个女人是否具有坚定的贞节，不应该光看形式，而应该主要看她是否将心真正地交给她所爱之人，这才是最关键也是最重要的。

有时，丁冬甚至觉得处女膜是一个累赘，因为它会妨碍她去做自己想做的事情，毕竟有它在，是一个障碍。要想打破这个障碍，需要积攒一点勇气。

就在丁冬准备将自己委身于汪家林时，一件意料不到的事情发生了。

丁冬和汪家林混熟后，正赶上天气转暖，他们基本上夜夜相聚，前半夜外出，后半夜再回各自的宿舍。夜幕降临了，她和汪家林相伴来到校园北面的小山上，在松林中的草地上，他们或躺或坐，交谈、拥抱、接吻、小憩。周围都是人，和他们一样的人，大家细语梦回，娇声呢喃，或是呻唤不已，死去活来。这种千篇一律的声音汇合在一起，生动而迷茫，宛若来自天堂，能使走近它的人受到深刻的感染。

夏季来临后的一个平平常常的夜晚，丁冬和汪家林同往常一样在松林间的草地上消磨时光。他们重复着过去的动作，激情在他们的身体里冲撞，全身都似着了火一般。丁冬想自己快不行了，眼看汪家林就要得手了，这家伙的动作是那么狂放，使人感到他肯定有不少类似的经历。丁冬极力提醒自己：注意呀，当心呀，事情可不那么简单！但她仍然无法掌握自己，身体就像一条行驶在惊涛骇浪中的小船，被大水冲得七摇八晃，眼看就要沉没了……而且，提醒已经不起作用，仿佛她的灵魂早就游离出了躯体，她只能越陷越深。在这样的时刻，人总是身不由己的，由此看来，人是多么脆弱无力，多么可怜无助。

丁冬感到痛苦不堪。

就在这时，就在这个极其危险的关头，老天爷出来干涉了——突然刮起了大风，是那种又凉又硬又急的风，伴着电闪雷鸣，它预示着一场大雨即将来临。大风撕扯着柔软的松枝，卷起地上的破碎纸片和草屑，密密麻麻的纸片草屑在他们头顶飞舞，像在为他们举行含有灾难意味的特殊仪式。片刻工夫，风变小了，接踵而来的是黄豆大的雨点从天而降，大地一片白茫茫的。数不清的人从松林里钻出来，仓皇奔逃，有的边跑边穿衣服，那样子仿佛刚从被窝里爬起来跑去救火。汪家林拉起丁冬就往宿舍跑，丁冬感到脚下没根，双腿直打战，怎么也跟不上汪家林的节奏，几次差点儿摔跤。

跑着跑着，丁冬心里突然咯噔一下，就觉得有件极为重要的事情等待她去做，而且必须立刻去做。于是，她放慢了步子。汪家林疑惑不解地望她一眼，说："你怎么啦？"

丁冬回望了他一眼，说："你先回去吧，我想一个人走走。"

汪家林急了，大声说："你疯了吗？还不快走！"

丁冬说："我没疯，我怎么能疯，我只想一个人随便走走，请你先回吧！"

汪家林泄了气，他抹了把脸上肆意流淌的雨水，无奈地说："那好吧，我陪着你走，咱俩一块儿淋雨。"

丁冬不知哪来的无名火，她使劲推了汪家林一把，生气地说："谁用你陪，我现在不希望别人陪！"

事后想起来，正是这场不期而至的大雨改变了丁冬未来的生活道路，尽管她当时没有察觉到。如果说她的选择是一个错误的话，那么，错误就是这一刻铸成的。它很容易使人想起，人时时刻刻处在要命的十字路口上，稍不留意就会走向别处，甚至走向万劫不复的境地。当然，丁冬当时不可能想到这些，她只是觉得一件顶顶重要的事情正等待她去做，她无法抗拒。汪家林也有点儿生气了，他百思不得其解地悻悻离开后，丁冬平静了一下自己，顺原路走回松树林。这时雨似乎小了一些，不过雨点仍然很密集。

一道闪电唰唰而来的瞬间，丁冬眼睛一亮，她看到了何一为。何一为坐在松树林中央一张快要散架的竹椅上，像一件远古时代的雕塑，纹丝不动，任凭雨水浇灌。短暂的黑暗过后，又一道闪电普照大地，借助惨白的光亮，丁冬飞快地注视何一为。天哪，此刻在丁冬的眼里，何一为是那么高贵，那么英俊，那么独特和不凡，那么高不可及……记忆的闸门瞬间打开了，记忆的潮流汹涌包围了丁冬，她想起那次在食堂里他如火的胸膛和通红的脸颊，想起他痴痴仰望彗星的那个夜晚，想起两年来他们相遇时多少次的眼神交流，想起他与众不同的性格和行为，心里虚得不行，时间也仿佛凝固了。

其实经过较长时间的淘洗，丁冬早就感觉到了何一为的魅力，只是她尚来不及细细琢磨，或是琢磨不透罢了。正因为琢磨不透，所以才更吸引人。很多时候都是这样，当你对一个人琢磨得太透时，也许他的魅力正在悄悄消失。

在那个瞬间，丁冬意识到自己已经逐渐成熟了，轻浮和冒失已从身边溜走，深沉的而不是故作深沉的男人在她的心头占据了越来越重要的位置，而何一为似乎比任何男人都具备这两个字：深沉！

奇怪的是三年来并没见哪个女孩子疯狂地爱上何一为。也许有人爱过，但丁冬不知道。对于这样一个出类拔萃的人，你不去爱他，这不是天大的罪过又是什么？"老天爷，我们这些自以为聪明的女人真是昏了头！我们到什么时候都不能原谅自己。我们真应该狠狠地甩自己两个嘴巴！……"想到这里，泪水盈满了丁冬的眼窝，然后混合着雨水往下滚落。

直到这时，丁冬才算明白了她刚才突然的、神经兮兮的举动。

无疑，她要寻找的正是何一为。此刻，已经被冰冷的雨水浇灭的激情再一次在她的体内膨胀，巨大的幸福感几乎将她击垮。她扶住身边一棵幼小的松苗，仿佛在汪洋中抓住了一根救命稻草，然后大口大口地喘气。她想到，在此之前，她所有的爱情经历都好像是一场缺乏实质性内容的预演，那一切都不过是为了迎接这一刻的到来……

又一个闪电照亮了他们。何一为缓缓站起来。黑暗中，他的眼睛闪耀着异样的光彩。

后来，何一为终于承认，他封闭已久的心灵也是在这个时刻打开的。

"你……你在这里干什么？"丁冬抢先发问。她怕何一为问她，因为她不知道该如何回答。

何一为向前移动了两步。丁冬也向前挪了两步。他们的姿势就像去朝圣一样。愣了愣，何一为说："我在等待。我也不明白我在等待什么，我只是等待。"

天哪！他仍然在等待。在这样一个少见的风雨之夜，他等待，她寻找，难道这不是上苍有意安排的吗？……泪水在丁冬的脸上汇成了小河，她看不清何一为的脸，但她觉得她听到了他咚咚的心跳，他的心跳像被擂响的小鼓那样。随后，她跌跌撞撞奔向何一为，犹如一个被抽走了骨头的人，软软地倒在了他的怀里，他用坚实的臂膀托住了她。

"你一定是在等我。"丁冬抽泣着说。

"……我也说不清楚。我仅仅是在等待。真的，我说不清楚……"何一为好像很吃力地说。

"不，我不想听你说这样的话……"丁冬伸手去捂何一为的嘴。

何一为的热泪滴落在丁冬的脸上。他柔柔地叫了一声："丁冬。"

他一定是被丁冬感动了。丁冬说："我爱你。"何一为说："我也爱你。"又说，"我没想到你会这样爱我。"

接下来，他们像是听到了同一个命令，双双倒在雨水横流的草地上，忘却一切地亲吻。雨水和着泪水在他们脸上肆意流淌，他们嘴里满是甜蜜的水珠。再后来他们抱得更紧。他们边疯狂地亲吻，边在泥水中用力翻滚，从东到西，从西到东，从南到北，从北到南，就像压路机的轮子反复碾过新铺的道路那样。

不知过了多长时间，雨停了，风也停了，天上露出了亮光，四周一片寂静。他们都累得没有一丝力气了，舌头发麻，说不出一句话来；浑身上下满是泥水，仿佛刚刚从地底下钻出来似的。他们互相看着对方，都觉出了对方的陌生和可笑。何一为很困难地抱起丁冬，来到他先前坐的那张快要散架的竹椅跟前，坐好。竹椅摇晃了一阵，发出难听的响声。

他们好一会儿没说话。其实何一为这时的情绪已经发生了微妙的变化，但丁冬没有察觉到，她仍旧沉浸在巨大的幸福之中。何一为替丁冬擦了擦脸上的水珠，喃喃地说："丁冬，你知道吗？你是第十三个向我表示好感的女孩子。"

丁冬的脑袋轰轰地响了一阵。十三，是个不吉利的数字。突然而至的恐惧感令丁冬无言以对。但她并没有深想，一个无比幸福的人，在无比幸福的时刻，怎么可能想到灾难呢？

然而，灾难迟早会来。

何一为和丁冬相拥着，一直到曙光初现。天亮了，昨夜的一切都成了过去，何一为又恢复了先前的神态，仿佛什么都不曾发生过。丁冬说："一为，你累了，上午就别听课了，好好睡一觉。"

临分手时，丁冬又说："一为，我爱你，我永远爱你，请你不要忘记我。"说完，她踮起脚尖，轻轻吻了一下何一为的脸颊。何一为嘴角动了动，没有说什么。

此时的丁冬仍然没有想到灾难迟早会来临。丁冬甚至没有察觉到何一为的情绪已经发生了明显的变化。短暂的激情过后，何一为立即平静下来，像一堆被大水熄灭的火焰。而丁冬还像小时候那样粗心，这使她在以后的日子里倍感惭愧。

丁冬心里揣着一份甜蜜走了。

何一为默默望着丁冬小巧结实的背影在远处消失，他轻轻叹了一口气，觉得刚刚过去的这个夜晚像一个沉重的梦，沉重得让他透不过气来。

第 四 章

很快就要毕业了。

毕业生们到处托门子找熟人联系工作，有的几乎到了不吃不睡的地步。其实那个时候的大学毕业生不愁找不到工作，况且还有国家包分配，保证掉不到地上。大伙之所以忙忙碌碌，无非是想找个更理想的工作，最好留在省城或是去沿海的大城市，最好进那些有实权的或者挣钱多的单位。大家十年寒窗苦读，图的什么？不就是图能够得到这些炙手可热的东西吗？

那段时间，每天都有大量的小道消息流传，比如谁谁要进省委省府机关，谁谁联系好了电视台和报社，谁谁被某个官办的肥得流油的大公司挖走了，等等等等，不一而足。何一为却稳坐钓鱼台，一副闲来无事不管不顾的样子，哪儿也不去，就知道在宿舍里看小说。丁冬都为他着急，说："关键时刻，你怎么不把自己的事当回事呢？到时候后悔都来不及！"

何一为目光仍停留在书本上，打个哈欠，说："有那么严重吗？"

丁冬耐着性子说："一为，你也不想想，好庙就那么几座，别的和尚占了，你再去哪里找吃斋念佛的地方？指望学校统一分配不是个办法，不论什么事情，只要一搞统一就不好办。"

何一为说："得了，我去扫大街行不行？"看他那样子，仿佛事不关己。

丁冬给他气得牙根疼："何一为，你不食人间烟火，与这个时代太格格不入了。听我的，你最好到一个衙门去，没准能混出个名堂来。"

何一为古怪地笑了笑，说："是吗，我能混出名堂？可我怎么没感觉到？"

丁冬仿佛不认识似的打量了何一为好一阵子，她咬牙切齿地说："何一为，你是一个不可救药的人！"

这句话仿佛是一个谶语，说过之后，丁冬禁不住打了一个寒战。

丁冬发誓不再过问何一为的事情。

其实自从经历过那个暴风雨之夜以后，何一为和丁冬的关系就开始降温了。给人的感觉是，他们的爱情来得快，去得也快。最要命的是，和丁冬在一起时，何一为居然难有激情产生，他甚至连吻都不再吻丁冬一下。丁冬想，难道是他感到羞涩吗？他不应该这样的呀。她很想问问他，到底怎么回事，但她终究说不出口。

有一点可以肯定，何一为并不讨厌丁冬。除了丁冬，他不和任何女生来往。而在丁冬心里，她还是爱着何一为的，像那个激情澎湃的暴风雨之夜那样。这份爱很难割舍了。

好在这时候已临近毕业，几乎所有的谈情说爱者都降低了爱情的温度，把主要心思放在了毕业分配上。丁冬也是如此，所以她并未去深究她和何一为的感情到底出了什么问题。

丁冬反复告诫自己，只要胸中装着爱，就能摘到爱情的果实。

她还是过高地估计自己了。

她想她应该在毕业之际，认真问一问何一为，他到底还爱不爱自己。然而，没有等到她提出这个看似简单的问题，他们就毕业了，各奔东西了。不过她不怕，她有的是耐心。她想，时间会证明一切。

夏天，最炎热的时候，他们这一届同学挥泪道别。丁冬留在了省城，到一家青年报社当编辑。她终于可以舒口气了。

何一为和丁冬分别时，神秘地塞给了她一张纸条，上面写道："我厌倦这座城市了。我决定到一个山清水秀的地方，当一名乡村教师。"

看过纸条，丁冬苦笑了一下，顺手把它扔进了路边的垃圾桶。她想这家伙的脑袋确实有点儿毛病。不过，丁冬相信，神经兮兮的何一为还会回来的，他会败得一塌糊涂，而后死心塌地地留在这个城市里，选择一种大家彼此都能接受的生活方式。在他们的同学里面，像何一为这类神经兮兮的人，还有几个。

何一为当然会说到做到。他选择了南边的云水县。云水县离省城不是太远，有一年学校组织郊游时他们曾到过那里，那地方确实山清水秀，风景迷人，像一片未开垦的处女地。

丁冬预想的情况果真出现了——两个月后，大街上刚刚有落叶飘舞，何一为就风尘仆仆地回来了。他的头发和胡子已经有些日子没收拾了，这对于极其爱好整洁的何一为来说，是不可思议的。

他步履沉重地走下长途公共汽车。这使他想起，四年前，他就是这样走下公共汽车的。他和那时候一样，对前途感到茫然。城市拥挤不堪，他却感到面前空茫茫的。偌大一个省城，他居然连个藏身的地方都没有！

好在还有丁冬。丁冬是他唯一的希望和寄托了。

离别两个月，何一为只给丁冬写过一封信，是在他刚到云水县的头一个礼拜写的。他在信中动员丁冬最好辞去报社的工作，同他一样，到这个山清水秀的地方，干一件实实在在的事情。他说，人生苦短，干件有意义的事情是对生命的最大的尊重，在一家小报社当一个无足轻重的小编辑，太没意思了。

他在信封上并没有留下他在云水县的具体地址，所以丁冬想给他回封信都办不到。

何一为去青年报社找丁冬。丁冬见他一副疲惫至极的样子，吓了一跳。随即她哈哈大笑，是那种幸灾乐祸般的笑。丁冬故意用尖刻的语气说："乡村教师同志，别来无恙乎？"

何一为说："我很好，谢谢。就是……就是工作没落实。"

丁冬说："那么一个山清水秀的好地方，多迷人呀，没准儿还有漂亮的山村女教师等着和你喜结良缘呢！……"

何一为有点儿理屈词穷，尴尬地笑笑。丁冬心突然软下来，递给他一杯茶。他一饮而尽。

他一连喝下三杯茶，是那种装雀巢咖啡的杯子，又高又大。丁冬又跑到报社门口的包子铺，给他买来一斤猪肉包子。他狼吞虎咽，连斯文都不顾了，风卷残云一般把它们统统消灭光了，弄得半张脸都油乎乎的。丁冬喜欢这个样子的何一为，饶有兴味地看他吃。她觉得这个时刻的何一为显得更真实，也更实在。她喜欢他永远都是这种状态。

吃饱喝足之后，何一为提出去理个发，洗个澡。丁冬陪他到不远处的一家洗理中心。她耐心地坐在大厅里等他。他好好收拾了自己一番，走出洗理中心时，他又变成了先前的那个何一为，精干、讲究、深沉、帅气。

他们来到街心的小花园里，找个地方坐下。何一为给丁冬讲事情的原委。

两个月前，何一为兴冲冲地来到云水县教委，把自己的毕业证呈上，并谈了自己的想法。然而，教委的领导开始根本不相信他说的话，他们怀疑他的毕业证是伪造的，他本人是个骗子，要不然，堂堂省城名牌大学的毕业生为何到一个小县城来？要么就是他的脑子有毛病。后来他们往省城的学校挂了电话，核实了情况，才算相信了。他们打算把他留在县城一中，但何一为坚持去一个偏远的乡村，越远越好。在他再三要求下，他被分到了离县城四十公里远的小店子中学。

"我非常喜欢那个地方。"何一为说，"青山高，绿水长，白云飘飘，炊烟袅袅，还有牧童的歌声，真是太迷人了。但是，我很快发现，那地方总和我隔着一层东西，表面上他们和我客客气气的，其实他们根本不相信我会在那里长期干下去。老校长开始不给我安排课，在我再三要求下，才让我教初三数学课。第一次上课时，课堂里乱极了，原因是学生一听我说普通话就发笑，他们甚至公然拿腔捏调取笑我。下课后，几个老教师提醒我说，我的课讲得太深奥，学生们根本听不懂。老天爷，课讲得深一点有什么不好？我真不明白他们是怎么想的。而且那里的人太不讲究卫生了，大多数人甚至都不刷牙。有一天，老校长请我吃饭，找来乡里的几个干部作陪，他们居然连手都不洗，伸手抓起鸡腿就大嚼大咽，有的人边吃边往我脚底下吐痰……想来想去，我决定暂时离开那个地方。不过，以后我还会回去的，我非常喜欢那个山清水秀的地方，牧童的歌声太迷人了……"

　　不过，何一为在讲述时隐瞒了一个重要的细节。

　　小店子中学有一位教政治的女教师，姓邱，长得膀大腰圆，二十六七岁了还没有成家，住在教室后面的小平房里。何一为到达学校的第二天，她就来他的宿舍串门了。学校照顾他，专门腾出一间堆放杂物的小房间作为他的单身宿舍。她很热情很在行地帮他收拾房间，在发灰脱皮的墙壁上贴上画报和报纸，使这个原本不像样子的破旧的房间顿时焕然一新。她还替他准备生活用具，教给他一些山区生活的常识，使初来乍到的他倍感温暖。过了一段时间，他们混熟了，女教师由白天串门改成了晚上串门。她给何一为讲她的过去，说她由民办教师混成公办教师该是多么的不容易，说着说着就掉下几滴眼泪。她往往穿的比较单薄，一低头，何一为就能看到她肥硕的胸脯，像两个足有一斤重的白面馒头，太惊人了，简直令他眼花缭乱，心旌摇动。山区的电压低，电灯泡发红，屋里的光线不足。红彤彤的灯光下，女教师显得比白天漂亮许多。

事情已经很明显了，女教师看上他了。可他并没有察觉。直到有一天，校长的老伴来找他，老太太扶着门框说："小何呀，小邱那人咋样？"他说："挺好的。"老太太说："俺觉得也挺好，干脆呀，你们两个把铺盖搬到一块儿，好好过日子吧。"他这才明白过来，简直吓坏了，脸上像着了火，说："这可不行……我还没做好成家的准备呢。"老太太扑哧一笑说："你都二十好几了，身体又棒，夜里不搂个女人能睡踏实？老江（校长）十七岁那年就把俺给作践了，在小树林子里。那老东西，像头野牦牛……"从那以后，他开始躲着女政治教师。夜里睡觉，把门闩得死死的，生怕谁闯进来。他离开小店子中学时，那位女教师哭得像个泪人一样……

　　他仓皇离开云水县，与这件事情有一定的关系。他担心自己不走，会落入女教师小邱的怀抱。在灯光下，她还算美丽，尤其性感。他竟然有点儿不能自持了。而在以前，在任何女人面前，他都没有获得这样奇妙的感觉。真是太奇妙了……

　　说到最后，何一为晃着拳头说："丁冬，请你理解我，我还会再回去的。我真的很喜欢那个山清水秀的地方，牧童的歌声太迷人了……"

　　丁冬打断何一为的话，说："你不要再说了，我早知道会有这一天的。你还是面对现实吧！"

　　何一为重新变得迷茫起来，目光闪闪烁烁，难以捉摸。

第 五 章

何一为踏上了自谋职业的艰难征程。丁冬想办法给他找了个暂住的地方。天一亮，何一为就爬起来，怀揣毕业证，在省城的大街小巷奔走，到那些他认为人家会喜欢他的单位联系工作。人家都很热情、客气，但最后均表示今年进人的名额已经用完了，希望他另谋高就。接连碰了几鼻子灰后，何一为感到岂有此理。他想："我为人正直，学业优秀，堂堂正正的名牌大学毕业生，难道我已经到了连个饭碗都找不到的地步了吗？这个世道到底怎么啦？"

他不相信。所以仍然不知疲倦地奔波。每一次失望之余，他有时就觉得自己简直成了一条无家可归的狗。但是，他不后悔，他认为自己所有的选择都是有道理的，事实终究会证明这一点。

倒是有一家单位愿意接收何一为。这家单位是刚成立的一家财经类杂志社，挂靠在省计划委员会。据接待他的总编介绍，随着改革开放的不断深入，财经类的出版物肯定会有一个大发展的机遇，在这里干上几年，混辆车子坐，混套房子住应该不是奢望。何一为明确表示，他只关心工作环境是否令他顺心如意，至于房子呀、车子呀、票子呀，他不在乎。他什么时候在乎过这些身外之物？总编一听他不在乎待遇，更是乐不可支。可就在何一为决定留在这家杂志社工作时，他看到了他的一个名叫陈大亮的同班同学从门口一闪而过。他问总编陈大亮也在这里工作吗，总编说："陈大亮是一编室刚刚竞争上岗的副主任，小伙子干得不错，你到一编室跟着他干怎么样？你们还是同一届的校友呢，工作上好配合嘛。"

何一为简直都不知道该说什么好了。他苦笑了一下，摇摇头说，他回去再考虑考虑，然后给总编打个电话来。他苦笑着往外走，心想这个世界看着很大，其实挺小、挺滑稽。他怎么能和陈大亮这号人在一个单位工作？陈大亮是他们班里最让何一为瞧不起的一个男生。陈大亮坑蒙拐骗，假话连篇，相貌丑陋，心理阴暗，全班同学绝大多数人不和他来往，让何一为和他一个单位工作，而且还要归他管，简直是笑话！他何一为就是饿死街头，也不会和陈大亮到一个锅里舀饭吃！何一为刚走出杂志社的大门，就迫不及待地把总编给他的那张个人情况登记表塞进了路边的垃圾箱里。

这天下午，又有一家单位拒绝了何一为。站在马路边，望着熙熙攘攘如蚁群般的人流车流，他感到了彻骨的寒意。想起自己二十多年来颠沛流离的生活，再想想难以预测的未来，他差一点儿落下泪来。

愣了好长一段时间，何一为重新打起精神沿着宽阔的马路往前走。他已经没有任何目标了，两腿只是机械地迈着沉重的步子向前移动。后来，他看到了一座刚刚装饰一新的六层高的写字楼，楼顶竖着一块巨大的招牌，上面写着"海天实业总公司"几个醒目的大字。

海天公司在省城的名气颇大，何一为以前曾听人说起过，也曾看过报纸上的介绍文章。有一阵子，省城的大报小报不断地登载有关海天公司的消息。该公司还曾独家赞助过一场国际乒乓球友谊赛，很多国际上知名的乒乓球明星都来参赛了。虽然海天公司成立的时间不长，仅有四年多的时间，但它业务发展很快。这是一家民营公司，做房地产生意，倒腾汽车、电脑电器什么的，公司总裁是位三十岁左右的女人，她年纪轻轻地就成了著名的实业家，本市很多人都知道她的名字。

她的名字叫苏文。

何一为在海天公司的门前立住了。他决定进去试试。他对自己说："这是最后一家了，如果再不行，我就回云水县小店子乡，踏踏实实去那儿当一名乡村教师，终生和一帮乡下孩子为伍。当一名乡村教师有什么不好？那个地方山清水秀的，多迷人哪！……还有那个极其性感的邱老师，也是个热心肠的人，身上洋溢着大自然的气味儿，城里有这样的女人吗？……"

何一为理理纷乱的思绪，整整有点儿凌乱的衣衫，牙一咬心一横，就要往海天公司的大门里走。恰在这时，突然跑过来一个满身脏污的小男孩。小男孩也就是八九岁的样子，瘦得像只猴子。小男孩拦在何一为面前，惨兮兮地说："叔叔，俺家的房子被大水淹了，爹死了，娘改嫁了，没人管俺了，俺快饿死了，你行行好吧。"

小男孩边说边伸出炭棒一样的黑手朝何一为要钱，眼里含着泪光。

小男孩的不幸遭遇一下子打动了何一为，他伸手就往兜里掏钱。但随即他犹豫了，因为他的兜里只剩下十块钱，这是他最后的财产了，而且又是一张整钱。这些天他一直花丁冬的钱，他实在不愿意再张口向丁冬要钱了。丁冬待他太好了，可他感觉他们之间已经不会再有爱情了，只剩下了亲情和友谊，像兄妹那样。他和丁冬只有过一夜的爱情，更多的是精神上的，而非肉体上的，天一亮雨一停，那份爱情就烟消云散了。就像流星划过夜空，虽然有夺目的光彩，但它太短暂了。他也说不上到底是怎么回事。他只凭感觉办事。他现在最担心的就是欠丁冬太多，而他又无力报答。所以他目前最重要的事情就是想办法离开丁冬，逃离她的关爱，最起码经济上不能再依靠她……

小男孩看出了何一为的窘状，提醒他说："叔叔，可以换开嘛。"

何一为说："是的，这个主意不错，可以换开。"他扫了眼路边一个卖书报的小摊，刚要抬腿过去换钱，突然又改变了主意。何一为十分严肃地对小男孩说："小朋友，即便我把这十块钱全部送给你，它至多能买三斤包子。吃完这三斤包子，你不还是照样挨饿吗？"

说完，何一为困难地摇摇头，然后走开了。小男孩鄙夷地望着他。他边走边想："瞧啊，连乞丐都他妈的嘲笑我！"不由又是一阵沮丧。

走进海天公司接待处时，何一为平静了一下自己的内心，重新摆出一副深沉、潇洒和干练的模样。接待处明亮的办公室里只有一位十分漂亮的小姐，看她的年龄不超过二十岁。这位漂亮的小姐令人感到赏心悦目。你只要看一眼这位小姐，就会知道海天公司是一家相当有档次的公司，而不是街头随处可见的皮包公司。在当时，皮包公司几乎成了过街老鼠，有人对它异常痛恨，有人靠它发了财。

小姐彬彬有礼地站起身迎接何一为，甜甜地说："先生，您有何贵干？"她大概把何一为当成前来联系生意的客户。

何一为简明扼要地说明了来意。小姐认真看了他一眼，接过他的毕业证，又仔细看了看上面的照片，然后托腮想了想，微笑着说："何先生，您稍等一下，我去去就来。"

小姐袅袅婷婷地出了门，她飘摇的裙摆带出一股香风，令何一为的头脑清醒了许多。他想，和外面喧闹的世界相比，在这个优雅洁净的地方拥有一份职业，该是一件多么令人幸福令人垂涎的事情啊！

片刻过后，小姐返身回来，将毕业证递给何一为，很抱歉地冲他耸耸肩。何一为知道情况不妙，脸上火辣辣的，仿佛又挨了一记耳光。他极力控制住自己灰暗的情绪，装作满不在乎的样子，起身礼貌地告辞。小姐又在他身后说："何先生，我想，您会找到一份好职业的。祝您好运。"

何一为忍不住说："您是在安慰我吗？"

小姐缓缓地摇摇头，用坚定的语气说："不是。我一眼就看出来了，您具有很高的素质。您有资格到这个城市里的任何好单位上班，只要您愿意。"

何一为大受感动，连声说："谢谢！谢谢您的吉言。"

小姐口齿伶俐地说："何先生，我叫王静，在海天公司负责接待工作。以后随时欢迎您来海天公司做客。"她率先伸出手来，大大方方地递到何一为面前。何一为也潇洒地伸出手去，和她轻轻握了一下。然后，他利利落落地告辞。

因为受到这位王静小姐热情的鼓励和安慰，何一为心里泛起一股久违的暖流。

可是，他毕竟再一次遭受了失败。瞬间的温暖无法化解骤然而至的寒意。

何一为沿着光可鉴人的走廊往外走，内心重又充满了焦虑和无奈。在楼梯口，他遇见一个三十岁左右的女人，她个头不高，留着齐耳短发，戴一副小巧精致的眼镜；一身黑衣黑裙，装扮朴素而典雅，气质绝对与一般的女人不同。何一为还注意到，凡是见到她的人都对她毕恭毕敬。她的目光在何一为脸上短暂地、专注地逗留了一下，然后又飞快地移开了。

就是这个瞬间，改变了何一为未来的生活轨迹。但这时他和这位穿黑衣黑裙的女人都还没有意识到。

走出海天公司的大楼，何一为心事浩渺，满面忧戚。此刻正是下午四点多钟光景，深秋时节的马路上冷风阵阵袭来，黄叶飘零，沙尘扑面。这副惨淡的景象使何一为更加感到孤独落寞。他艰难地行走了一段，觉得自己再也没有力气了，一步也走不动了，就在一幢建筑物前面停住，找个干净点儿的台阶坐下。现在他终于明白，这座城市没有他的落脚之地，也许他原本就不适合在这儿生活。既然如此，不如彻底与它告别，回云水县小店子中学也行，到南方的开放城市去闯荡闯荡也行，他曾听丁冬讲过，他们这一届不少同学毕业后去了广州、深圳和海南。他们能去，我为什么不能去？……再说，即便哪儿都不去，回五百里外的那座小县城也可以嘛，那儿毕竟是他如今的故乡，他的苦命的母亲仍在那儿生活……条条大路通罗马，他不能在省城这棵树上吊死。

想到这里，他抖擞精神站起来，挺了挺腰杆，向陌生的人群走去。他打算马上找到丁冬，和她商量一下，然后再做出最后的决定。丁冬肯定不希望他离开省城，但他必须要离开了。也许两年后他还会回来，如果丁冬有耐心，她不妨等下去。如果她不愿舍弃他，也还可以跟他一起出去闯荡，他早就说过，在一家小报社工作是毫无意义的，纯粹是浪费生命。

来了一辆小公共汽车，正好去丁冬所在报社的方向，何一为赶紧挤了上去。

何一为并不知道，他刚刚钻进小公共汽车，那位叫王静的海天公司接待员就追了过来。王静大声喊他"何先生"，他没有听到。路上太嘈杂了。即便他听到有人在大街上喊"何先生"，他也不会想到是在喊他。除了刚才在海天公司明亮的接待室里王静叫过他几声"何先生"，他长这么大，从来没有人称呼过他"先生"。

小公共汽车鸣着喇叭，横冲直撞地前行，眨眼就消失在汹涌的车流里。刚才王静只看了几眼何一为的毕业证，并没想到以后还会和他联系，如果这时候王静放弃追他，他以后的命运就会是另一种样子。

偏偏王静没有放弃。所以说，王静是他命运中的一个不可或缺的人物。

王静伸手招拦出租车，可是过来了几辆，上面都有客，她急得直跺脚，急出了一头汗。终于拦住了一辆，她急急忙忙往里钻，头被车门框碰了一下，碰得眼冒金星。她忍着眼泪央求司机去追那辆蓝颜色的小公共汽车。

王静乘出租车追何一为的时间也就是二十分钟，她后来对何一为说，她觉得那段时间长得像有二十年。她最怕何一为坐一两站地就下车，让他钻进茫茫人海，她这辈子恐怕都找不到他了。幸好，去丁冬所在的报社有八九站的路程。

何一为刚下车走了没几步，王静就赶到了。她扔给司机二十元钱，说一声"甭找了"，就跳下车来。她几乎虚脱，后背上全是汗。

"何先生！喂，何先生，请等一等！"

何一为继续往前走。他仍然想不到会有人在大马路上呼喊他。直到王静气喘吁吁追上他，他才眼睛一亮，说："是你叫我吗？"

王静捂着心口窝说："谢天谢地，让我追上你啦！"

何一为仍是不解其意。王静说："你还愣着干什么？跟我回公司吧。你刚刚离开，我们总裁突然找到我，让我立即把你请回来……"

何一为明白过来，感激地冲王静点点头。但他一时不知道该说些什么。

王静又说："何先生你好福气，我们总裁正在办公室等你。请你去一趟好吗？"

何一为说："是你们总裁叫你来找我的？"

王静说："是的，是她叫我下楼的。这种事情以前从来没有发生过。不过呢，追你这一程是我自己的主意。"

何一为觉得挺有趣："如果你不追呢？"

王静微笑着说："那咱们今生今世难再相见。您信吗？"

何一为突然觉得心口一热。这话好生让他感动，他的眼睛竟然有点儿湿润了。愣了好一会儿，他才说："是的，我相信。"

他这副深沉而动情的模样一定感染了王静，王静俏丽的脸庞愈发红润。

何一为平静一下自己，说："王静，你不知道，我原本已经打算离开这个城市了，就在刚才，我发誓谁请我都不去了。可是现在，我决定改变主意，跟你回去见见你们的总裁。"

听他一说，王静高兴地伸出手来。两只手紧紧握到了一块儿。

第 六 章

　　就这样，何一为在山重水复疑无路时，柳暗花明地迎来了他的又一村。他成了著名的海天公司的一名普通职员。他不知道以后会怎么样，他只关心现在。现在，他很满足。这就够了。

　　丁冬似乎比他还要高兴。丁冬一个劲地叮嘱他，既然找到了一个不错的单位，就要珍惜这个来之不易的机会，她不希望他将来能出人头地，有多大作为，只求他一生平平安安。她认为，历经沧桑的何一为已经经不起折腾了。

　　何一为还能说什么？他发现，年仅二十三岁的丁冬就像个四十三岁的中年妇女，越来越爱唠叨了。丁冬想亲自送他去海天公司，他坚决地拒绝了。临走前，丁冬眼圈红了，眼泪涌出来，猛地扑到何一为怀里，抽抽搭搭哭开了。他们已经有很长时间没有这种亲昵的动作了，何一为感到说不出的别扭，心想你哭什么，又不是生离死别。丁冬死死抱住他的脖子，冰凉的泪脸贴在他火热的脸上，泪水一股脑儿灌进了他的脖颈。她说："亲爱的，请你记住，我永远爱你。"

　　何一为无言以对，苍白着脸抚摸了一下丁冬的头发，然后轻轻推开丁冬。他一句话也没说。他能说什么？他心里想的是，干吗老把个爱字挂在嘴上？须知爱是藏于内心才珍贵，天天把爱字挂在嘴上的人，你反而需要警惕他。

何一为扛起自己简单的行李，几乎是逃也似的离开了丁冬的报社。他头也没回。

丁冬站在报社的门口，望着这个她有生以来最爱的男人钻进一辆小公共汽车。她的心都要碎了。她已经预感到了结局，结局肯定是不妙的，但她不会死心。

公司让何一为到计划财务部上班。令何一为感到不快的是，他的直接上司不是别人，正是丁冬先前的男朋友、经济学硕士汪家林！何一为第一天正式上班，王静带他去见本部门的同事和上司。王静指着一位戴眼镜的中等个头的男人说："这位是汪家林主任，你的直接领导。"

何一为不由愣住了。真是山不转水转，水不转路相连，他居然和汪家林混到了一起。这个世界太奇妙了，何一为差一点儿就爆发出笑声来。

在学校时，何一为和汪家林并不熟悉。他们发生联系，自然与丁冬有关。丁冬和何一为建立恋爱关系后，当机立断地和汪家林拜拜了。听丁冬说，汪家林得知丁冬真要和他"吹灯"后，什么也没说，黑着脸就离开了她，连声再见都没说。而且以后在路上相遇，干脆连招呼都不打，仿佛压根不认识似的，可见汪家林这人的心肠够硬的。不久汪家林就毕了业，即便是丁冬也不知道他后来去了哪里。但现在，命运却把他们两个"情敌"安排到了一起。何一为感到太不可思议了。

显然汪家林已经知道何一为要来，有了心理上的准备，所以他表现得非常镇定，客客气气地主动上前与何一为握手，连连说："欢迎欢迎。"

何一为慌忙道："汪主任，我们见过面。"

汪家林哈哈一笑："岂止是见过面，我们是老校友嘛！"

王静不明底细，拍拍巴掌说："是吗，那太好了。祝你们合作愉快！"

起初，何一为处处提防汪家林，生怕汪家林给自己穿小鞋。尽管丁冬当初和他"吹灯"与何一为无关，但如果按照常规的理解，汪家林肯定认为是何一为挖了他的墙脚。何一为不愿因为这件已经过去的事情和汪家林闹别扭，主要是他暂时还不想丢掉这份来之不易的工作。何一为有时想，他不可能在这种地方干一辈子，海天公司并不是他理想的归宿，但他现在还不想走。

　　何一为小心翼翼地处理着他和汪家林的关系。汪家林也从未提起那件事情，仿佛压根就没发生过什么。直到有一天，汪家林喝多了酒，才扯起了那个话题。

　　汪家林带何一为去陪一个香港来的客户吃饭，不知怎么就喝多了，何一为送汪家林回家的路上，汪家林抓住他的手，喷着浓浓的酒气说："老弟呀，还记得丁冬吗？那女人脾气不好，太倔，对任何事情都特敏感。还有，她太开化了，谁的床都敢上，我认识她第二天就把她给办了，她居然一点儿都不拒绝……找这种女人做老婆，你就等着戴绿帽子吧……当初我早就想甩掉她，一直甩不掉，被她死缠着，多亏你老弟帮了我一把，接管了她……"

　　何一为想反驳汪家林，他不愿意听别人说丁冬的坏话。可他一时拿不准汪家林话里的意思，就忍住了。他告诫自己，应当保持沉默。

　　"她呀，和苏文简直没法比，差远了！"汪家林又说。

　　在公司里，很少有人敢对总裁苏文直呼其名，汪家林是个例外，何一为已经注意到了。看来他们关系不一般。

　　何一为接上说："汪主任，苏总当然很优秀，这是公认的。但丁冬也是一个不错的女孩子。"

　　汪家林一愣，打个酒嗝："嘿，你小子蛮讲情义的，行，好样的！"

　　这次谈话之后的第二天，汪家林又把何一为叫到他的办公室里，先布置交代了几项工作上的事情，又吞吞吐吐地把话题扯到了丁冬身上。

汪家林说："老弟，昨晚我多喝了几杯，说了几句丁冬的坏话，你不会介意吧？"

何一为摆摆手说："汪主任您放心，我不会把玩笑话当真的。"

汪家林说："这就好，这就好。其实呢，丁冬这女孩子还是相当优秀的，纯情、贤良、聪颖、善解人意，这年头，这种女孩子不多了。唉，看来我是没那个福气了，你比我幸运，好好和她交往、发展吧。"

何一为忙说："汪主任，我和丁冬目前只是一般的朋友关系。我来公司一个多月了，只和她通过两次电话。仅此而已。"

汪家林说："是吗，那你要抓紧呢，可别让丁冬失望。"

这两次交谈之后，何一为感到汪家林已经不在乎他们之间的那点儿"过节"，就放了心。可直觉又告诉何一为，汪家林两次谈话两种腔调，看来绝不是单纯地关心他的私事。至于汪家林的葫芦里到底卖的什么药，他一时弄不太清。

总的来说，到海天公司上班后，何一为打算开始崭新的生活，就像四年前离开小县城来省城上学时那样。他总是等待崭新的开始，毕竟希望对于一个人很重要，他就是那种心存希望的人，尽管他清楚，这些年来，希望在他的心中不断地破灭，但不要紧，旧的希望破灭了，还会有新的希望来填补它。许多年来，人不都是这样过来的吗？

每天，何一为都勤奋地工作，把一天时间安排得满满的。到了晚上，他就去公园或街头散步，或是到一个幽静的咖啡馆坐上一阵。他喜欢这种平静的日子，他喜欢在平静中思考问题。他觉得一个经常思考问题的人是世界上最幸福的人。

当然，海天公司的薪水丰厚，他不再像过去那样拮据了。但他认为，他来海天公司绝不是由于看中了它的高额薪水。钱算什么？在他眼里，钱是世界上最不值钱的东西！如果你问他世上什么东西最肮脏，他会毫不犹豫地说："金钱！"一次，挤公共汽车时，他兜里的五百元钱突然不翼而飞。这是他头一次遇到这种事。奇怪的是他一点儿都不气愤，反而感到有些快意，因为他想到有人比他更需要这笔钱。他对自己说："帮助一个人又有什么不好呢？或许那个人偷了钱去医院看病人呢，他的老父亲或者老母亲得了重症，而又无钱医治……"

还有一次，何一为领到当月的薪水后，猛然想起了那个曾向他讨过钱的小乞丐。小乞丐的不幸遭遇一直令他难过和不安。他二话不说，揣上钱就出了门。他在公司门口的马路上转悠了很久，却没有找到那个可怜的没爹没娘的小男孩。他感到失望极了，在心里说："小家伙，为什么我真正想帮助你的时候，你却不出现呢？"后来他碰到一个挂着单拐的中年男乞丐，那人头发胡子一大堆，几乎把整张脸都埋住了，只露出两只骨碌碌转的浑浊的小眼睛。何一为就问他是否认识一个八九岁的爹死娘嫁的小乞丐。中年乞丐说："认识，那个小崽子净蒙人。"何一为掏出一沓钱，先递给中年乞丐五元，说："老兄，这是给你的。"中年乞丐眼睛一亮，飞快地接过钱，拔腿就要走。何一为叫住他，说："你急什么。请你务必把这二十元钱转交给那个小男孩儿，行不行？那孩子太可怜了。谢谢你。"

中年乞丐连声说："行行，没问题没问题。"接过二十元钱就"咔咔"地向远处走去。

一天，在公司门口，何一为终于又碰上了那个小乞丐。小家伙正死乞白赖地纠缠一个过路的中年女人，中年女人大声训斥他滚开，他就是不滚开，一副讨不到钱不罢休的无赖样子。何一为却像见到久别的亲人，兴奋地冲他招手。中年女人借机走开了。小乞丐屁颠颠地跑过来，何一为看到他比先前更黑了，像一块刚烧好出炉的木炭。何一为严肃地对小乞丐说："人都是平等的，不论富人和穷人。刚才那女的不应该态度如此恶劣，真是岂有此理！"

小乞丐听不懂何一为的话，只是伸出手说："叔叔，行行好吧，俺家的房子让大水冲走了，俺爹死了，娘改嫁了……"

何一为赶忙打断他："小家伙别说了，我听了难受。你不就是要钱吗？"边说边往兜里掏钱。真是不巧，偏偏这天他忘了带钱！他摸遍了所有的衣兜，只搜出一分钱硬币！小乞丐目不转睛地盯着何一为，嘴角明显挂着讥笑，好像他何一为是个讨人嫌的乞丐似的。何一为恼火极了，说："一个礼拜前，我曾经委托一个瘸了一条腿的乞丐，让他捎给你二十块钱，你收到没有？"

小乞丐简直像在听天书，木讷地瞧着急出了一头汗的何一为。何一为想了想，大声说："你等等。"他三步并作两步，跑到办公室，向同事借了一百块钱，然后又折回大街上。但是面前已经没有了小乞丐的影子。他前后左右转了半天，仍是找不到小乞丐，不由感到烦躁恼火。他想都没想，手一挥，将十张崭新的十元钞票撒向空中，顿时引来大批路人的围观，居然有人上前去抢，也有人大声说："假的！肯定是假的！"

何一为觉得这样的生活很有意思。他认为这是他一生中难得的一段平静的时光，他感到轻松和留恋。

但是不久，这种平静就被无情地打破了。总经理苏文闯进了他的生活。

第 七 章

在过去的日子里，何一为很少向人谈起他的家庭和他的过去，即便在与丁冬热恋时他也没有牵扯这个话题。他不愿触动它们。就像面对一个伤疤，虽然这个伤疤已经结了痂，但你轻轻一碰，仍会有脓血溢出来，让你感到钻心的疼痛。他试图忘掉它们，但事实证明，他做不到。

何一为的父亲何开良五十年代中期毕业于天津南开大学，据说读大学时成绩优异，当过学生会的副主席，后来分到省城的一家研究所工作。头两年，他父亲勤勤恳恳，很快就有几项研究成果面世，加上长相英俊潇洒，口才也好，所以深得领导喜欢，不久就当上了一个部门的小头头，很多人都认为他前途远大。一九五七年，父亲与母亲结了婚。母亲迟桂花在街道办事处工作，也是本单位的先进人物，这样的家庭应该算是相当不错的了。

问题在于，他的父亲何开良有两个致命的毛病：一则是喜欢高谈阔论，关键时刻管不住自己的嘴巴；二则是喜欢拈花惹草，经常制造点儿桃色新闻。父亲的这两个毛病在当时的中国是最犯忌的，足以让他一家暗无天日。一九五七年"反右"时，父亲就差一点儿被打入另册，幸亏他与研究所的女党委书记有那么一层暧昧关系，才侥幸过关。到了后来，父亲再也没有那样的好运了，他身负反革命加流氓两条罪状，先是被人批斗，接着全家给下放到五百里外的小县城。到了这时候，父亲仍然死不改悔，继续在人前高谈阔论，不断地发表对政策和时局的看法；继续拈花惹草，丑事层出不穷。不久，他们一家又被下放到全县最偏僻的母鸡脑村。

何一为已经到了上学的年龄，渐渐懂事了，家里接二连三的变故使他无所适从。在被世界遗忘的母鸡脑，语言不通，食物粗糙无比，没有人和他玩。他一个人背上书包，沿着曲曲折折的山路，到另一个较大的村子上学。读三年级的时候，他已经学会了小学全部的课程。

对于何一为来说，在母鸡脑的头两年是一段相对平静的日子，苦是苦一点，但远离了恐惧。苦并不可怕，可怕的是恐惧。一个人如果经常被恐惧席卷，那才是暗无天日的生活。

他的父母成了母鸡脑村的普通社员，每天同大伙一起下地劳动。这时，他的父亲可以放心地高谈阔论了，因为母鸡脑村的社员不懂政治，他们只知道不能让肠胃空着，肚子里没食就要死人。"三年困难时期"时，据说母鸡脑村的人口减少了一半。

父亲似乎每时每刻都在高谈阔论，他对时局的精彩论断像风沙一样在母鸡脑贫瘠的土地上空飞扬。有社员不解地问他："老何，你不停地唠叨，肚子就不饿吗？"

春天到来的时候，父亲偷偷和地主孙三孬的闺女小翠好上了。孙三孬土改时被人民政府镇压，大儿子参加了还乡团，中华人民共和国成立前夕去了台湾，家里只剩下一个瞎眼老婆和女儿小翠。小翠二十七八岁了，是个老姑娘了，长得眉眼周正，白白净净，却一直无人敢娶她，待在娘家嫁不出去，整天遭人白眼。父亲和小翠在生产队废弃的牛棚里办那种丑事时，被一群割草的孩子发现了。消息迅速传遍了全村，母鸡脑就像过节一样热闹。母亲咋咋呼呼要上吊，其实母亲已经习惯了父亲的毛病，她只是做做样子罢了，真让她上吊那是不可能的。母亲若是当真，十回吊都上过了。母亲被好心的村人劝住，父亲跑到远处的河滩上吹笛子去了。父亲就是这样，每逢高兴的时候或者是难过的时候，他就要吹笛子。他把笛子吹得哀婉动人。村里人说，如果不是看在他曾经是城里人的分上，如果不是因为他会吹笛子，他们就要抓起他来游街示众。多少年了，母鸡脑没出过这样的丑事。

年幼的何一为吓得躲在草垛里，不敢出来见人。草垛里有老鼠钻来钻去，他一点儿都不害怕。他希望老鼠不要离开他，他想和老鼠们说说话。他觉得老鼠们都比他幸福自在。他一生热爱动物，可能就是始于这个时刻。

当天夜里，地主的女儿小翠悬梁自尽了。全村没有人为她感到悲伤，人们都认为她是理当该死。就连她的瞎眼老娘也被人搀着到她的尸体那儿，狠狠啐了几口，踢了两脚。一个连脸面都不要的女人，还有什么理由活着？

埋葬小翠的时候，谁也想不到，他的父亲何开良居然当着全村人的面号啕大哭，一把鼻涕一把泪的。他面对着目瞪口呆的社员们，悲痛欲绝地说："小翠呀，呵呵，你是无辜的呀！难道你不配得到爱吗？呵呵，你应该得到爱的，你太傻了，你干吗要寻死……是我害了你。我还有什么颜面苟且偷生呀……"

母鸡脑人听不太明白何开良的话。有人猜出了他的意思，就笑嘻嘻地说："老何，你这么喜欢小翠，干脆和她一块儿走吧。"

何开良抹一把眼泪，说："你们太残忍了，上苍会报应你们的。让你们世世代代受穷，就是报应！"

有人不干了，拉起他，说："老何，你得说清楚，到底是谁害死了小翠。你没来咱村时，小翠活得好好的。你一来，就把人家睡了，这丢人的事还不是你惹的！"

何开良说："好好，就算是我惹的，你们把我也埋了吧！……"

这件事情一出，人们都说老何是个疯子。何家的日子更难熬了。

似乎从这一天起，何一为开始感到恐惧，几乎不再和任何人说话，更不与人往来，哪怕是和同龄的孩子们。每天上学放学，为了避开别人，他都不走大路，而是在庄稼地和山沟里绕行。只有他自己知道，他是多么孤独和无助。

初秋的一天傍晚，放学后，何一为背着书包往家的方向走。路过一间摇摇欲坠的机井房时，有一种奇怪的声音传来，好奇心牵着他走了过去。随即他就惊呆了。透过机井房挂满蛛网的破窗户，他看到父亲穿着肮脏不堪的破皮鞋，正和一个半裸着身子的女人抱卧在一起。他们白亮的屁股令人眩晕。父亲压在那个女人身上，他一眼就看出那是父亲，因为母鸡脑村没有第二个男人穿皮鞋。何一为听到他的父亲哼哼唧唧、含混不清地说："可爱的人儿啊，你必须重新树立生活的勇气，不折不挠……"这个瞬间，何一为感到脑袋嗡嗡地响，几乎站立不住，仿佛世界末日来临，就要天崩地裂了……

那个已经不太年轻的女人名叫戴凤莲，她男人刚刚死了不到一个月，是打摆子死的。出殡那天，何一为远远地看到，戴凤莲哭得几度昏迷。但现在，这个自己男人尸骨未寒、平时在人前说话都脸红的女人，居然和一个名声坏极了的流氓跑来干这等丑事！而且这又是多么令人恶心的地方啊！房子即将倾坍，蛛网密布，墙角还有两摊黑乎乎的干粪便，成群的苍蝇在他们头顶飞舞，巨大的黑蚂蚁在四条白蜡杆样的光腿上来来回回爬……何一为觉得自己的心脏被人掏走了，他死死捂住嘴巴，像逃避恶魔那样，跌跌撞撞往前跑，一直跑到一片阴森森的坟地里，然后跪在草丛中，流着眼泪呕吐，吐得天昏地暗，日月无光……

不久，又发生了另一件可怕的事情。一天深夜，生产队最有力气的大黄牛被人活活卸掉了两条后腿，而且胸脯上的肉也被挖走了一大块。早起上学的何一为看到了大黄牛奄奄一息的惨状，他凄厉地叫了一声，当即昏倒在地。闻讯赶来的社员们用最恶毒的话咒骂着凶残的歹徒。何一为醒来后，看到父亲也打着哈欠赶来了。此时，大黄牛还剩最后一口气，它蜷缩在地上，眼里蓄满了泪水，哀伤地望着天空。有人提议，赶快弄死它算了，免得活受罪。父亲激愤地说："不！不要杀死它，让它多活一分钟是一分钟，让它再睁眼看看人类的罪恶和罪恶的人类！……大黄牛啊，你好可怜，让我替你死吧……"

人们把父亲拉开了。后来，果真有人用尖刀结束了大黄牛的生命，社员们从气愤中回过神来，纷纷朝生产队长嚷嚷，要求每家分一点牛肉，给老婆孩子们解解馋，谁也记不得有多久没吃腥味了，大人孩子想肉都想疯了。生产队长分开众人说："请示公社再说，谁也不能乱动。"

十二岁的少年何一为浑身颤抖，手脚冰凉。他神不知鬼不觉地离开人群，离开道路，跌跌撞撞往前走。他两眼空洞无物，刚刚升起的太阳搁在东方的山巅上，在他眼里就像一个臭鸡蛋的蛋黄。他漫无目的地朝前走，深一脚浅一脚，走过一道又一道山梁，不停地被绊倒。此时正是深秋时节，漫漫无边的秋庄稼淹没了他。他就像一条游进海里的鱼儿一样，被急流牵着走。后来他从破破烂烂的书包里掏出整整齐齐的书本，边走边一页页地撕，然后扬手扔向空中，纸片在庄稼的上空飞舞，像一群白蝴蝶……

不知走了多远，也不知走了多久，太阳偏西了，他又渴又饿，疲乏极了，倒在一块黄豆地里沉沉睡去。他梦见死去的小翠站在他面前哭泣，眼泪是蓝色的，她披头散发，眼珠子耷拉到脸上，长长的舌头卷来卷去，小翠好像在说，我好难受呀，救救我吧……他又梦见戴凤莲的男人从一口巨大的棺材里钻出来，一张脸黑得吓人，手提两把利斧追赶戴凤莲和他的父亲何开良。那两个逃命者大呼小叫，屁滚尿流，丑态毕露，狼狈不堪。转眼之间，那黑大汉手起斧落，戴凤莲的脑袋和身子分了家，而他父亲则走投无路，跳下了悬崖……何一为被自己的喊叫声惊醒，他不作片刻停留，爬起来继续朝前走。

太阳即将落山时，他来到一条大河边。他从未见过这么宽阔、这么清澈的河流，夕阳的余晖将河水染得一派血红，近处水草萋萋，远处水鸟翩翩，宛若梦中的景象。他呆呆地望着面前的一切，想都没想，穿着衣服鞋子，就缓缓地朝河水走去。温热的河水淹没了他的大腿、他的肚脐、他的胸口、他的脖颈、他的头颅……往下他什么都不知道了。

但他并没有死去。

醒来时已是深夜。何一为艰难地睁开眼睛，看到面前一堆篝火在熊熊燃烧，烤得他浑身皮肉发紧，他感到惬意极了。一个陌生人背朝他坐着，一动不动。他想起了下午的情景，坐起来，说："这是什么地方？"

他就像问一个熟悉的朋友或亲人，声音十分的平静自然。

陌生人头也不回，说："一条大河。"

何一为说："是你救了我吗？"

陌生人说："我不想活了，正要投水时，看到一个小孩落水了，我就先把他救了上来。"

何一为抬高嗓门说："我不是落水。我和你一样，也不想活了！"

陌生人这才扭过脸来，他戴着一副方方正正的眼镜，头发蓬乱，满脸胡须，像一个野人。陌生人认真地打量了一阵何一为，说："你也不想活？巧了，太巧了！要知道这样，我就不救你了。咱俩这时候早就到达天国了，说不定你比我到得早，先占了个好位置呢，哈哈！"

接下来，他们不再说话。他们一起谛听河水的声音。天将破晓时，陌生人又问何一为："现在你还想死吗？"

何一为说："我不知道。"

何一为又问陌生人："你呢，还想死吗？"

陌生人苦笑一下："和你一样，我也不知道。"

两年后，陌生人成了何一为的继父。他叫孙玉成，原是县城师范学校的副校长，一九五七年被打成"右派"后，下放到离母鸡脑三十多

44

里远的刘家疙瘩村。孙玉成已经在刘家疙瘩村待了整整十六年。他待够了，就想到了死。命运却又让他碰到了年幼的何一为。落实政策后，孙玉成携何一为母子重新回到小县城，这才过上了正常人的生活。

那天天亮之前，何一为又睡了一觉，醒来时发现陌生人不见了。陌生人留下了一张纸片，上面写着他的名字和地址。上面还有一句话：希望我们还能够再见面。

何一为仍然不想回家，一个人在河边的树林里游逛。饿了，就啃嫩玉米；渴了，就喝清澈的河水。他痴迷地看鱼儿在水中游，看鸟儿在天空飞，感到这种远离尘世的生活非常有趣。第三天中午，母鸡脑村的几个社员终于找到了他，他们告诉他，三天前的夜里，他的父亲掉下了悬崖，摔成了肉饼。而因为找不到他，他的母亲都快急疯了。

"谁也弄不清老何深更半夜、黑灯瞎火地上山干啥。"他们说。

何一为竟然没有一点儿悲伤。他抬头望着湛蓝的天空，许久许久，才用异常冰冷的语气说："我早知道他会有今天！"

第 八 章

只要一上班，苏文办公室的门就四敞大开着，她端坐在宽大的老板台前，有条不紊地处理各项事务。随便你什么时候从她门前经过，都会发现她娴静得像个大家闺秀，而不像日理万机的大公司总裁。她办公室的中央，摆放着十几盆高矮不一的常绿植物，从门口往里看，她被层层叠叠的绿色簇拥着，她便成了绿叶中的红花，而且是仅有的一朵大红色。

即便找人谈话时，她的门也敞开着，给人以光明磊落之感。下属想找她汇报工作时，可以放心进入，不必担心里面有什么勾当，从而缩手缩脚，心态变得猥琐。她时时处处想在下属面前袒露自己，目的就是想以自己的磊落和坦然，给公司树立一个开放的形象。

然而，也许由于性格的原因，她又是一个不苟言笑的人。她讲起话来一是一二是二，干练沉稳，表情平和，多余的话一句都不说，显得滴水不漏，胸有成竹。久而久之，下属们便对她心存敬畏。她仿佛是一个年轻的女皇。她成了女人中的女人，不由你不佩服。

五年前，苏文靠十万元贷款，成立了海天实业总公司。当初谁也没把她放在眼里，她本人也没想到自己此生会有多大的作为，她只是见别人纷纷出来办公司，而她又不甘心一辈子在政府机关当一名平庸的职员，所以也咬咬牙下了海。接连呛了几口水后，她奇迹般地浮出了水面，生意越做越大，业务范围辐射到日、美、韩、东南亚和中国港澳地区，公司已有了几千万元的固定资产，而且发展前景良好。

当然，她的成功很大程度上与她的父亲有关。她当初下海的时候，她父亲还在省里的一个重要部门任职，少不了时常关照她。等她父亲退下来时，她的羽毛已经很丰满了，不需要什么人额外关照了。现在，她成了本城的名人。在很多人眼里，她就是财富的象征。

面对突然而至的巨大成功，苏文常常有一种置身梦幻、不太真实的感觉。

她至今仍待字闺中，孤身一人。她甚至连个亲密点儿的男朋友都没有。她为什么不嫁人？谁也摸不准原因。在省城的实业界，苏文的婚姻问题也是人们关心的话题。

在公司里，职员们什么话都可以说，就是总裁的婚嫁问题没人敢议论。

计划财务部的主任汪家林三十出头了，也是单身，但是，谁要想给他介绍女朋友他就跟谁瞪眼。渐渐地，大伙发现，汪家林跟总裁苏文的私人关系比较密切，他有事没事就爱往苏文那里跑，而且在人前故意显露他和苏老板关系多么多么密切。人们多少有点儿明白，汪家林在打苏文的主意呢！看不起汪家林的人就说："癞蛤蟆想吃天鹅肉，也不撒泡尿照照自己。"

何一为来海天公司上班后，和从前一样，几乎不和任何人来往，工作之外的人际交往他一点儿都不想参与。他并不感到孤独，他觉得自己的内心世界是异常丰富的，比任何时候都平静、自然。他喜欢这样的生活状态。

渐渐地他发现，接待处的美丽女郎王静很愿意接近他。王静按说是他事业上的引路人，没有王静，也许他早就离开省城了，他的生活和命运就会是另一个样子，所以他还是十分感激王静的。

47

王静时常到何一为的办公室转转，尤其是办公室只剩下何一为自己的时候。她关切地问他有什么需要帮忙的。她笑眯眯地说："何大哥，你刚来嘛，情况还不太熟悉。是我把你追回来的，我得多关照你，对不对？"

何一为的心情好极了，开玩笑说："王静，如果以后我在海天干好了，有了作为，头一份功劳是你的；如果我干不好，我也会怪你的，干吗非把我追回来。行不行？"

王静调皮地说："行！师父领进门，修行在个人。我相信你会很棒的！"

说着说着，王静的瓜子脸上洇出了两团红云，一直红到脖颈。

王静家在本市，她毕业于省城的一所专科学校，学历虽不算高，但相貌出众，人极聪明，而且挺稳重，说话办事落落大方，公司上上下下都对她有较高评价。她原先在五星级的金鼎大酒店干接待，苏文经常去那儿应酬，后来就认识了，把她挖了过来。

王静点点滴滴地向何一为透露了不少公司的"机密"，其中核心机密是关于计划财务部主任汪家林的。汪家林在不遗余力地讨苏文的欢心，企图当上海天公司的白马王子，进而成为后台老板，从而主宰公司的未来。

何一为说："汪家林这个人我不了解，感觉他心计颇深。不过，苏文总是要嫁人的，嫁给汪家林也不错嘛，汪家林还是很能干的，业务能力强，是公司的台柱子。"

王静说："我也这样希望。但我总感到，苏老板不会轻易决定下嫁他。"

有一天王静来何一为的办公室送资料，再一次主动谈起汪家林和苏文。王静用神秘的口吻说："何大哥，你注意到了吗？苏总对你是另眼相看的。"

何一为感到这个话题有点儿突兀，愣怔一下，说："我没觉得。"

王静说："其实我早就感觉到了。你来公司应聘时，我拿着你的毕业证找苏总请示，她几乎毫不犹豫地拒绝了。可是她在走廊上见过你一眼之后，突然又改变了主意……你不觉得奇怪吗？"

何一为说："这与我无关。尤其是，我没兴趣在苏总和汪主任之间充当第三者。"

"可是，"王静有点儿急了，"我料到，你们之间肯定会有一个人充当第三者，但不会是你，很有可能是汪家林。你怎么办？"

"什么怎么办？"何一为有点儿粗暴地打断她，"王静，你操心操多了，好好干你的本职工作吧。"

王静的眼圈竟然红了，长长的眼睫毛扑闪几下，眼角滚下两颗珍珠般的泪珠。她掏出手帕飞快地拭去泪迹，头一低，走出了何一为的视线。

王静的话提醒了何一为。他细细地琢磨，从汪家林的言行举止上得出了结论，那就是汪家林确已把他当成了强有力的竞争对手！尽管他无意参与，但事实已经明摆着。他有可能被卷进这个旋涡里面。

何一为进海天公司后，和总裁苏文的接触是免不了的。都是一般性的接触，每次见面说不上三句话，更多的时候是互相点头致意。何一为发现，苏文的眼神特别忧郁，眸子里含着许多说不清的、但肯定是深刻的内容。何一为当然不会去细想她为什么忧郁。何一为天生就是一个不爱琢磨别人的人。何一为是一张纯洁的白纸，可以画最新最美的图画，但必须由他自己来画，他拒绝别人画蛇添足。

汪家林一直在设法阻挠何一为同苏文接触。比如来了外地客户，公司请吃饭时只要苏文参加，汪家林就找种种借口不安排何一为去。一次，苏文要去北京同一个美国人就一笔钢材生意进行谈判，何一为的外语口语比较过关，苏文点名要何一为当翻译，汪家林就是不同意，谎说何一为的母亲病了，病得厉害，有生命危险，何一为找他请过假了，他已同意何一为回老家探望母亲。

何一为到底没去成北京。

何一为逐步察觉了汪家林的用心，他感到可笑。

说实在的，何一为并不想巴结讨好苏文，而且那样做也不符合何一为的性格。他更不会存有其他的非分之想，他只想过一段平静的日子。人们总是愿意对权力和金钱顶礼膜拜，这样做的唯一结果，就是他们的命运于不知不觉中掌握在了权力和金钱持有者的手里，他们便成了不折不扣的奴隶。这些年来，何一为觉得自己一直在逃避它们，试图自己掌握自己的命运。但事实上很难完全做到。生活中到处充满了陷阱，一不小心就会掉进去。一进海天公司的大门，何一为就觉得自己的命运已经部分地掌握在了总裁苏文的手中，即使王静不提醒他，他也会觉察到。想想这是多么可怕，多么的不公平。但他毫无办法。

何一为唯有想方设法逃避。

一个星期天，何一为闲着无事，就来到办公室翻阅资料。他越来越感到海天公司是民营企业中的佼佼者，它的管理方式和操作技巧是值得好好总结的，它之所以短短几年之内就有了飞速发展，其根本原因在于它的领导者以最快的速度适应了市场经济的要求，建立了现代企业制度，在社会的转型期走在了别人的前面。海天公司的前景是十分远大的。

何一为很想就此写一篇论文，阐述一下他对大工业时期民营企业的见解。

这时，桌上的电话铃响了，他拿起听筒。打来电话的是王静。王静嗔怪他，说，礼拜天也不放松一下，她猜测他十有八九在办公室加班，怎么一点儿都不会安排自己的生活，弄得像个苦行僧似的。"这样吧，正好我手头有两张电影票，外国片，在光明大剧院，你快点儿过来吧。

我在门口等你。"

不由何一为分说,王静就挂断了电话。何一为想,不去吧,王静肯定在那儿等他,让人家姑娘傻等半天也不是个事。趁着心情好,去看场电影,浪漫一下也无妨。他已经有半年多没进电影院了。何况王静算是他这两个月来最知心的朋友,何况王静又是那么一个容貌俏丽的姑娘。他想起上一次看电影还是在学校时丁冬硬拉他去的,看的什么片子已经没有印象了。

离光明大剧院还有挺远的路,何一为就看到了站在门口台阶上的王静。王静穿一件鲜亮的天蓝色羽绒服,扎一条绛红色的围巾,长发飘飘,动人极了。看到何一为出现,她欣喜地迎上来,说:"我一直担心你不来呢。我都想好了,你如果失约,以后我就不理你了。"

何一为说:"我这不是来了吗?"

电影院里人稀稀拉拉的,大都是恋爱中的青年人,何一为和王静坐的那一排长长的座位上只有三四个观众。

看的什么电影谁也没上心。大灯刚一关上,王静就把自己柔软的小手递到了何一为手中。她香甜的呼吸和少女浓郁的清香气息弄得何一为浑身燥热。她越来越"放肆",到后来,半边身子干脆靠在了何一为身上。何一为感觉到了她丰满结实的胸脯,它们就像两只活蹦乱跳的小兔子,在他的胸前闹来闹去。他一动也不敢动,完全是被动地受制于王静。

在丁冬之外,何一为从没和任何女人有过如此亲昵的举动,而且他和丁冬以前也仅限于接吻拥抱。这一天和王静的亲近,再一次唤醒了他作为男人的激情。他有点儿把握不住自己了。他感到惶恐,内心里充满了矛盾。

他对自己感到了陌生。

因为父亲投给他的阴影,多少年来,他对女人充满了恐惧和厌恶,总是尽可能地远离她们。可是，现在，美丽多情的王静使他难以拒绝了。

王静娇喘着伏在他耳边说："何大哥，抱紧我……我爱你……"王静轻吻着他的脸庞，泪水溢出眼眶，濡湿了他的面颊。他的眼睛好像也湿润了。

说实在的，王静是他认识的女人里最漂亮的一个。以前他很少去专注地观察女人，他把她们统统当成天上的云彩，有谁会老是打量天上的云彩？所以他不去注意她们。可是，自从认识王静，他有点儿变了。他悄悄地观察、对比，发现王静是异常美丽的。你就是在大街转悠一天，也不一定能碰到一个像王静这么漂亮的女性。他曾经提醒自己，不能轻易落入女人的圈套，越是漂亮的女人越是要警惕。可是，王静在他眼里，是个意外。

现在，他的心"怦怦"地跳着，出现这样的场面是他始料不及的。他一遍一遍地问自己："你喜欢她吗？你喜欢她吗？"他回答不上来。他感到无能为力。

何一为回避了这个问题。他闭上眼睛，试探着把手伸进她的衣领里，用力揉搓着她的酥胸，感觉自己的身体要爆炸了。

王静兴奋得乱抖，无声地饮泣，牙齿咬得咯咯响。

结果他们没有把电影看完。他们相依相偎着，像两个醉鬼，歪歪斜斜、步履跟跄地走出光明大剧院。他们站在冷风里，清醒了一点儿，一时却又不知道要去哪里。后来何一为坚决地说："到我宿舍去吧。"

他以为王静会拒绝。他甚至希望王静拒绝。然而，王静却出乎意料地点点头，态度似乎比何一为还要坚决。

宿舍是他租住的民房，在一座筒子楼上，约有十二个平方米，公司按规定替他支付租金。他把自己的小天地收拾得利利索索、干干净净，绝不像某些小青年，住处总是窝窝囊囊，和猪圈差不多。

他们叫了一辆出租车，连滚带爬钻进去，以最快的速度来到城南何一为租住的房子里。

一进门，何一为躬下身子，把已经成为一摊烂泥般的王静拦腰抱起，用力地扔到他的单人床上。他的眼睛通红通红，像一个杀手。他坐在床边，凝视着粉面含羞的王静。幸福的泪水一刻也不停地从王静眼里泅出。王静紧紧抱住他的胳膊，还算冷静地说："何大哥，我们相爱，公司里肯定有人不高兴。我们干脆离开海天，到别处去发展吧。不论你到哪儿，我都跟着你。凭咱俩的能力，不会有问题的……"

何一为却执拗地说："我们相爱是合法的，没招谁没惹谁，别人也拿我们没办法。我就是不走！"

王静也想通了，理直气壮地说："对，我喜欢你，你喜欢我，自觉自愿，我们没偷没抢，谁也不能怎么着我们。"

解决了这个疑问，王静彻底放松下来。她伸出双臂，紧紧地缠绕住何一为的脖子，仰起脸来，主动地亲吻他。他们疯狂地接吻，把一切都抛到了九霄云外。后来，何一为粗暴地撕扯下王静的衣服，王静光裸着美丽无比的胴体，把自己的一切毫无保留地展现在何一为面前。

天哪！何一为简直惊呆了。这个叫王静的女孩子，像一个女神，像一个天使，又像一条美女蛇。她具有一种单纯、清新、脱俗的美，有着不可抗拒的魅力……

何一为感到浑身战栗，他摇摇晃晃，几乎站立不住。幸亏王静的帮助，他才褪下了自己的衣服。他托举着自己，向着一个终极目标挺进，宛若奔向天堂……可是在最后的关头，他犹豫了。

只差一秒，也许是零点一秒，他就是个真正的男人了。但是，他退缩了！

他再次向自己发问："你爱她吗？你了解她吗？"

回答是："不知道。不知道。"

他听到了一个声音。那个声音说，既然什么都不知道，那么，这种所谓的爱就是一个空中楼阁，没有任何根基，肯定要出毛病的。

他顿时吓出一身冷汗。他渐渐明白了，他和王静现在只有肉的欲念，没有爱的阳光雨露。是的，王静是一个巨大的诱惑，诱惑着他滑向深渊。从他们相识的那一天起，这种诱惑就存在着。而且随着时间的推移，越来越让他放松警惕了。

他想，如果仅仅是苟合，这和野兽何异？

天哪！我是野兽！

他几乎要晕倒了。一直默默期待的王静睁开羞涩的眼睛，更加动情地说："何大哥，亲爱的，我是你的，要我吧，我什么都愿意。别怕……即使将来你抛弃我背叛我，我也决不怪你……"

何一为仍是本能地挺立着。屋子都旋转起来了。何一为长叹一声，随着这声叹息，他竟然做了毫无意义的喷射！太丢人了！王静下意识地赶紧躲让。他更是无地自容。王静显然比他有经验，王静很快就镇静下来，把极度的失望藏于内心，咯咯笑着帮他收拾混乱的局面。王静爱抚着他说："亲爱的，你太紧张了，我不怪你的。别泄气，啊？下次就会好起来的，乖……"

何一为伤心欲绝地一屁股坐到地上。他的脑子空空荡荡的，仿佛到了万劫不复的境地。他问已经穿戴整齐的王静："还有——下次吗？"

王静猛地扑到他怀里，大声说："只要你愿意！"

然而，他们没有下次了。

一个飘着细雪的下午，何一为面前的电话机突然响了，他拿起听筒，里面却没有声音。他刚想放下时，对方说话了，是一个有点儿嘶哑的女人声音："……是小何吗？"

尽管声音有些异样，话筒里的气氛也不大对劲，何一为仍然马上判断出是公司总裁苏文。他有点儿吃惊，不知其意，因为苏文以前从未给他打过电话，有啥事都是当面吩咐。他愣了愣，说："苏总，是我。"

"你能到我办公室来一趟吗？"

何一为轻轻放下电话。他扫了一眼正在办公的几个同事，装作若无其事的样子往外走。经过汪家林办公室时，他看到门敞开着，坐在写字台后面的汪家林狐疑地盯了他一眼。

苏文的办公室在三楼，陈设简朴庄重。苏文正趴在桌上看一份文件，眼睛不时往门口瞟。何一为走到门口，他们的目光突然正面相遇，随即都飞快地移开了一点角度。苏文站起身，手一扬，说："小何请进。"

何一为在真皮沙发上落座后，苏文拿过一瓶矿泉水递给他。然后她走到门口，仿佛不经意地掩上门。苏文的动作有些迟钝，显得拖泥带水，犹豫不决。何一为纳闷，今天苏总到底是怎么啦？

室内的空气里散布着一种说不出的情绪和意境。外面，雪越下越大，晶莹的雪花颗粒有节奏地击打着铝合金窗子，发出清脆的响声。屋中央的绿色植物在日光灯照射下愈发鲜艳欲滴。苏文在她的大班椅上坐好，摘下眼镜擦拭一下，又戴好，双手托腮默默地望着何一为，目光的含义十分复杂。苏文五官周正，只是皮肤稍显粗糙。她的相貌中等偏上，气质上佳，你可以忽略她的美丽，却无法不正视她独特的魅力和韵味。

何一为摸不清苏文找他来的目的，心里七上八下，有点儿不知所措，甚至有点儿慌乱。他想，难道我有什么不对的地方吗？又想，同事们个个敬畏她，是不是我也犯了和他们一样的毛病？我为什么要和他们一样？我这人纯粹是为了寻找和别人的不同才活着的，我存在的价值正是在这里。物以稀为贵，大熊猫之所以像皇帝一样珍贵，全在于它的稀少，如果它像老鼠和穷人那样遍地都是，谁还拿它当回事？反过来说，如果全世界仅剩下二十只老鼠，它们不也会像皇帝那样珍贵吗？卖耗子药的人就该倒霉了……

想到这里，何一为随即就变得平静和放松了。他用富有磁性的嗓音说："苏总，您找我有事吗？"

苏文"啊"了一声，她的神情也有些慌乱，显得很不自然。这可不像以前的苏文。何一为的声音把她从另一个世界拉回到现实之中，她说："没事，只是想找你聊聊……随便聊聊，你还好吗？"

何一为点点头，说："感谢苏总在我困难的时候收留了我，我现在很好。"

苏文说："公司正需要你这样的人才，要说感谢，应该我感谢你。"

气氛马上变得融洽了。接下来，苏文又问了问何一为某些个人的情况，还问他初来乍到是否习惯。那天，何一为的嘴巴挺好使，而他的嘴巴原本是不太利索的，这使他感到惊奇。何一为用幽默的口气同她闲聊，她好几次差点儿笑出声来。何一为一时忘了她是公司的总裁，一个能决定他命运的人。谈话效果却出人意料的好。何一为隐隐看到苏文的眼角布满了细密的纹络，他想，与那些纹络相连的，一定是一串串风雨中的故事，那些故事有的精彩，有的不怎么精彩。他还深切地感受到，这个女人，这个省城有名的女强人，其实是个很孤独的人。她需要朋友，就像植物需要阳光雨露那样。

苏文最后笑盈盈地对何一为说："今天我很愉快。谢谢你的光临。"

这之后何一为就像钻进了一张绵密的大网中，或者说有一张绵密的大网严严实实罩住了他。同事们都用奇怪的眼神看他，甚至有人有意讨好他。他问他们："怎么，我变了吗？"

人家说："不是你变了，而是苏总变了。你来公司后，苏总变得开心了。"

汪家林也变了，他的脸色越来越难看，经常醉酒。喝醉了他就说胡话，谁也奈何他不得。

一次，由于何一为的冷漠和出言不逊，得罪了台湾的一家客户，一笔利润很可观的买卖泡汤了。汪家林气得暴跳如雷，公然说要开除何一为。据说，汪家林在公司高层会议上气呼呼地叫嚷："何一为是个神经病！书呆子！只配喝西北风！这样的人不除名，公司早晚要毁在他手里！"

何一为也感到不妙。那个台湾来的商人太傲慢了，他实在是气不过才出言不逊的。但是，毕竟由于他的失误，砸了公司的生意。他把宿舍里的东西归整了一下，每天上班前，他都卷好铺盖，等着被炒鱿鱼。他做好了各种准备。然而过了一段时间，却没人再提这事。他糊里糊涂不知底细。有一天，王静跑来告诉他，是总裁苏文替他消了灾免了祸。苏文为这事甚至和汪家林拍了桌子。苏文说："汪家林，你若是不服气，你来当总裁算了！"

王静说完这话，痴痴地望着何一为。她的眼圈红了，目光是哀怨的、无奈的、痛苦的，聪明过人的她已经预感到了一切。她无法抓住她和何一为命运的缰绳，只能听之任之了。

何一为听到王静传来的这个消息，也并不觉得轻松，他反而感到沉重。种种迹象表明，苏文确实对他另眼相看，在暗中关心他、提携他，也考察他、考验他。他不知道这究竟是福还是祸。

至于和王静的关系，自从那次尴尬的遭遇之后，王静倒是一如既往地爱恋他、暗恋他，但他的热情却在一点一点地丧失。他并不感到有什么遗憾，因为他向来跟着感觉走。既然是无意义的，为何还要强留？除非让他真实地感觉到了他们之间的那份爱，否则他是不会主动去追求的。

王静，你也认了吧。

第 九 章

这一刻终十到来了。虽然种种迹象表明，这一刻早晚会米，但当它呼啸而至的时候，何一为仍然感到极为突然，措手不及，他简直不敢相信这是真的。正像一首歌中所唱的，不是我不明白，是这世界变化快。

这一年的春天来得早，春节刚过，路边的小草就泛绿了。初春，一个周末的傍晚，何一为突然感到有点儿烦躁，还有点儿焦虑，总觉得有件什么事情等着他，而且是一件重要的事情。按照计划，他原本要去听一场音乐会，正要出门时，天上淅沥淅沥下起了小雨，他想了想，便取消了计划，决定今晚哪儿都不去，就在宿舍老老实实待着。

房间很简陋，只有一张单人床、一把椅子、一只床头柜、一个小书架。他把自己关在宿舍里，先是看了会儿书，怎么也看不进去；只好打开录音机听音乐。他在房间里踱来踱去，干什么都觉得不对劲。这种情况以前几乎是没有的。他总是心静如水，心无旁骛。可是今晚，他对自己的反常表现感到奇怪。

约莫八点钟的时候，他正在听音乐，突然听到有人敲他的门。他以为别人敲错了门，因为几个月来从未有人来宿舍找他，他不想贸然开门，就把录音机的音量拧小了一点，大声问："谁?"

没人回答他，但敲门声仍在继续。何一为疑疑惑惑走到门后，猛地拉开门。随即他大吃一惊，站在门口的不是别人，正是公司总裁苏文!

苏文身着海蓝色的西服套装，脚蹬白色半高跟高档皮鞋，脖子上围一条橘红色丝巾。这使她显得年轻，富有青春的朝气，虽然她年龄已不算小。她手里提着一把雨伞，却没有水珠滴落，说明雨已经停歇。

到这时候，何一为找到了自己刚才烦躁不安的原因。仿佛一切都是上帝的安排，让他无话可说。

在何一为发愣的当口，苏文灿烂地笑了，小声说："我路过这里，顺便来看看你。不欢迎吗？"

何一为也笑了，说："苏总，这太让我感到意外了。您是怎么找到这里来的？"

"鼻子底下有嘴，问呗。"

"噢，快请进。"何一为做了个手势，"敝舍就是有点儿寒酸。"

苏文和他对视一眼，闪身进来。何一为想关掉录音机，苏文抬手制止了他。她说："我比现在年轻十岁的时候，就听过这首歌。"她径直走到录音机前，伸手将音量放大，"甲壳虫"们演唱的《青鸟》便充满了小小的房间：

　　　　深夜中青鸟在歌唱，
　　　　用这破损的双翅学着飞翔。
　　　　你用一生，
　　　　只是等待这个升起的时刻。
　　　　深夜中青鸟在歌唱，
　　　　用这沉陷的双眼学着凝视。
　　　　你用一生，
　　　　只是等待这个自由的时刻。
　　　　…………

歌声在夜晚的空气里流淌。苏文坐在那把唯一的椅子上，何一为坐在床上。他们之间隔了一米多的距离，彼此能够感觉到对方的气息。他们翻来覆去地听这歌声，不知听了多少遍，谁也不说话，只是沉浸在动人的歌声里。何一为看到苏文的眼窝里噙着晶亮的泪珠，闪闪烁烁，宛若夜航中缥缈的灯火。何一为也受到了深深的感染，不知是由于苏文的眼泪还是由于"甲壳虫"们忧伤的歌声，可能二者兼而有之吧。夜深了，苏文来之后，又下过一阵雨，现在又停了，他们都觉出了饿，于是他们下楼，来到街头的一家小饭馆，每人要了一碗热汤面。

小饭馆装潢粗俗，环境也差，苏文平时不可能到这种地方就餐。但现在苏文却吃得欢快，兴致极高，额角上沁出了汗珠。她边吃边说好香好香，还说这是她平生吃得最香甜的一次夜宵，这餐夜宵她会记一辈子。五十多岁的饭馆老板高兴得合不拢嘴，执意不收他们的钱。苏文朝何一为努努嘴，幽默地对饭馆老板说："这位先生请我消夜，你不收他的钱，他会没面子的。"

饭馆老板挥起大手，使劲一拍油光光的脑门："好，好，我收我收！"

大家都开心地笑了。

来到街上，沐浴着路灯昏黄的光线，他们一时不知道要去往何处。空气里弥漫着水汽和小草的清香，是早春的气息，沁人肺腑。苏文告诉何一为，今晚她并不是路过，而是专门来找他的，而且是步行赶来的，走了整整一个小时。她想试试自己的运气，如果找不到他，她就重新再步行回去，走到天亮也没啥。何一为说："苏总，这下你可以坐车回去了。"

苏文说："可是，我现在还不想回去……既然我大老远跑来了，你不会急着下逐客令吧？"

结果，他们又返回到何一为的宿舍。苏文提醒何一为关掉大灯，打开台灯。他们面对面坐着，苏文向他讲起了她的过去。她讲了很多很多，有些何一为听过就忘了，但有几件事情他牢牢记在了心里，再也忘不掉了——

她十岁的时候，父亲被人关进了监狱。有一天，重病缠身的妈妈派她去给父亲送饭。监狱离家有七八里的路程，走在路上，她觉得饿极了，竹篮中的饭盒里，食物的香味令她翻肠绞肚，神魂颠倒，实在忍不住了，她打开饭盒，吃了一小口。她对自己说："就吃这一口……"然而，她实在控制不了自己，咬紧牙关也没用，便又吃了一小口。她再次对自己说："就吃这一口啊，不能再吃了……"她就这样往前走，在极端矛盾的状态下，走一段吃一小口，然后再狠狠地骂自己两句。等她赶到关押父亲的地方时，发现手中的饭盒已经空了。见到浑身是伤的父亲，她把空荡荡的饭盒藏在身后，吓得不敢抬头。但当父亲捧起她的脸蛋，在她额头上亲了亲时，她的泪水顿时湿了面颊，然后边哭边哇哇大吐，把胆汁都吐出来了。

她说："就为这事，我永远不会原谅自己！"

半个月后，她再次去监狱给父亲送饭。这回她不敢偷吃了，她把饭盒紧紧抱在怀里，生怕它会突然飞走。但是在牢房门口，一个脸上长颗黑痣的看守拦住了她，把她哄骗到一间废弃的仓房里。他褪下裤子，让她看他的脏东西，逼她抚弄，还上来乱抠乱摸她。她吓得直哆嗦，失声喊叫。那家伙慌忙提上裤子，上前捂住她的嘴，然后说，除非她从他的裆下钻过去，不然就把她带来的饭菜拿去喂狼狗。她咬咬牙那么做了。

后来父亲知道了这件事。父亲铁青着脸，牙齿咬得咯咯响，说："我这辈子最痛恨的，就是那个侮辱我女儿的人！"

还有一次，她跟着一个满身烟味的男人从北京路走到人民公园门口，足有三里路，为的是给离不开烟的父亲捡一个新鲜的烟头。那人终于要抽烟了，点上一支，美美地吸。她耐心地跟随着他。他嘴上那支烟吸得差不多了，只剩下短短的一截。她眼睛一眨也不敢眨，紧紧盯住他拿烟的那只手，只要他一扔掉，她就跑过去捡起来。但到最后，那人却一挥手，把烟头扔进了路边的臭水沟……

她说："那一瞬间我的脑子就像裂开了一样！"

转眼到了一九七四年，她十五岁。十五岁的她个头已经很高了，就是现在这个身高，十五岁以后她没有再长个头。她赶上了"上山下乡"的末班车，跟随几个年龄比她大不少的男女青年，上山下乡到了东明县刘集公社张沟大队。她的厄运随之降临了。

在她十六岁生日的前夕，公社革委会主任下令调她到公社参加毛泽东思想文艺宣传队。当天晚上，公社革委会主任就迫不及待地把她叫去谈话，说为了她的成长进步，要好好给她上一堂政治课。她早就听说此人是个好色之徒，所以去"听课"之前做好了一切准备——穿上了三条质地结实的长裤，腰带也换上了农民习惯用的粗布带子，而且打了一连串的死扣。果然，到那家伙办公室后，他三句话没说完就扑上来动手动脚。但他怎么也解不开她的裤腰带，累得鼻子都歪了，呼哧呼哧直喘。偏偏他屋里又没有剪刀，连水果刀都没有。他想了想，就把她反锁在屋里，心急火燎地去找食堂炊事员借切菜刀。办公室在二楼，幸亏楼下是松软的菜地，她利用这个间隙，奋力推开一扇铁窗，咬牙跳下窗台，连夜逃往张沟大队。漆黑的夜，二十里远的黄土路，她踉踉跄跄，不知摔了多少跤，鼻子眼角都摔破了、肿了。想撒尿，却又解不开腰带，尿了裤子，真是乱了敌人也乱了自己；途中又迷了路，鞋子也跑丢了。她整整折腾了一夜。到达知青点时，模样比女疯子都不如。

接下来的那些日子她孤独极了，非常渴望有人爱她。但是，全知青点十二个男知青没有一个敢爱她，他们宁肯去追那些比她丑一百倍的女知青，因为所有的人都相信，公社革委会主任真的强奸了她，她是个不洁的女人了。

这才是更可怕的。

她说："在最痛苦的日子里，我甚至发狠地想，如果革委会主任再来纠缠，那么我就答应他！……"

……

到后来，苏文的讲述深深震撼了何一为，他的眼泪不知不觉涂满了脸庞。也许苏文把这些陈年往事埋藏得太深太久了，所以在讲述的过程中她的语调出奇的平静，仿佛在讲述别人的故事，她甚至没掉一滴眼泪。但对于何一为来说，这反而有一种更加强烈的震撼力。他找不到恰当的词句来安慰她。有谁能够想到，在这样一个寂静的夜晚，这个省城著名的女大款，会把她的经历袒露给一个几乎与她素昧平生的人？她为什么要向何一为讲述？何一为仍是不明白。

然而，何一为不一会儿就找到了答案。他看到苏文眼中的泪水像涌泉那样滚滚而下。她再也克制不住了。她也不去擦，一任泪水横流，滴落在胸前。何一为不知怎么办好，他说："苏总，你没事吧？"

"小何，一为，求你了，不要叫我苏总。我不希望你叫我苏总。叫我苏文……"苏文抽泣着说。

她坐在何一为面前，泪眼婆娑，此刻看上去那么弱小，那么可怜，那么孤苦无助。很难让人相信，她就是著名的海天公司总裁，一个人们眼中的女强人。在这个备受磨难的女人面前，何一为突然觉得自己很有力量、很高大、很强壮，或许能够帮助她、安慰她、救赎她。他说："苏总……苏文，我真的没有想到，在事业上，你创造了神话般的辉煌，而你的过去是那么不容易。也许正是那些磨难成就了你，你说是吗？"

"我不想听这样的话！"苏文抬高嗓门说，"我宁愿不要那些狗屁辉煌，而愿意像一个正常的女人那样生活，和自己喜欢的人日日夜夜厮守在一起，过平平常常的日子，过踏踏实实的生活。我做梦都想这样。可是，我就是得不到这些。你明白吗？在公司里，我从没向任何人讲过我的过去，也从没向任何人袒露我的心迹——除了你。你是一个例外。因为我觉得只有你能理解我，能帮助我，甚至你能拯救我。一为，你回答我，我说得对吗？"

何一为低下头。他想，苏文可能太寂寞了，与人缺少正常的交流，高处不胜寒嘛，再说生活不可能十全十美。但他无法把这些想法说给苏文听，因此，他一时不知道怎么回答好。他只是感到面前的一切有点儿不真实，像阳光下的泡沫，看上去异常华丽，但弄不好一闪而逝。想了想，他说："苏文，你的真诚令我感动，我会永远记住的。现在我们不是都好好的吗？这比什么都重要啊。"

"你说的这些都是表面上的，我不看重这些东西。我看重的是内心。"苏文热泪涟涟，"我想，你应该明白我的心情，因为你和别的男人不一样，因为你原本就是一个非常优秀的男人，这一点我早就看出来了，我们第一次见面时我就被你打动了……"

何一为终于找到了苏文当初痛痛快快收留他的原因。

王静也这么说过，他有点儿不太相信。现在他相信了。

何一为缓过神来，把自己的毛巾递给苏文。苏文简单擦擦脸上的泪水，又把毛巾还给何一为。接下来是一阵沉默，一阵难堪的沉默。何一为感到有些尴尬，有些疲倦，想说什么欲言又止。他甚至希望苏文到此为止，赶快关闭自己感情的闸门，不要让感情的潮水肆意横流，因为一切不符合实际的冲动都会带来意想不到的痛苦。难道我们经受的痛苦还少吗？他想。

可是，苏文仍然没有要走的意思，她垂下眼帘，喘着粗气，仿佛在酝酿下一个步骤。何一为不敢看她的脸，总觉得目光无处停留。时间在静默中悄悄流逝，窗外的风声像一种哀鸣。突然，苏文说："一为，看着我！……"

何一为抬起头来，他们的目光霎时交错在一起。他看到苏文一脸痴情，是那种再也无法抑制的情感流泻，是激情压抑不住之后的总爆发！而他就好像被人绑在了火山口上，要么上天堂，要么下地狱；要么锤炼成金刚之身，要么粉身碎骨……他有些害怕了，嗫嚅道："苏文，苏总，你没事吧……"

苏文剧烈地哆嗦了一下，摇晃着站起来，泪如雨下："一为！……"

就在何一为惊慌失措的当口，苏文像一只鸟儿那样，抖翅飞进他的怀抱，不容置疑地紧紧抱住他。何一为吓坏了，但他没有力气推开她。他说："苏文……"

苏文伤心地说不出一句话，在何一为怀里抖抖索索，泪雨滂沱。何一为觉得她像一团熊熊燃烧的火球，几乎要将他熔化。他使出平生的力气，让自己镇定一下，说："苏文，请你平静一下，好吗？"

"不能！"苏文呜咽着说，"因为我……喜欢你！"

苏文用"喜欢"来代替"爱"，表明了她的含蓄。何一为觉得自己全身的骨头被人抽走了，他结结巴巴地说："我没有想到，真的没有，我感到吃惊……"

"我想到了，我感到特别特别的幸福！"苏文说。她把脸死死贴在何一为胸脯上，而且像小羊吃奶那样不停地蹭来蹭去。

她断断续续又说："以前我的外表很虚弱，但我的内心很强悍；如今，我表面上变得强悍了，内心却虚弱得不行。这只有我自己清楚。我甚至以为，自己这一生一世不会再有爱了，曾一度死了心，一门心思干事业，拼命赚钱。这几年，不知有多少男人追求过我，他们中有省委副书记的公子，有港台的大商人，有博士、硕士生，咱们公司内部的也有，还有外国人，但我丝毫不动心。有些人把我当成了冷血动物，说我是个残缺不全的女人。他们错了！不信，我现在就做给他们看！"

"是的，他们错了。"何一为抚摸着苏文经过仔细梳理的头发，大为感动地说，"真正的火焰是在心中燃烧的，表面上的虚张声势经不起风吹雨打。"

"可这一切都是因为你！"苏文又哭了，她的嗓音也哑了，她使劲摇晃着何一为的肩膀，"自从第一次见你，我就喜欢上了你，是你唤醒了我的爱。奇怪吗？不，绝不！起初我以为这种爱是暂时的，是心血来潮，是不能长久的，是不现实的。可是后来我发现，我越来越喜欢你，我控制不住自己的情绪……"

每每说到动情处，苏文的泪水就遏制不住地流，仿佛她是河水，何一为是河道。他听到了苏文剧烈的心跳，怦怦地与他的心脏共鸣。他轻轻扳过她的脸，轻轻抚摸她眼角细微的纹络，就像考古学家在鉴别一件远古时代的出土文物。到最后，何一为也哭得一抽一抽的，他们的泪水混合在一起，宛若咆哮的河水，尽情冲刷着岁月的尘埃。泪水使他们这个晚上所做的一切都显得神圣无比，光彩照人。

他紧紧地抱住浑身战栗的苏文，轻轻地吻她的额头，吻她的眼角。在这个突如其来的幸福的时刻，他断断续续想起了两个曾经与自己有过情感纠葛的女人——丁冬和王静。同苏文相比，丁冬显然是太平淡了，而王静则过于单纯。她们都经不起咀嚼。苏文与她们不同。苏文的沧桑、苏文的故事、苏文的曲折、苏文的深刻、苏文的凝重，完全地打动了他，使他跳入了情感的大潮之中，再也不能自拔了。

这个时刻，他忘记了苏文是财富的化身，是省城著名的实业家，是他在公司的最高上司。他只是把她当成了一个普通的女性，一个需要爱抚和拯救的弱小的异性。他是不在乎财富和上司的，如果他在乎这些，他就不是何一为了。如果这时他想到这些，他还会动情吗？

他还想起，仅仅一个多月前，也是在这个房间，美丽而多情的王静姑娘曾经赤裸着躺在这张单人床上，她美得令他炫目。他只差一点儿就占有她。好险！如今想起来都有点儿后怕！现在，他和苏文没有涉及性的问题，他们之间没有性，只有情，当然也有爱，还有相互的敬佩和吸引。这比什么都强。

后来，何一为又想到，在此之前，他与苏文最大的不同在于：她以为她这一生不会爱上别人，而他却觉得，不会有人来爱他了。因此，当爱情突然而至的时候，他们都有些束手无策。至少在他是这样。

那晚的惊涛骇浪过去之后，苏文对何一为说："即便有一天我所有的财富在一瞬间化为乌有，我也不会感到难过，甚至不会流一滴眼泪。因为，你胜过我的一切，有你就够了，足够了！"

说这话时，她笑了。她笑起来很甜。

对此，何一为还能说什么呢？

苏文抬起手来，抚摸着他宽阔的额头，深情地说："我爱你！"

何一为也附和着她说："我爱你！"

拂晓悄悄来临了，冰冷的雾气涌进房间，何一为感到有些寒意。他们相拥着，等待日出的时刻。

新的一天又开始了。

第 十 章

四月二十六日上午，丁冬收到了一份印制精美的请柬。看一眼信封上龙飞凤舞的大字，她就知道是何一为寄来的。

洋红色的请柬上说：丁冬女士，您好！何一为先生与苏文女士定于五月一日上午十一时十八分，在本市金鼎大厦二楼菊花餐厅举行婚礼，届时请您光临。

丁冬感到眼睛被那两行烫金大字狠狠地灼了一下，不适感迅速涌遍了全身。她抬手揉揉额角，把窗帘拉上，拿过面前的水杯呷了一口。

对于这个不幸的结局，丁冬早就料想到了，所以她并不是感到太突然。

她很快就平静下来了。

自打何一为进海天公司后，丁冬和他很少联系。她认为他刚到一个新单位，有个适应过程，肯定会很忙，联系少一点也很正常。因此，丁冬从不主动打扰他。但是后来，几个月过去了，他们仍然极少联系，这就有点儿不正常了。丁冬知道何一为这个人的特点，他不想做的事情，你越强加给他，他越是烦，所以也只能是听之任之了。

说出来可怜。何一为到海天公司后，丁冬只和他见过两次面，其中还有一次是在春节前的同学聚会上。他们偶尔通电话时，谈的也是鸡毛蒜皮的小事情，一点儿也找不到当年热恋时的感觉了。

当然，丁冬很清楚，毕业之前，甚至更早一些时候，她和何一为之间的情感游戏差不多就已经该结束了，为此她悲伤不已。但这并不妨碍他们交往，正像当今某些开放型的年轻人那样，她追求的是事物的过程，而不能过于看重结果。

尽管丁冬仍然像以前那样爱着他，他嘴上说也爱着她，但他们谁都清楚，这样的表白已经显得软弱无力。这没有办法。

随着时间的推移，丁冬越来越觉得何一为的身边布满了可怕的陷阱，他一不留神就会掉下去。她只能把对他的爱深深地埋在心里。她坚信这一份爱对于何一为而言，也许是世上最弥足珍贵的。

丁冬唯一能做的，就是等待一个结局。

现在，这个结局终于出现了。

但它远远地超出了丁冬的想象。

苏文这个名字，丁冬当然不会感到陌生。丁冬在媒介上见过她的形象，说不出是一种什么感觉。关于本市这位声名显赫的女大款，传说很多，很显然，人们关心的不是她的容貌，而是她的财富。不知有多少男人在暗地里打她的主意呢，做梦都想当她的郎君，进而占有和享受她所创造的财富。

现在好了，让傻小子何一为捷足先登了，那些对苏文垂涎欲滴的男人们，喝西北风去吧！

四月二十六日上午，丁冬的心里说不出是一种什么滋味。她反复捏弄着前男友何一为亲自书写的请柬，脑子里乱乱的。

在丁冬以往的印象中，何一为是极其清高自傲的，简直到了无以复加的地步。但是到了最后，一向视金钱如粪土的何一为，却偏偏和"金钱"结合了！他娶的不是一般的女人，而是省城的一个最有名的女大款！

哈哈，是什么使他的变化如此之大？

这算不算堕落？

想来想去，丁冬找不出问题的答案。直觉告诉她，事情不会这么简单。

眼看五月一日就要来临，丁冬仍然在犹豫：去，还是不去？

她越来越对何一为的这个明显有些仓促的决定心存怀疑。用婚姻来掩饰自己残缺不全的感情，情况往往可能会更糟糕。难道生活中这样的例子还少吗？

最后时刻，丁冬决定去参加何一为先生和苏文女士的婚礼。丁冬想听听这出戏的开场锣鼓。当你带着挑剔的目光去看一场注定不会成功的演出时，它的开场往往就是个败笔。

五月一日上午，风和日丽。丁冬怀着悲壮的心情，离开宿舍，来到大街上。大街上游人如织，人们欢天喜地享受节日的乐趣。丁冬的这个节日却因为她所钟爱的何一为和别的女人举行婚礼而使她落落寡欢，颇为失意。

丁冬站在马路边，等了好大一会儿才拦住一辆黄面的。司机是个六十多岁的老人，头发全白了。丁冬从来没有见过这么年老的司机，一个劲地打量他，心想他如此一大把年纪，还辛辛苦苦出来挣钱，挺不容易的。这年头，越活越累的人真是太多了。大家活着的目的似乎只有一个，那就是赚钱，拼命地赚钱。老司机觉察到了丁冬的诧异，亮开大嗓门主动介绍说，他本来已经退休了，可是儿子年前刚买了这辆黄面的，上路没几天，就被查出肝癌晚期，两个月后就死去了。他心里闷得慌、难受，就开上它出来转转，挣钱是次要的，散散心才是主要的啊。丁冬大受感染，说："大爷，您一定想开些，一切都是命中注定，谁也扭转不了啊！"老司机说："我想得开，我想得开。你们年轻人遇事也要想开些，只要没病没灾的，比啥都强哪！"

下车后，丁冬抬腕看看表，发现比约定的时间早到了近一个小时。

她不由得责怪自己：你急什么，好像是你举行婚礼似的。

这是丁冬毕业后第一次参加婚礼。留在省城的同学们很快都要入洞房，以后参加婚礼是少不了的。她说不准自己什么时候成婚，也许一辈子都做不了新娘了，她刻骨铭心爱着的何一为投向苏文的怀抱，对她的打击是显而易见的，虽然她嘴上不愿承认。并不完全是因为失去了一个何一为，关键的关键是对她心理上的打击。这个变故使她得出一个结论：两性之爱是靠不住的。

丁冬在金鼎大厦门前的广场上踱步，突然想起自己并没有带任何礼物来，赶紧到马路对过的一家花店买了两束鲜花，然后回到广场上驻足观望。在她的记忆中，这是她第三次来这个金碧辉煌的地方。不久前报社派她来这里参加过一个新闻发布会，算是第二次来。最早一次是同何一为一起来的，那时他们正值热恋，他们在大街上轧马路，三转两转就到了这儿。他们看到，数不清的进口轿车鸣着喇叭像疯狗一样乱窜，敢到这里来的也就是那两类人：官员和先富起来的生意人。当时，她用欣赏的眼光打量着金鼎大厦周围的一切，看到大厦门口光可鉴人的台阶上，站着英俊高大、肩上垂着金色流苏的保安先生和侍应生，有很多好奇的市民隔着花坛和音乐喷泉仰望大厦气势逼人的主体建筑。当时她的眼里一定是流露出了羡慕的目光，引起何一为的不快。何一为闷声闷气地对她说："不要眼馋这些！一切都不过是过眼烟云罢了。"

丁冬反驳道："我眼馋没关系，就怕你眼馋。男人嘛，总是最先经不起诱惑。"

何一为说："丁冬，你说得对。不过我可以告诉你，我是能够拒绝诱惑的。如果这个世界上只剩下一个不被诱惑的男人，那么，我希望你相信，那个人就是我。"

丁冬说："一为，你太自信了。但愿你说到做到。"

何一为说："那就让时间来证明吧！"

他们击掌，以示决心。

就在那天，何一为告诉丁冬，金鼎大厦的主体建筑占压了一座古老的四合院。这个地方过去的门牌号是剪子巷19号。那座北方风格的四合院里，曾经有一棵枝繁叶茂的洋槐树，每到夏季，洋槐树上会冒出很多"吊死鬼"，它们挂在空中荡来荡去，人们从树下经过，一不留神就会让它钻到脖子里，吓你一大跳。有个小男孩在那棵树下生活了五年多。那是他最幸福的五年多时光。

丁冬疑惑地望着何一为。何一为加重语气说："那个小男孩，就是我。"

丁冬颇感惊异。她因此而多多少少了解了一些何家的过去。

何一为最后说："如果将来我有了钱，就把这座大厦买下来，然后推倒它，重新在这儿建一座四合院，再栽上一棵洋槐树……"他自嘲地笑了笑，又说，"这当然是不可能的，我怎么会有那么多的钱？做梦去吧！"

丁冬回到现实中来。时间过得很慢，她感到百无聊赖，不停地东张西望。大堂门口的两根大理石顶梁柱上，不知何时被人贴了两个大红"囍"字，显然是为何一为苏文夫妇预备的。可是，仍然不见新郎新娘的影子。

这时，慢悠悠走过来一位老态龙钟但衣着华丽的老太太。老太太手中牵着一条血统高贵的外国公狗，那条狗全身的毛几乎全被剪光了，唯有肚腹上生殖器周围还留有一撮，使它高贵的生殖器看上去非常显眼。丁冬感到好笑好玩。经过丁冬身边时，外国公狗突然冲她露出和蔼、慈祥的微笑，吓了她一跳。老太太也露出一个雍容华贵的笑容，对丁冬说："小姐，不用怕，约翰对小姐们最友好。"老太太牵着公狗离开后，丁冬想，这世道真是变了啊。

大厦门前的人渐渐多了起来。终于，几辆豪华轿车沙沙地驶过来，在大理石台阶下停住。从头一辆车上钻出身着节日盛装的何一为和苏文，人们围过去，说着贺喜的话。丁冬站在稍远一点儿的地方，她的目光躲躲闪闪，不敢往何一为的脸上看。但她不可能不看。她看到几个月不见的何一为，他曾经热恋的男人，满脸洋溢着喜气，不停地冲围上来的人抱拳施礼，像个老练的外交家似的，俗气得很。他在丁冬眼里变得陌生了，丁冬觉得这个人已经不是先前的那个何一为了……

世事难料啊。丁冬在心里感叹。

丁冬接着把目光扫向苏文。她看到新娘子绝不像她想象的那么丑陋。苏文甚至比她还要漂亮，具有成熟女人独特的风韵。丁冬为自己贫乏的想象感到脸红。她用挑剔的目光继续观察，透过新娘脸上的浓妆，她还是觉察到了，新娘的年龄明显比新郎大。苏文的眼角和额头上已经透示出了若隐若现的纹络，她是一个饱经沧桑的女人了。

何一为终于发现了丁冬，他眼睛一亮，急忙拉着苏文的手，款款地走过来，分别把丁冬和苏文做了介绍。丁冬把两束鲜花献给新郎新娘，并向他们表示诚挚的祝福。苏文高兴地握着丁冬的手说："丁小姐，虽然我们第一次见面，但我早知道你了。一为多次向我谈起你，他说你们是很要好的朋友。"

丁冬想说话，又不知说啥好，只能一个劲地说，谢谢，谢谢。

这一年何一为二十七岁，苏文三十岁。他们这种"少夫老妻"式的闪电般的组合本身就是一条花边新闻，何况苏文又是一个引人注目的人物。他们刚一下车，就有很多人围观，包括几个金发碧眼的外国人。金鼎大厦的老总，一位大腹便便面膛赤红的中年人赶紧张罗着让他们进餐厅。

场面并不像丁冬想象的那样盛大，客人并不多，大多数客人是海天公司的职员。竟然不见一位党政领导。凭苏文的能力，请几位省里和市里的头面人物来壮壮声势那简直易如反掌，可是官员一个也没到场，看来主人有意缩小范围，以期避开公众的注意。新娘子连婚纱都没穿，而是身穿红色的西服套裙，说明这天的婚礼就不搞具体的庆典仪式了，朋友们到场吃顿贺喜的饭而已。

果然，有位司仪模样的人代表新郎新娘向所有到场的客人致谢后，酒宴就开始了。丁冬注意到，所有的客人中，唯有她算得上是何一为的朋友。想想也不奇怪，在这座三百多万人口的城市中，何一为确确实实只有她一个朋友。如果她不来，他就连一个朋友也没有了。

十分有趣的是，丁冬看到了曾与她热恋过一段时间的汪家林。汪家林坐在一个角落里，情绪十分低落，脸色也不好看。听同桌的人打趣说，汪家林苦苦追了苏文两年，眼见着就要大功告成，谁知闯进来一个何一为，一下子就把苏老板俘虏了，汪家林眼看煮熟的鸭子又飞了，落得竹篮打水一场空，真是个倒霉蛋，几乎气得吐血……

丁冬哑然。如果这些话属实，那么，说明汪家林又一次败给了何一为。

如果同桌的人知道她也曾是汪家林的女朋友，后来被何一为俘虏过来了，那么，他们更会笑掉大牙。这世界，越来越有趣了呀。

想想吧，汪家林也真是够倒霉的，他先后追求过的两个女人都成了何一为的，这可真是要他的命！看来何一为是他天生的情敌和克星。

本来汪家林借故不来赴喜宴的，他推托说眼睛不大好，要去医院看眼睛。与他同病相怜的王静劝他道："汪主任，你去看眼睛，别人就会说你得了红眼病。所以，无论如何得参加。"就这样，他硬着头皮来了。

王静今天要担当伴娘的角色，需时时刻刻陪侍在苏文和何一为左右，她痛苦的心境更是可想而知。身边的这个男人，这个英俊潇洒、高雅圣洁的男人，只差一点儿就是她的，转眼之间，成了别人的，要和别人同床共枕，叫她如何不伤悲。可是，她还得赔尽笑脸，充当这个尴尬的角色……王静端起酒杯，莫名其妙地干了一杯。想想不过瘾，她又站起来，用目光寻觅到躲在阴暗角落里的汪家林，冲他举举杯子，接着把这杯酒送进了喉咙。

客人轮流向新郎新娘敬酒，何一为不胜酒力，基本上都由苏文代劳。苏文的酒量大得惊人，像一位旧时代的女首领。她太高兴了，太幸福了，所以谁来敬酒她都不拒。有人粗略给她计算了一下，说是开宴不到半小时，她就喝下了一瓶五粮液。她是婚宴上真正的主角。

丁冬望着杯中名贵的液体和桌上丰盛的食物，却是一点儿食欲也没有。唯有飘荡在大堂里的柔和的音乐，能够唤起她点点滴滴的情愫。她的目光主要停留在何一为身上。她见何一为的情绪的确不错，脸上的笑容温和、放松、平静、轻快、典雅、高贵。丁冬打心眼儿里为他高兴。这个她所眷恋的男人，其实是个内心十分脆弱的人，忧郁成性，一碰就碎，一触即溃。他若能就此得到幸福，她当然真心为他高兴，为他祝福。因为她天生就不是一个鼠肚鸡肠的人，她遇事能够想得开。

喜宴进行到高潮时，何一为端着杯子，摇摇晃晃径直来到丁冬面前，他说："丁冬，你也结婚吧！一个人多没意思。"

丁冬不置可否地笑笑，与他碰杯，咬牙咽下一口苦酒。她想对他说：亲爱的，你以为你真的找到幸福了吗？你可要当心，因为幸福不会简单到一结婚就来临的地步，而且结婚往往是苦难的开始，婚礼进行曲只不过暂时将苦难掩盖罢了，人类没有力量抵御婚姻的诱惑，所以人类只有在苦难的河流中跟跄前行……

丁冬什么也没说。她突然感到脑子里乱糟糟的，眼泪要流出来，赶忙起身向卫生间走去。她用冷水浸了浸脸，才觉得好受些。她松弛一下身心，走出卫生间，见何一为站在不远处，好像在等她。她小声说："一为，你没事吧？"

何一为表情凝重地叹口气，挤出一个古怪的笑，然后说："冬冬，你以为我很幸福是吗？其实我的心情只有我自己清楚。从前，我无数次

75

幻想未来的生活，为自己设计了许多条道路，单单没有想到会是这样的结局。我问自己，这就是幸福吗？我回答不上来，或者说我没有勇气回答这个沉重的问题……"

　　丁冬愣怔着，不知该说什么。她突然想起他们初恋时的那个风雨之夜。这一切预示着什么呢？丁冬不敢往深里想，她感到了恐惧，不由打了个哆嗦。恐惧像黑暗中的潮水，正一浪一浪地向她袭来。

第十一章

苏文从省城南部的小汤山高级住宅区买了一栋两层的小楼，作为她和何一为的婚房。这个地方依山傍水，阳光充足，环境十分优美，有资格住进这里的都是本城有名的大款和部分握有实权的党政官员。半个多月前，苏文开车带何一为来小汤山看房子，苏文问他："满意吗？"

何一为说："我没有什么满意不满意，你看着满意就行。只可惜这房子不是我为你买的。"

苏文伸出食指在他鼻子上轻轻刮了一下，嗔怪道："小傻瓜，都这时候了，还分什么你我。我的就是你的，你的就是我的；我就是你，你就是我，我们两个最好变成一个人，明白吗？如果你愿意，结婚后你来当海天公司总裁，我退居二线，在家做家务养孩子当全职太太，心甘情愿侍候你！"

何一为叹口气，他无话可说了。

结婚那天，一直到夜幕降临，前来贺喜的客人才走光。随即电话铃声响个不停，电话每次都由苏文来接，因为全都是她的熟人，都是打电话表示祝贺的，有工商、银行、税务、外贸部门的官员，有来往比较密切的客户，还有几位省、市的领导。他们无一例外地都责备苏文，结婚连个招呼都不打，保密工作做得蛮好嘛，弄得他们想讨杯喜酒喝都不成。苏文津津有味地同他们周旋，逐一向他们表示感谢，再三说不想惊动各位的大驾，改日再另备喜酒，当面谢罪……

苏文一副兴高采烈其乐融融的样子，何一为却感到疲倦和烦躁，内心空落落的，仿佛处在一个纷乱的梦中。他趁苏文刚接完一个电话，问苏文："他们都得过你的好处吗？好像你是国家领导人似的，这些人争着来电话讨好你……"

苏文并未觉察到何一为的不快，哈哈笑着说："那当然。不过呢，也不能这么说，我也得到过人家的关照，大家彼此彼此嘛。亲爱的你记住，生意场就像过去的江湖，人在江湖，身不由己，就这样。慢慢你就会习惯的。"

苏文显然是太兴奋了，整整一天话格外多，平时她十天都说不了这么多话。她中午喝了差不多二斤五粮液，一点儿都无醉意，令人大开眼界。

何一为哼了一声。他想，我永远都不会习惯的，一听生意场上的事我就头疼。生意场上没有真诚，都是互相利用，唯利是图，甚至互相倾轧。它和官场上差不多，糟糕得很，混乱得很。社会风气越来越糟糕，你们这些生意人有着不可推卸的责任……如果不是考虑到今天是他们大喜的日子，苏文的兴致又高得像上天，何一为会冲口而出的。

见何一为落落寡欢，坐在意大利真皮沙发上一言不发，苏文意识到自己光顾接电话了，可能冷落了何一为，就说："好吧，亲爱的，我把电话线拔掉，让他们谁也打不进来，免得老搅扰咱俩。"她伸手把电话机的连线扯了下来。

夜渐渐地深了，不远处湖水的波涛声隐约传来，使风景胜地小汤山的夜晚更显静谧。苏文靠近何一为，抚摸着他的双肩，说："一为，亲爱的，你不高兴吗？"

何一为马上说："不不，我很高兴。因为太兴奋了，兴奋得有点儿过头，所以，我感觉有点儿累了。"

苏文说："应酬了一天，我也累了。那我们早点儿休息？"

何一为茫然地点点头。

苏文起身去卫生间放热水，哗哗的流水声有些刺耳。紧接着，苏文大声喊他，催他洗个澡。何一为说："你先洗，我等等。"苏文没再说什么。

趁这个工夫，何一为强打精神站起来，在他们上下两层的新房里转悠了一遍。他实在弄不清到底有几间房子，最高档次的装修水平，名贵的进口家具、高档电器，闪耀着奇光异彩，周围好像布满了眼睛，它们不停地冲他挤眉弄眼，似乎在嘲笑他的渺小和贪婪。他禁不住问自己："何一为呀何一为，你奋斗了这么多年，追求了这么多年，难道仅仅是为了得到这些冰冷的玩意儿吗？你原本是不看重甚至讨厌这些东西的，可你却不费吹灰之力得到了。对此，你怎么解释呢？……"

一种失败的情绪瞬间笼罩了何一为。他早就有这样的预感，那就是他永远会像一条在汪洋中漂泊的航船，很难找到避风的港湾。在白天乱哄哄的婚礼上，他已经意识到结婚不过是给自己戴上一顶枷锁而已，根本解决不了什么问题。当然，苏文是非常爱他的。苏文外表冷淡，内心火热。苏文其实是个很注重感情的女人，把爱情看得至高无上，不然她不会等待那么久。这大千世界，好男人有的是，可她偏偏看上了他何一为。一想到她把他看得那么神圣，非他不嫁，他马上就感到有一份莫名的沉重感。我能承担起她的爱吗？我能为她带来幸福吗？我果真像她认为的那么有魅力吗？……

这一个一个的问题，压得何一为喘不过气来。

他实在找不出答案。

后来，他又回到一楼大客厅里，躺在宽大的意大利进口沙发上睡着了。恍惚中觉得脸上湿漉漉的，猛一睁眼睛，看到苏文正伏在他身边吻他的额头。他呼地坐起来，抓住苏文的手说："真对不起，我可能太累了。"

苏文没一点儿责怪他的意思，她含情脉脉地说："是的，这几天把你折腾坏了。我向你保证，以后会好的，我们会过上富足、安定的生活。亲爱的，你不要想得太多，不要以为我们俩之间有距离。现在，你的任务是去洗个澡，我已经替你放好了水。"

何一为说："我不想洗。我身上不脏。"

苏文说："不洗就不洗。我们……我们上床吧……我都有点儿……等不及啦……"

苏文边说边羞涩地垂下脑袋，把脸埋进他怀里，意思再清楚不过：让他抱着她去二楼卧室。他拦腰抱起她柔软的身子，踉踉跄跄上楼。他走得很吃力。并非他没有力气，而是他心里太虚弱了。好不容易来到卧室，他气喘吁吁，几乎虚脱。苏文可能认为，他是过于冲动所致。

卧室也布置得琳琅满目，像古时候的宫殿。何一为觉得那些昂贵的物品在他的周围不停地旋转，它们不停地挤压他，让他呼吸变得困难。

下面要进行的节目只有一个，那就是男欢女爱。这可是人生的重头戏，何一为曾经为这场重头戏设计了许多场景，就是没想到当这场戏真正来临的时候，他却没有获得一个好心情。他觉得自己还没有准备好，就被人催促着来到了舞台上。要演什么戏，他全然不知。

想到下面要做的事情，他突然感到莫名的恐惧和战栗。苏文微闭着眼睛，嘴角挂着笑意，期待着那个庄严、美丽、神圣的时刻。为了掩饰内心的空虚，他像一个强壮非凡的男人那样，像一个凶恶的暴徒那样，蛮横地抱起苏文，狠狠地把她扔到泰国制造的雕花红木大床上，然后扑上去疯狂地吻她。她极力地迎合他，幸福得不行，呻唤不已。她抽空儿插话说："亲爱的，就要这样……正因为有了你，我才觉得自己成了一个快乐的人。现在我什么都不缺了，什么都有了，你说呢？我是世上最幸福的女人……"

苏文的话令何一为吃惊不小。他断断续续地想，难道在她眼里，我也是她的一件物品吗？我等待了那么久，等待来等待去，难道就是为了使自己变成她手中的一件物品吗？她说她喜欢我，不知说了多少遍，说是没有我她就没法生活，她到底喜欢我什么？还有，我也曾经向她表白我喜欢她，我到底喜欢她什么？喜欢她的财富？喜欢她的地位？还是喜欢她不平凡的人生轨迹？喜欢她经历过的风风雨雨？……天哪！我是越来越糊涂了……

恐惧像冰凉的雾气一样迅速浸透了何一为全身，他的心更像是结了一层厚厚的硬壳。他喘息着停下来。原来忙活了半天，他发现他们居然忘了脱衣服。他们竟然在穿着衣服瞎忙活！何一为颓丧地放开苏文，蹲在床边大口大口地喘息。苏文仍然沉湎于激情的氛围中，好久才发现何一为的异常，她坐起来，说："亲爱的，你怎么啦？是我哪儿不好吗？"

何一为抹一把脸上的虚汗，结结巴巴地说："不是的，不是的……只是我还不习惯这样的生活……"

苏文宽慰道："我也不习惯，我有点儿怕，但我渴望你……"她说不下去了，脸上布满了红晕。

苏文主动拥抱何一为。何一为觉得灯光太刺眼了，提醒苏文关上台灯。苏文其实是不想关灯的，她想清清楚楚地见证这个历史性的时刻。见何一为态度坚决，她顺手关上了台灯。这个晚上没有月亮，屋子里一片漆黑。他们倒在床上，各自脱光了衣服——这多乏味啊，自己脱自己的衣服——但是没办法，他们都还没有脱别人衣服的经验。

何一为完全缺乏这方面的经验，黑暗中乱了方寸，总也理不出头绪。苏文的皮肤好像很粗糙，乳房也不坚挺，骨骼更是出奇地硬，硌得他很不舒服。他不由得想起美少女王静的胴体，那具差点儿引他上天堂也差点儿领他入地狱的胴体。都是过去的事了，他无端地伤感了一下。苏文似乎显得比何一为还要无知，折腾了半天，他们仍然一事无成。绝望的感觉使何一为大汗淋淋，浑身一点儿力气都没有了，根本不像个正常的、健康的男人。最后还是苏文比他有耐心，比他冷静，帮他迈出了关键性的一步。他进入了她。但随即她发出一声撕心裂肺的惊叫。何一为吓得一哆嗦，慌忙停止了动作。苏文打开台灯，坐起来，何一为便看到了床单上的一摊呈放射状的血迹。

天哪！她竟然真是一个处女身。

何一为简直有点儿不敢相信自己的眼睛。而以前他对这个是不抱什么幻想的。当然他绝对不在乎这些，处女不处女的，都什么年代了，谁还计较这个。然而他对自己是要求严格的，他绝对不允许自己乱来，所以他基本做到了守身如玉。

苏文再一次扑到他怀里，用委屈的、疼痛的、伤感的、欣喜的、幸福的、富有成就感的、复杂的口吻说："亲爱的，你看到了吗？我一直等待着你出现，所以一直给你留着呢……"

何一为咕哝道："我看到了。但我也想告诉你，我也从没碰过别的女人……我是说，没有过实质性的内容……"

苏文继续撒她的娇。许多年来，她其实没有多少撒娇的机会。她说："你还是个童子身？太不可思议了，像你这么英俊标致的小伙子，想找女人那是太容易了。不过，是不是处男，可是没法鉴别呀。"何一为说："你的意思是说，我已不是处男了？"苏文拍拍他的脸蛋说："亲爱的，我不是那个意思。别说你还是个处男，即便你以前有过一百个女朋友，我也不在乎，只要以后我们相互忠诚就行了。"

对于何一为来讲，这个话题确实是多余的。他不知道人们在新婚之夜是否都要议论这样的话题。看来是少不了议论的。他觉得他问心无愧，这就行了。

事情刚开了个头，还得继续做下去。苏文坚持开灯做，她说要好好看着何一为。她像被抽走了筋骨一样，软软地躺下。但在刺眼的灯光下，何一为却觉得无地自容。他一点儿也感觉不到美，他甚至认为，他们是在干一件见不得人的、极其丑陋的事情，就像做贼一样。双方的裸体他怎么看都觉得别扭。他没有任何的快感。他感到灵魂慢慢地游出了他的躯壳，他变成了一块冰冷的石头。于是，很快他就变蔫了。他咬紧牙关，用最后的力气，做最后的冲刺，浇灌着属于他的这朵迟开的花。

这真是一个糟糕至极的新婚之夜。它与何一为想象中的千差万别。费了九牛二虎之力，把吃奶的劲都用上了，他总算应付过去了。好在苏文很知足，完事后满意地睡去了。在原本最甜蜜的时刻，何一为却怎么也觉不出自己的幸福在哪里。它像一个巨大的阴影，在以后的岁月里时常压迫他，令他无力自救。

到后半夜，他终于沉沉睡去。苏文的一只胳膊压在他的胸膛上，他有点儿呼吸不畅。后来，他梦见一个粗壮的男人在阳光下向他走来。阳光太刺眼了，他看不清那人的脸。那人走近了他，这时阳光也突然被乌云遮住了，他这才看清，那粗壮的男人是他的顶头上司汪家林。汪家林冲他龇牙一笑，他也冲汪家林笑笑。汪家林以迅雷不及掩耳之势从怀里抽出一把闪着寒光的牛耳尖刀，抵在他胸脯上，说："你抢了我的女人，你抢了我的财富，我要跟你拼命！"他吓坏了，哆嗦着说："女人和财富，我都不想要，你拿去吧。"汪家林一愣的工夫，他拔腿就跑，边跑边大喊救命。汪家林在他身后紧紧追赶，有好几次，牛耳尖刀的刀尖抵近了他的后脑勺。周围有很多人围观，但是没人上前帮助他。人们津津有味地看着热闹，齐声说："你们两个决斗吧，谁赢了女人和财富就归谁。"眼看汪家林追上了他，他脚下一滑，摔倒在地。汪家林狞笑着，手中的尖刀直逼他的胸膛。汪家林说："我要把你的心挖出来，拿到太阳底下晒晒，它快发霉了。"他惨叫一声，就把苏文惊醒了。苏文手忙脚乱打开灯，急煎煎地说："一为，你怎么啦？"

他像个受到惊吓的孩子那样缩进苏文的怀抱，浑身大汗淋漓。过了好一会儿，才说："我梦见汪家林拿刀杀我，说我抢了她的女人和财富。太可怕了……"

苏文如释重负地笑了："不过是个梦嘛，汪家林哪有这个胆量。"

何一为困难地摇摇头："你可不要小瞧汪家林，我预感到他会报复的。今天在婚宴上，他的眼睛通红通红，像个输光了的赌徒……他说我抢了他的女人，你是他的女人吗？"

苏文耐心解释道："亲爱的，你千万别胡思乱想。我从没向汪家林允诺过什么。他对我有想法，这我知道，但我对他却是一点儿感觉也没有。即便我们不认识，我也不会嫁给他的。他怎么能和你比？他哪一点都不如你啊！再说，我待他不薄，想当初他换了两三个单位，都不满意，是我收留了他，把他放在重要的岗位上，让他拿高薪，给他配了车子，给他分了房子，他得感激我才是，怎么敢报复你，我谅他没那个胆量。一为，你就放宽心吧！"

何一为和苏文永远不会知道，这天晚上，汪家林也是在狂躁中度过的。他和王静在一起。婚宴散场之后，人们很快就走光了，汪家林最后离去。在大厦前的广场上，汪家林看到了一步三晃的王静。王静打算步行回家，她家离这儿很近。这两个今天最失意的人遇到一起，就算是有共同语言了，觉得格外亲。汪家林说："王静你可真行，这种破酒你也肯喝？我是一滴也没沾，我觉得恶心。"王静说："今朝有酒今朝醉，管它什么酒呢。"汪家林说："都是那个姓何的小子闹的，他把咱俩的心情都给搅坏了。"王静舌头都快打不了弯了，她说："我无所谓。汪大哥，你是输给他了。"

他们聊了一会儿，汪家林把车开过来，王静坐上他的车再正常不过了。汪家林拉着王静在市里瞎胡转，天黑后，他们找了个小饭馆接着喝。这回汪家林放开了喝，一会儿就喝醉了。王静也跟着喝，基本也醉了。他们不知道怎么来到汪家林住处的，进屋后一个滚到床上，一个在

84

沙发上，倒头就睡着了。半夜，汪家林先醒过来，他弄清形势后，三下两下就把王静扒光了。王静稀里糊涂就让他给睡了。既然已经这样，王静也就不再反抗，任凭汪家林折腾。后半夜他们接二连三地做爱，汪家林说："姓苏的和姓何的是不是也在干这事？老子比他有劲，老子比他能做。"他恶狠狠地命令王静，就说"我是苏文"。王静不从，他就捏她的大腿里侧的嫩肉，弄得王静大呼小叫，活蹦乱跳，搞不清她是兴奋还是痛苦。

天快亮了。在小汤山的别墅里，苏文安慰了何一为一番，很快又睡了。何一为回味着刚才那个骇人的梦，睡意全无。焦虑和恐惧使他浑身乏力，几近虚脱。他居然又回忆起了少年时代在母鸡脑的野地里做过的那个噩梦，小寡妇戴风莲的死鬼男人手提利斧的凶煞模样占据了他的脑海。他还想起，就在那天夜里，他的作恶多端的父亲跌下了山崖，摔成了一坨肉饼。这两个梦之间难道有什么瓜葛吗？我为什么在新婚之夜原本幸福的时刻梦见那样的场面？……他不敢往下想了，只有睁着眼睛等待天明。

从此，这个极不成功的新婚之夜像一块沉重的石头，一直压迫着他。很长一段时间里，他们床上的生活一塌糊涂。尽管苏文反反复复安慰他说："没什么，没什么，这样很好，生活毕竟不全是干这种事情，只要我们两心相爱，比什么都强。"她还说："我很知足了，这还不够吗？"

然而，何一为仍旧是无法解脱。他甚至害怕夜晚的来临。当然，他们偶尔也有成功的时候。每逢这个时刻，苏文就像一条蛇一样在他身下扭来扭去，发出剧烈的呻吟。用后来流行的话说：痛并快乐着。完事之后，苏文脸上流光溢彩，十分爱惜地抚摸着他的脸蛋，说："亲爱的，你今天太棒了，我太幸福了。唉，要是每次都能这样就好了……"

听她说完，他不由得哆嗦一下。她的意思再清楚不过：她今天是十分满足的，而她以前是很少满意的，哼！她嘴上说不在乎床上的事，认为那没什么，其实她比谁都在乎。于是，他的情绪顿时一落千丈，恐惧感霎时便攫住了他，短暂的快乐像一股轻烟，消失得无影无踪。他反复地问自己：什么才叫幸福？难道非要达到高潮才叫幸福吗？不高潮难道就没有幸福吗？能简单地在高潮和幸福之间画等号吗？妓女也有高潮的时候，妓女能有幸福可言吗？

他找不到任何的答案。

新婚第三天，他们就坐飞机离开省城，外出度蜜月。苏文临行前匆忙宣布了一项决定，任命汪家林为公司副总经理兼计划财务部主任，在她外出期间，替她主持公司日常事务。何一为对苏文说："你是不是觉得自己欠汪家林的，用这个办法来弥补一下？"

苏文脸红了红，有些不悦："这是哪儿跟哪儿。我早就有这个打算，一直没来得及落实。现在条件成熟了嘛，况且汪家林也确实为公司做了不少贡献，他是公司第一个硕士研究生。"

见何一为沉默不语，苏文又补充说："一为，公司的摊子越摆越大，应当尽可能考虑周全些，因为光靠咱两个人不行，说穿了，要靠汪家林他们给撑着。亲爱的，你得理解我的苦衷呀。"

何一为说："但你目前这样做，别人只能认为是你真欠了他的。"

苏文有点儿急，使劲摆着手说："你想叫我怎么办？炒他的鱿鱼吗？"

何一为赌气道："我没这样想！我怎么会这样想？你小瞧我了吧？"

苏文只好又换了副笑脸，像大姐姐哄小弟弟那样，拉着何一为的手说："好啦好啦！咱不说这些了，公司的事你不用操心，只要有我，你什么也别怕。将来我退居二线后，有你操心的时候。现在，你只管享受新生活的乐趣吧！"

他们先去广州，然后去海口、三亚、深圳、珠海、香港、澳门，还出国去了东南亚。整个行程安排得满满的，很像国家领导人出访。每到一地，总有海天公司的客户以及苏文生意场上的所谓朋友出面请吃饭、跳舞、打保龄球。都是些商人，一身铜臭气，讲话就像谈判，随时忘不了他们的生意，张口闭口你赚多少我赚多少，虚假极了，恶心极了。整天和这类人混在一块儿，何一为的心情可想而知。但苏文却津津有味，乐此不疲，从容周旋，滴水不漏。蜜月结束的时候，苏文胖了不少，说这是她多年来最放松的一段时光；何一为却瘦了一圈，脸上的棱角显得更加分明，在女人们眼里，或许更显酷了。

回到公司，就听到汪家林和王静结婚的消息。苏文和何一为虽然感到突然，但又都觉得这是好事，苏文特意多批给他们半个月的婚假。几天后，汪家林请苏文和何一为喝喜酒，说全公司的人都喝过喜酒了，就欠总裁夫妇俩了。苏文携何一为愉快地前往，结果汪家林喝得烂醉如泥。何一为从汪家林的目光里看出，他们之间的事情并没有完结。

第十二章

生活又恢复了常态。生活基本上还是老样子。

苏文整天忙于公司事务，在下属面前，她仍然是一副雷厉风行、处事果断的样子。她不想因为结了婚就把自己变得婆婆妈妈，从而失去总裁的威严和惯有的风格。当然，变化还是有的。她比过去爱笑了，话增多了一点，也显得热情了。她说这是爱情的力量使然。一个幸福的女人怎么能不变得和善、温柔呢？

那段时间，公司的业务形势良好，账面上的营利数字迅猛增加，苏文春风得意，尽兴品尝爱情和事业的累累果实。她认为照这个势头发展，用不了几年，海天公司就会成为本市最有实力的民营企业，在全省也能够挤进前二十名。这是相当了不起的成就。

苏文有一天心情好，推掉应酬，专门开车把何一为拉到金鼎大厦，就他们夫妻二人对饮。苏文举起杯子，含情脉脉地对何一为说："亲爱的，公司目前的好运气好形势都是你带来的，我要感谢你！"

何一为看不出自己为她带来了什么，他说："我带来什么啦？我不是摇钱树，别人说，我只是一个沾老婆光的小男人。听到这话，我不生气。我想，这话也是有道理的……"

苏文赶紧夹起一片冰镇生虾片塞进他嘴里。嗔怪道："以后不许再说这样的话，要不我生气了。"

何一为说："你生气吧。我还没见你生过气呢，我想看看是什么样子。"

苏文说："小傻瓜，我真要生气，会把你吓坏的。我以前在公司经常发火，职员们见了我就躲。不过，都是为了生意，都是针对事，没有针对人。当然我不会冲你发火的，你是我的至爱，我哪敢批评你。你批评我还差不多，我会虚心接受的。"

何一为说："我这个人长这么大，很少发脾气。以后也不会。"

苏文鼓励他，说："你是男人嘛，是一家之主，是咱这个小家的顶梁柱，该做决定的时候就要做，千万不要客气，跟自己老婆有啥放不开的，你放心，我一定服从命令听从指挥……"

这天晚上，他们聊了很多，很放松，很随意，很愉快。饭毕，他们又到九楼的夜总会跳了一会儿舞。何一为的舞姿相当不错，当年在学校时就挺有名，只是他很少跳罢了。他天生就是个跳舞的高手，曲子一放，感觉就来了。苏文紧紧依偎着他，娇柔地说："亲爱的，今晚你太迷人了。我恨不得立马就把这个舞厅买下来，就咱两个在这儿跳，跳到天亮，跳一百年……"

何一为想，这才是他所希望的生活。结婚以来，这个晚上是最令他开心的。

公司的效益好，员工们的收入也跟着水涨船高，大家口袋鼓了，都乐呵呵的。见了何一为，都拿话恭维他，仿佛是他为大伙带来了好处。

何一为在家休息了三个多月的时间，秋天到来时，他决定继续到公司计划财务部上班。他不能不劳而食，他要工作。此时的汪家林当然不再敢给他脸色看，反而处处表现出毕恭毕敬的样子，大事小事都找他商量。何一为有些过意不去，说："汪主任，老汪，你是我的领导，我应该听你的，你不必客气。"

汪家林哈哈笑着说："哪能呢哪能呢，您是我们苏总裁的当家人，我们听您的，就是听苏总的，对不对？"

汪家林明明在拿话噎他，还让他无话可说。后来，类似这样的对话经常发生。何一为突然感到很烦躁。在公司里，不仅仅是汪家林，似乎人人都和他隔着一层，尤其是一些未婚的男职员，仿佛都和他有着夺妻之恨似的。他们或许认为，让这个傻小子捡了个大便宜，他们在公司辛辛苦苦干了好几年，都没得到苏文的垂青，反而让这个家伙轻而易举得到了，这叫来得早不如来得巧，真是岂有此理。

这让何一为大伤脑筋。

更要命的是，他成了新闻人物，本市知道他的人越来越多，有不少当初根本没什么交情的大学同学也打电话来，拐弯抹角追根问底。走在街上，居然有人在背后对他指指戳戳，说他傍了个女大款，天上落馅饼，小子发横财了！祖坟冒青烟了！听到这样不恭不公的话，他气得浑身哆嗦，嘴唇乌紫，脸色苍白，手脚冰凉，恨不得上前指着对方鼻子斥责：你们小瞧了我，我图她的钱财吗？不是的！我这一生最瞧不起的就是钱财！钱财在我眼里，就跟粪土一样，甚至连粪土都不如啊！

他想大声喊，但没有目标。喊给谁听呢？说他闲话的人像鬼影，你听得见，却看不清他是谁。再说，这些话谁又会相信呢？事实胜于雄辩，事情明摆着嘛，你何一为找了个比你大三岁的女财主，她的相貌很一般嘛，乍看上去你们很不般配嘛。她凭什么值得你爱？有那么多年轻漂亮的女孩子追你，你视而不见，偏偏看上了一个比你大三岁的半老徐娘，你用心何在？……固然，她有大把大把的钞票，本城很多男人在觊觎她的金钱，做梦都想占有她和她名下的财富，想想那是些多么卑鄙的家伙啊！为了金钱可以出卖灵魂。可现在，是你和这个大富婆结合了，把那些居心叵测的家伙甩在了身后。你成功了，他们失败了。虽然你标榜自己，自视清高，其实你和他们还不是一丘之貉……

想到别人对他的轻蔑，何一为就痛苦不堪。

何一为简直有点儿无地自容了。

在公司里，何一为除了面对汪家林之流射向他的明枪暗箭，同时还要面对海天公司最高领导——他的老婆苏文。见别人在苏文面前点头哈腰仿佛没有骨头的样子，而苏文又颐指气使说一不二，他看不惯。不是说人人都平等吗？他们的人格哪去了？你苏文像个女皇似的，太嚣张了。有一天，何一为去了总裁办公室，他指着自己的鼻子，对苏文说："难道我也要像公司里那些庸庸碌碌的职员一样，不停地向你请示汇报吗？"

苏文用公事公办的口吻说："首先我给你更正一个概念：海天公司没有庸庸碌碌的职员，这里所有的职员都是精明强干的，否则他就要走人。然后我再告诉你，你不用直接向我请示汇报，因为按照公司规定，你应该先向你的直接上司，也就是汪家林主任请示汇报，再由他决定是否向我请示汇报。"

何一为惊愕地瞪大眼睛："你是说，我连向你请示汇报的资格都没有？"

苏文一本正经地说："正常情况是这样，当然也有例外，比如情况紧急时……"

何一为肺都要气炸了，他打断苏文的话："好啊，你竟然这样对我说话！……"他气得语塞。苏文把自己的水杯递给他。喝了两口水后，他气也消了大半。

苏文"咯咯"笑起来，几乎笑出了眼泪："一为，你是我的下属，在单位，必须遵守公司的各项制度。当然，在家里你可以随便，反过来我向你请示汇报也行。你是我的皇帝，我愿意侍候你。"

何一为咕哝道："我就不明白，我为什么连向你请示汇报的资格也没有……简直莫名其妙……你的门槛也太高了……"他嘟嘟囔囔下了楼。

苏文一笑了之。她越来越发现她的老公天真无邪。他太天真了，像一张白纸，像一片云彩，仿佛还是个未长大成人的孩子。她喜欢他的稚拙和表里如一，这样的男人，你根本不用防备他什么。

何一为却感到委屈。其结果是，他开始三天打鱼两天晒网，不按时上下班了。苏文一点儿都不怪他，反而劝他干脆在家待着。她早就有让他撤出公司的打算，两口子在一个楼上工作，她觉得自己施展不开手脚。她说："一为，你说你很累不是？那你就在家好好休息吧。你可以读书，可以写作。我觉得你的文笔很不错，比不少作家都强，你的经历那么曲折，把它写下来，说不定就能出名。"

何一为说："我不想出名。心态浮躁的人才老想着出名。"

"那好。"苏文急着外出，想尽快把话说完，"总之你想干什么就干什么。只要你记住，我们永远是相亲相爱的一对就行了。"

何一为真的不再上班，他成了一个吃闲饭的人。他想，他这样做并不是逃避劳动，而是他不愿意看别人皮笑肉不笑的脸，不愿面对别人躲躲闪闪的眼神，不愿听别人当面一套背后又有一套的谎话。他想过一段平静如水的日子，就像古时候的隐居生活。就像"采菊东篱下，悠然见南山"那样的生活。

起初，他坚持读点书，或者是写点文章。后来他发现，读过的是白纸而不是书籍，因为他并没记住读的什么书。同时，他发现写的那些文章乱糟糟的，狗屁不通，驴唇不对马嘴，字迹潦草得连他本人都认不清。他不明白为什么会这样。他认为，这可能是生活太安逸的缘故。他还想起上大学时从一本书里读到的话，是外国的一位大作家说的：太如意的生活便是平淡的生活，太容易获得的东西便不是贵重的东西。

于是，何一为对自己说："过这种平淡无味的生活，读书有什么用？写作有什么用？我的灵感就是被这种无意义的生活给耗掉了……"

再往后，何一为只好离开别墅，在小汤山风景区一带转悠。他觉得小汤山前面的那一大片湖水还是蛮不错的，以后就天天去那儿。他选择湖边没人的地方，孤零零地在沙滩上枯坐，一待就是半天，常常忘记了回去吃饭。他看鸥鸟飞翔，看鱼儿打挺，看湖水荡漾，看乱云翻滚，看湖里的船影和风帆。看了半个多月，他就看烦了。来湖边闲坐的大多是附近的老人，他们无所事事，度日如年。他年纪轻轻的，就与他们为伍，实在没劲。意识到这一点，再往后他就不怎么来湖边了。他改为散步。

他缓缓地在小汤山高级住宅区洁净的甬道、草地和树林间走来走去，小区幽雅的环境衬托着他落寞的身影，他孤寂的身影甚至成了小区的一道风景。有资格住进远郊这处松散住宅区的不会是一般人，这地方离市区二十多公里，没有车子是来不了的，很多人家在市里有住所，周末或节假日才来这里小住。还有不少房子空着，很少见有人来，据说这些空闲别墅的主人是外地人，甚至是港澳台商。这里可谓大款成堆，美女如云，豪宅靓车相得益彰。省城上流社会曾有一种说法，说是只有在小汤山有了别墅才算进入了上流社会。

何一为现在认为，散步是一种健康向上的生活方式。所以，散步成了他最主要的任务。他从一座座独立的房屋前经过，发现几乎每一座房屋造型都不相同，设计师真是费尽了心血。他真的很佩服这些别墅的设计者。他不紧不慢地前行，不断有西装革履的先生手挽年轻漂亮的女士与他擦肩而过，或是透过从他身边驶过的汽车的挡风玻璃，隐约看到车里有先生和小姐的身影。

渐渐地他得出结论，那些美女们都是被男人养着的，唯独他这个男人是被女人养着的。

他算什么呀？

他真是没法给自己下结论。

所以他就不想这些乱七八糟的问题，他边走边想苏文。苏文越来

93

忙，忙得每天只在家吃一顿早餐，偶尔能回家吃一顿晚餐。当然由她来做，她是家庭主妇嘛。何一为估计，苏文个人名下的资金过千万不成问题了。他劝她："你的公司该挣的钱都挣了，咱俩人三辈子都花不完了，见好就收吧。"苏文开导他说，海天公司是她的事业，是她的命根子，现在早已不是钱的问题了。她怎么能半途而废？她只要有一口气，就得做下去。女人干事业，确实够辛苦的，何一为估计，苏文每天也就只能睡六个小时，让胃病折腾得夜里老翻身。可她只要一坐进她的皇冠车里，立马就精神焕发，就像即将出征的将领，浑身是劲，浑身是胆。

何一为想来想去，决定给苏文做一顿丰富的晚餐。

这天，他们在电话里约好，苏文回家吃饭。何一为放下电话，就快步来到小区大门口的超市，买了十几样菜，有熟食，有青菜，有新鲜的海产品，还有她喜欢喝的葡萄酒。回到家，手忙脚乱地择菜切肉，照着菜谱开始做。忙活了一下午，菜基本做好了，味道也说得过去，酒也开瓶了，苏文却打来电话，说是省里一位副省长突然来公司视察，晚上她要陪领导进餐，实在走不开，你就自己吃吧。他愣了，心里十分的不快。如果不是强忍着，他就要发火了。他愤愤地想，真是个言而无信的商人，有奶就是娘，就知道投机，见了领导比见了自己丈夫都要亲，你到底跟老公过日子，还是跟什么副省长过日子？

从那以后，他再不提给她做饭的事。他每天轮流到小区里的几家酒店进餐，如果他兴趣高，就多走几步，到湖边上的酒馆吃新鲜的鱼虾。

春天来到了。春天一到，湖边和小区里的人渐渐多起来。人们在春天格外地动情。何一为惊奇地发现，有些人简直色胆包天，连廉耻都不要了。他们公然在光天化日之下，在湖边的沙滩上，或是小树林里疯狂做爱，裸露的大腿和胸脯刺得何一为眼珠子没处放。更有甚者，竟然有个别男女在小区花坛里的石凳上苟合，而且还发出猫一样的叫声。何一为气得一个星期没出门。

春天即将结束的时候，何一为又恢复了散步。他注意到17号住宅楼里有一个喜欢穿紫色连衫裙的年轻姑娘，顶多二十岁，也许只有十八岁，皮肤细腻，身材出众，清秀得宛若画中人，比王静还要俏丽。你说她是电影明星也有人信，她甚至比一般的女明星还要出色。可这家的男主人很少归来，听说男主人是位香港大老板。姑娘常常站在二楼宽大的晒台上，手扶雕花栏杆，望着远方出神，一条默默无语的袖珍洋狗伏在她脚边瞌睡。何一为想，她大概就是人们常说的"金丝雀"了，一只养在笼子里的美丽的鸟。可惜了，太可惜了，年纪轻轻就过这种半人半鬼的生活，什么时候是个头啊！何一为一个劲地摇头。

　　一天，何一为散步，从17号楼前面的甬道上经过，突然有一条镶着金边的丝巾飘落在他脚下。他下意识地弯腰捡起来，抬头看时，二楼晒台上的姑娘正冲他甜甜地微笑。她说："先生，既然您帮我捡起来了，那么就请您好事做到底，给我送上来吧。"

　　何一为感到为难，支吾道："小姐，还是你下来取吧。我们还不认识呢，我怎么好去你家。"

　　姑娘笑说："我们这不已经认识了吗？如果您不愿送上来，那么，就麻烦您再扔掉吧。"

　　说完她就不见了。何一为更加为难了，心想我要是扔掉，我就不像个男人了。于是，他硬着头皮推门上楼。姑娘已经在客厅里等他。她接过丝巾，道了谢，随随便便把它一丢，一眨眼工夫，变戏法似的又递给他一杯洋酒，她给自己也倒了一杯，并且率先喝了，然后微笑着与他对视。她的眼睛太明亮了，整个姿势显得从容而老练，真是风情万种，优雅万千。何一为原本想说我不会喝酒，见人家姑娘二话不说喝尽了，心想我要是拒绝，我就不像个男人了，不就是一杯洋酒吗，又不是迷魂汤。于是也一饮而尽。洋酒味道怪怪的，他直咧嘴，食道和肠胃像被硬器划伤了，上上下下都不舒服。姑娘说："大哥，今天我太高兴了，我有快一年没这么高兴了。既然我们认识了，你就多待一会儿吧，我们聊聊天不是很好吗？你看，多好的天气！"

何一为说："是啊，天气太好了。聊天确实是一件有意思的事。"

他们并排坐在大沙发上。何一为发现这家的沙发和他家的一模一样，看来这里用这种牌子沙发的人家有不少。姑娘顺手从红木茶几上拿过一沓照片让他欣赏。他看到照片上的她清纯而典雅，有一种凄凉的、宁静的美。趁他翻看照片的工夫，姑娘简短地把她的经历讲给他听。她原是省城一所专科学校的学生，家在外地，家境很不好，一个偶然的机会认识了照片上这位胖胖的香港商人，随即退了学，搬到这里住。香港人在内地不少城市有投资项目，每年最多只能来她这里住一个多月，她空守着这幢房子，又不敢离开，越来越感到乏味透顶……

何一为听不下去了，为她感到难过和悲哀，真是哀其不幸，怒其不争。他挥动着双手，用气愤而悲悯的口吻说："够了！够了！我一句也不想听！你年纪轻轻的，怎么能这样呢？没有爱情的生活你能过下去吗？你不应该依附于别人，埋没你自己的价值，而应该自食其力，自强自信。别说你曾经受过高等教育，即便你学历不高，也没关系嘛。你看，你可以去商店当售货员，可以到公共汽车上当售票员，可以去工厂当纺织女工，可以到医院当护理员，可以到幼儿园当一名温柔的阿姨；或者到一个山清水秀的地方，当一名小学校的女教师；实在不行，当一名女清洁工也行呀，每天早早地来到大街上，戴上大口罩，抡起大扫帚，把马路上的垃圾污迹消灭掉……这都是一些多么神圣的职业呀！工作着是多么美丽呀！我做梦都想干这些平凡而伟大的工作，可你！……"

何一为难过地说不下去了，激动得眼里噙着泪。姑娘的眼泪比他来得快，唰地涌了出来："先生，大哥，求求你，别说了！现在说什么都晚了，我已经陷进去了，我还能干什么？……"她一头扎进何一为怀里。天哪！何一为看到了她裸露的胸脯。这个不知羞耻的女人，居然连

96

胸罩都不戴！

何一为感到头晕目眩。当她把通红的嘴唇凑到他鼻子前时，他惊骇得一把推开她，跳了起来。他像突然遭遇了劫匪那样，慌不择路地往外冲。她想拽住他，没拽住，但把他一只衬衣的袖子撕破了。那条伏在沙发角落里打盹的袖珍洋狗动作却奇快，它"呼"地蹿到地上，咬住了他的裤角。他拖着它往外狂奔，脚腕子上像是拴了个绣球，一直把它拖到门外的甬道上，它才松口。裤角硬是被它咬掉了巴掌大的一块。

仓皇逃回家后，何一为发现自己的后背都已经湿透了。他气喘吁吁，一屁股坐在地板上。他愤愤地想，他妈的，这里真是一个卑鄙、龌龊、糜烂的地方啊！他想，以后要找机会提醒苏文，把这座别墅卖掉算了，到城里普通的居民小区买一套两室一厅的房子，不也挺好吗？

他还决定，要换一种生活方式。

第二天，何一为起了个大早，破天荒地到小卖部买来早点。吃饱后，他坐在苏文的梳妆台前刻意修饰一番，先前的萎靡之气一扫而光，简直像换了个人似的，光彩照人了。苏文起床后，提着腰带，打量了他半天，说："亲爱的，你这是干什么？"

何一为自豪地向她宣布："苏老板，我有工作的权利。我要去上班，请你批准！"

苏文笑得裤子都掉到地上了。她说："瞧瞧，太阳从西边出来了。"

他说："不管太阳从哪边出来，太阳就是太阳。"

他搭苏文的车来到公司。公司的同人们抢着跟他打招呼："大老板，来视察工作呀？"

他讪讪地一笑。坐到久违的办公桌前，他的心里荡漾着陌生的幸福。

第十三章

何一为试图靠发奋工作来使自己脱胎换骨。他像换了个人似的，意气风发，干劲十足。每天他早出晚归，比任何人都积极。除了承担本职业务，他还抢着干杂活，比如擦桌子、扫地拖地之类。晚上回到小汤山，苏文疲乏地睡着了，他还要坚持再看一会儿新出版的外贸、金融方面的书刊报纸。周末，公司除了值班的，职员们都回家休息，他却坚持上班，苏文只好放下别的应酬专门陪他，最起码要开车送他，她反而被他弄得苦不堪言。

何一为前段时间停止工作时，苏文按照公司的财务规定，停发了他的薪水。他恢复工作后，薪水自然按规定发放。月末，他领到了两千三百元工资。他对苏文说："我要给你买一套漂亮的时装。"苏文赶紧说："不用不用。"苏文是怕他乱买衣服，买来后她根本无法穿。他说："那怎么办？我自己买衣服？"苏文说："你自己支配就行。"他来到商场里，看了看衣服的标价，感觉都太昂贵了，一件质量很一般的夹克衫，要价三百八十八元。他对自己说："你原本是一个穷人家的孩子，没必要这么奢侈浪费。这三百多块钱可以让十几个失学儿童重返校园……"

何一为的脑子突然开窍了。他兴奋地走出商场，来到附近的邮局，一分不少地把这个月的工资全寄给了云水县小店子中学。他从内心里仍然觉得，他还是小店子中学的教师，如今不过是跑到省城打工来了。既然还是那里的人，就有义务帮助他们。离开邮局时，他感到很惬意。

然而，半个月后，这笔钱原封不动地退回来了，汇款单上写着，小店子中学已撤销。他有点儿傻眼，心想，怎么说撤销就撤销了呢？那个地方环境多优美呀。要依我，城里的大学都应该搬到那种山清水秀的地方去。真是匪夷所思。

他同苏文商量，说他担任中学老师的那所美丽的学校让人给撤掉了，他很不甘心，希望苏文慷慨解囊，资助一点钱，重建那所学校。"我可以致电云水县教委，建议将小店子中学改名为苏文中学。我想这没有问题的，你会就此流芳百世……"

苏文愣怔着没表态。

"最多需要十几万元。不行的话，就算我借你的，每月让会计从我工资里扣，保证还你。"

苏文拢拢头发，取下眼镜，又戴上，说："你的想法很好，我支持。这样吧，亲爱的，等我忙过这一段，再具体操作。好不好？"

他们说过这事，很快就把它忘到了脑后。以后也没人再提，重建学校的事宜便搁下来了。

好在这并没有影响何一为的情绪。

但到了第三个月的末尾，何一为在核对公司的财务报表时，发现了一系列的"猫腻"，主要是公司有两本账，一本对外，一本对内。对内的一本账是公司的最高机密，轻易不示人的，一直由苏文亲自掌握，汪家林具体操办。以前何一为一直没机会看到它。现在，汪家林当然不便再向他这个"大老板"隐瞒什么。汪家林甚至猜测，苏文重新让何一为上班，明知他俩有矛盾而不给何一为换个岗位，是有意派他来监视自己的，所以不敢怠慢，把他掌握的秘密全盘端给了何一为。

于是，何一为了解到了不少核心秘密。他气愤地责问汪家林："你们这不是弄虚作假吗？说你们违法乱纪也不过分！"

汪家林干咳两声："大老板，您最好去问问苏总，我都是按她的意思办的。到底为了谁？你们自己清楚嘛！"

何一为脸都白了，顾自往下说："哼！偷税漏税，请客送礼，拉拢腐蚀国家工作人员，是典型的不法行为，只有奸商才干得出来！……"

办公室的人掩嘴窃笑，嘁嘁喳喳。汪家林敲敲桌子，人们马上噤了声。何一为不想再同这些庸俗不堪的同人们说什么，他抱着一大摞材料径直闯进苏文的办公室。汪家林已先他一步给苏文打过电话。他进来后，苏文闩上门，哄着他在沙发上坐好，接过材料，立即就锁进了她身后的保险柜。何一为定定地望着她，许久才说："你们太无耻了！怎么能干这种见不得人的事情！……"

苏文坐在他身边，赔着笑脸，像哄小孩子似的，好言相劝："亲爱的宝贝，我刚才在电话里已经严厉地批评了汪家林，他们这样做影响是不好，我要求他们立即改正，以后决不做这样的假账，行不行？"

"我看需要改正的是你！"何一为不依不饶地说，"原来海天公司是靠搞歪门邪道发起来的，我算明白了，真是无商不奸呀！我宁可过穷日子，也不愿花这种来历不明的钱……"

苏文扶扶眼镜，正色道："一为，你冷静点儿。我告诉你，和别人相比，海天公司够干净的了。你是两耳不闻窗外事，不知道行情。当今这个社会，不像书本上写得那么简单。如果我也像你这样，我们都得饿死！这是连中学生都明白的道理，你却来给我较真……"

苏文说着说着，眼圈红了。也许她想起了创业的艰难和辛酸。

何一为的火气马上就消了。他最怕见别人流泪，尤其是怕自己极其坚强的老婆流泪，她的眼泪是不能随便流的。一个男人，无论有什么理由，都不应让女人流泪。他垂头丧气地离开苏文的办公室，回到自己的办公位置上，整整一天没再说一句话。

从这天起，海天公司的任何机密材料他都看不到了，也没人再敢向

100

他透露有关消息。他成了一个彻头彻尾的局外人。

大约十天后，苏文出面请工商银行的信贷处长在金鼎大厦吃饭，因为公司急于贷一笔款子。席间，那位处长坚持要见见何一为，说还从没见过苏总的夫婿呢，久闻其名，不见其人，认识认识交个朋友，总不是个坏事嘛。苏文到底是大意了，立马打电话把何一为叫了来。那晚何一为在信贷处长的怂恿下多喝了几杯，失去了控制力，他指着处长的鼻子说："处长大人，海天公司送给您的那台松下画王彩电，好用吗？"

信贷处长的脸当即变了色。苏文马上让人送走了何一为，说："他喝多了，胡话连篇。处长，由我来替他赔礼道歉，我敬你一杯！"

结果这场宴席不欢而散。

第二天，信贷处长派人把那台大彩电送到了苏文的办公室，留下话说，看在老朋友的面子上，没把它送到纪律检查委员会，物归原主吧。

苏文打电话把何一为和汪家林叫来。她冷漠地对何一为说："你知道吗？你给公司造成了很大损失。关系断了线，我们公司在工商银行的业务以后就没法开展了。和其他银行建立联系，需要花更大的代价。"

何一为振振有词地说："你们认为昨晚我喝多了是吧？我没喝多，我心里清楚着呢。这不，人家把彩电退回来了，说明人家知错就改嘛！我们反对别人犯错误，但我们也要允许别人改正错误嘛。改正了就是好同志嘛……"

苏文铁青着脸说："何一为，让我怎么说你呢？唉！"她转向汪家林，"赶快和建行联系一下，该花钱就花，那笔款子争取从建行贷。"

苏文挥挥手，汪家林知趣地退了出去。苏文回到办公桌前，不再理会何一为。何一为说："苏文，我错了吗？我和受贿的贪官做斗争，难道是我错了吗？……"

苏文低头处理桌子上的文件，不再看他一眼。何一为走到墙角的彩电跟前，又说："苏文，咱把这台彩电捐给一所乡下学校吧，乡下的孩子们需要它……"

苏文仍是不抬头，一声不吭。何一为的情绪坏到了极点。呆愣了半天，他悻悻地回到自己的办公室，简单收拾一下东西，踽踽而去。他隐约听到有人在他背后嘲笑说："真是个傻逼，海天公司早晚要毁在他手里……"

从这天起，何一为发誓不再迈进海天公司的门槛一步。

他愤愤地想，这真是个乌七八糟的地方，明明你有理，就是讲不清。

因为他的存在，苏文的威望开始下降。有人公开在办公楼里议论她失败的婚姻，说苏总挑来挑去，挑花眼了，放着好男人不找，偏偏找了个中看不中用的，真是聪明反被聪明误，误了卿卿爱情。真是可惜了。

一天晚上，在进行过一次不太成功的床上生活之后，何一为哀哀地对苏文说："苏文，我不适合在海天干。咱们两人在一起，成了夫妻店了，干脆你宣布解雇我吧，也好向别人交代。"

苏文抚摸着他乱糟糟的头发，有些伤感地说："干吗非要说这么难听的话？解雇你，你想哪儿去啦？以后你不干涉公司的具体事务就行了。"

何一为说："其实你已经解雇了我。唉，说穿了，是这个社会解雇了我。"

苏文忍不住落了泪，抱紧他，说："亲爱的，你是一个非常非常善良的人，单纯而透明。你希望人们都像你这样，那是根本不可能的。既然如此，你就别去社会上和别人较量了，不然你会碰得头破血流。以后你在家里想怎么着就怎么着吧，只要你高兴就行。不论到了何种地步，我都会爱你的……"

"我也永远爱你。"他虚弱地说。

何一为在家里安心待了几天，什么也干不下去。他发现，一个人无事可做的时候，那是太难受了，连坐牢都不如。坐牢还有期盼，盼着早点儿出去，一个人闷在家里无事可做，能活活憋死你。他买来一大摞报纸，研究报屁股上的招聘启事，然后瞒着苏文，到几个单位应聘。这使他想起当年从云水县小店子中学返城后的遭遇。他觉得连那时候都比不上，那时他大大方方地找职业，内心充满了希望，现在却像做贼一样，压抑得很，狼狈得很，生怕碰到熟人。如果被别人知道了，他们会怎么想？他们会说，瞧啊，这位先生是海天公司大老板、本市女强人女大款苏文的老公，他被老婆赶得到处找职业，太窝囊了……

一家新开张的超市看中了他，聘他干财务。他兴高采烈地刚上了半天班，就碰上了苏文手下的一名员工。那人问他："大老板，干啥呢？"

他给吓了一跳，慌忙掩饰道："我来给一个朋友帮点儿忙，哈，帮点儿小忙……"

结果当天下午，苏文就亲自开车来，把他接走了。看来这个城市到处都有苏文的眼线，干什么都瞒不了她，何一为有些泄气。

苏文嘴上没有责怪他，还象征性地表扬他几句，说："一为，你愿意工作，积极参加社会实践，很好。但还是要注意方式方法，啊？先休息休息，等哪天我再给你物色一个体面的岗位。乖，听话，啊？"

其实是暗示他：你这么做，给我丢脸了。他想。

苏文开车把他送回小汤山。在路上，他闷闷地想，你这是把我往监狱里送啊！

他突然觉得开车挺好玩，就说："苏文，我有一个要求，可以讲吗？"

苏文爽快地说："讲！"

"我想去学开车。"

苏文当即表态："没问题。明天就去学！"

"学会了开车，我想，我可以当一名出租汽车司机。我估计，出租车行业会有个大发展。我要抓住这个机遇，自谋职业，自食其力，不给国家添麻烦，也不给你添麻烦，而且还造福社会，方便市民。这样不是挺好吗？"

他被自己的这个新发现新目标弄笑了。

苏文笑着说："我支持。"

接下来的那段时间，何一为学会了开车。苏文把她的皇冠让给了他，公司又给她买了辆奥迪。领到驾驶证的当天下午，他开着皇冠车兴致勃勃地来到出租汽车管理公司，想办个手续。他恨不得明天就上路拉客。人家告诉他，必须拿到驾照三年后方能允许开出租车，这是出于对顾客生命安全的考虑。

他简直急眼了："要等三年？"

再次得到肯定的答复后，他泄了气。老天爷，要等三年才能拉客，谁有这个耐心。人家发现他开的车是进口好车，就问道："这车是你个人的？"

他说："算是吧。"

"你打算用这个车干出租？"

他说："是的。车况不行吗？"

对方哈哈大笑："哪里哪里。开皇冠车干出租的，我们还从没遇到过，你可是头一个。既然你家有皇冠车，还当什么车夫啊。"

他支支吾吾说不上来。

可能觉得不对劲，他们一边稳住何一为，一边悄悄报了警。他们怀疑这车是偷来的。110的人一查车号，是大名鼎鼎的海天公司女老板苏文的，觉得疑点多多，立即赶来，把刚要走人的何一为堵在了院子里，人车俱在，当场盘问。

折腾了半天，警方才弄清原委，虚惊一场，赶紧向何一为道歉。何一为并不感到恼火，他甚至觉得很有趣、很好玩，觉得这个下午很有意义。出租汽车管理公司的人拍着他的肩膀说："何老板，您要是真想干出租，三年后的今天，您再来，我们头一个给您办手续。"

他说："谢谢。咱们一言为定。"

这以后，有车开着，何一为觉得日子不是那么难熬了。他先是开车在市里转悠，把全市大街小巷都摸熟了。市区到处乱糟糟的，他转烦了，往后就开到郊外，开到没人的地方去。他坐在车里听美国乡村音乐，要么对着太阳或月亮出神，一待就是大半天。然后随便找一家饭馆吃饭。

苏文越来越忙，何一为觉得她比国家总理都忙，竟然连早饭都顾不上吃，爬起来洗把脸，开上车就走，常常一个星期在家吃不上一顿饭。

何一为懒得做饭，他也不会做饭。市区内十几家高档饭店酒楼有海天公司的底账，苏文交代过，何一为随便去哪家都行，吃完后签单走人。起初何一为轮流到这些地方就餐。有一次，他从金鼎大厦用过午餐出来，想散会儿步，就没动车。他在离金鼎大厦不远的一条大街上，被几个老老少少的乞丐缠住了。

那一阵子，这个城市的乞丐特别多，走几步路就能碰到一个。报纸上说，有人讨饭讨成了万元户。何一为经常被乞丐缠上，他也搞不清什么原因。其实原因很简单：他的眼神是软的，目光是和善的。

乞丐们伸手冲他要钱。他突然想起几年前的那个爹死娘嫁人的小乞丐，小家伙也该长高了吧？弄不好这里面就有他，女大十八变，男大十九变，或许他变得让何一为认不出来了。

何一为一直没有往口袋里装钱的习惯，这一次也不例外，他的钱放在手包里，手包扔在了车里，车子停在金鼎大厦门前呢。他发愣的工夫，有八九个男女乞丐围上来了，有老有少，有高有矮，有一半是缺胳膊断腿的残疾，还有两个背着吃奶孩子的妇女。他们紧紧盯住他的手，那样子恨不得分吃了他。

有两个联防队员赶过来替何一为解围，其中一个联防队员恶狠狠地飞起脚，一连踢倒了三四个身体稍显强壮的男性乞丐。乞丐们一哄而散。何一为生气了，他想责问联防队员，为什么这样对待弱者，真是岂有此理。可是没等他发问，两个联防队员就吹着口哨走开了。何一为想，乞丐们是因为他才遭到摧残的，如果他不来这里，乞丐们就不会聚拢到一块儿；如果他快一点拿钱出来施舍给他们，他们就会快速散开，从而避免遭受攻击。想到这里，何一为深感惭愧，他快步追上那几个挨打的乞丐，对他们说："你们等等，我去拿钱给你们。"

乞丐们以为耳朵出毛病了，你看我我看你。何一为又说了一遍，他们仍是懂懂怔怔。何一为说："你们就在这儿等，我马上就回来。"

可是，乞丐们非要跟他一块儿去。很显然，聪明的乞丐们担心被要弄。而且眨眼的工夫，又围上来一群。何一为想，反正离金鼎大厦不过几百米，一块儿去就一块儿去吧。就这样，他在前面走，后面一群神态各异的乞丐紧跟着他，十分的引人注目。到了金鼎广场上，何一为灵机一动：给他们钱，他们也不会舍得花，看他们那样子，都像是三天没吃饭了，肯定饥肠辘辘了，不如请他们好好撮一顿。于是他问道："你们都饿了吧？"

有几个乞丐有气无力地说："饿，快饿死了。"

何一为说："真让我猜对了。"

他领着他们往大堂门口走。两个保安赶紧跑过来。他们认识何一为，说："何老板，怎么回事呀？"

何一为说："我请这些乞……噢，我请这些乡亲们吃顿便饭。"

保安望着这群衣衫凌乱、龇牙咧嘴、腥臭扑鼻的叫花子，一时不知怎么办好。

值班的大堂副理以为出了什么乱子，慌里慌张跑了过来。何一为也认识此人，就对他说："老黄，我想请乡亲们吃顿饭，他们都饿坏了。"

那位姓黄的大堂副理伸长脖子打量着这群叫花子，满脸堆笑，说："何老板，他们是你老家的？"

何一为说："刚在街上认识的。太可怜了。请你替我订一桌饭，标准低一点，五百吧，多上肉，搞实惠点儿；多上饭，什么面条水饺油饼包子扬州炒饭，多多益善。酒水就免了吧。"

老黄摇摇头："何老板，这这，我们是涉外宾馆，叫他们进去不合适吧？"

此时已经围过来很多人，其中还有几个金发碧眼的外国人。有个老外举起相机"咔嚓咔嚓"照相。总台上的几个小姐捂着鼻子直笑。一群官员模样的人刚吃饱喝足从酒店出来，他们剔着牙，打着酒嗝，小声议论着是否打110报警。乞丐们也明白这不是他们待的地方，有胆小的拔腿就要撤。

何一为有点儿急，说："老黄，我又不赖账，一分钱不少你的，哪有不让进去吃饭的道理！什么涉外不涉外的，谁都要吃饭吧？联合国秘书长也要吃饭吧？"

老黄冲刚刚聚拢来的五六个保安一使眼色，保安开始吆喝着往外撵那群乞丐。乞丐们一致认为受了何一为的戏弄，纷纷拿眼睛剜他，然后骂骂咧咧散去了。何一为抓住老黄的胳膊，大声说："老黄老黄，你让餐厅拿几个面包来分给他们也行啊……"

老黄拍拍何一为的肩膀，感慨道："何老板，您的心眼儿确实好。可是天下的穷人多着呢，您还是回家歇着吧。我们酒店有照顾不周的地方，请您多海涵。"

何一为想指着老黄的鼻子对他说，你们不能瞧不起穷人，你们的爷爷奶奶，甚至你们的爹妈当年可能连这些叫花子都比不上！你们这些人良心都大大地坏了！你们嫌叫花子脏，可是你们这个酒店更是个藏污纳垢的地方，里面什么恶心事都有，你们别以为我何某人不知道……

可是，没等他骂出来，人们纷纷散去了，大堂门口只剩下两个保安和两个迎宾小姐。何一为气愤地走到停车场上，钻进车里，加大油门离开了这个鬼地方。他想，这些个酒店宾馆，都有瞧不起穷人的毛病，以后他坚决不到这些地方来吃饭了。凡是和穷人作对的地方，他就要和它作对。

从这以后，他专门到小饭馆就餐。他认为越是小饭馆，越对穷人有感情。他吃了一阵路边店，老是拉肚子。苏文说："那种小地方卫生状况能好吗？你别赌气了，还是去我指定的酒店吃饭吧。"何一为说："我宁愿天天拉肚子，也不会向大饭店低头。"他依然如故。到了后来，他厌烦了所有的饭馆。他没有胃口，即便再好吃的东西他也提不起胃口来。他基本上什么饭馆也不进了，实在饿极了，他就买面包啃。他常常边啃面包边对自己说："瞧瞧吧，人人都以为你过上了幸福生活。只有你自己知道，你过的是啃冷面包的日子。难道这就是你苦苦追寻的幸福吗？"

有时，苏文硬拉着他参加公司的一些活动，无非是酒会、舞会、招待会、新闻发布会等，人们互相吹捧，场面乌烟瘴气，廉价的祝福满世界都是，要多乏味有多乏味。他还有必要再去吗？

何一为三十岁生日那天，苏文笑眯眯地说要送给他一件生日礼物。她让何一为猜是什么礼物，他想都没想，就说猜不出来。他早就不愿动脑子想这些没用的事了。苏文一点儿也不介意他，微笑着突然将一枚硕大的钻石戒指举到他面前。那枚质量绝对上等的钻戒在明亮的阳光下分外的耀眼夺目。然而，何一为只看了一眼，心就凉了半截。他以为他的爱人会送他一束花，最好是从野外采来的野花；或者送他一件小巧精致的工艺品；再或者一本书什么的，也不错。看来她还是不了解我，他悲哀地想。

见他没反应，苏文有点儿纳闷地说："亲爱的，你不喜欢吗？"

何一为反问道："你以为越值钱的东西就越有价值吗？"

苏文愣了，回答不上来。

他说："是的，这就是你们商人的思维定式。所以，你们永远是唯利是图的商人，而无法成为有血有肉有感情的人。"

苏文委屈得直想掉泪。他又提醒她说："你好像忘了，结婚时你曾送过我一枚这样的戒指。"

苏文忙说："噢，对不起，我真的忘了。"

何一为冷笑一声："是的，你忘了。你整天光想着挣钱挣钱，不遗余力地榨取员工的剩余价值，把我们的爱情都忘了。"

苏文顿时热泪盈眶，扑过来用手捂他的嘴，惊恐不已地说："快别说了，我怎么能忘记我们的爱情呢？亲爱的，爱情是我的命根子，比我的命都重要，我永远不会背叛的。永远不会……"

何一为在心里说："怎么不会呢？你用什么来证明？"

因为这个不快的小插曲，尽管苏文在金鼎大厦为他置办了豪华的生日酒会，何一为的情绪仍然不是很高。去金鼎大厦之前，何一为想起该大厦对穷人不恭敬的恶劣行为，原本拒绝去那儿。苏文告诉他，那天对他不友好的大堂副理老黄已经被解职了，劝他就不要再计较了。何一为问："为什么？"

苏文说："大厦老总李道刚小时候也要过饭，同情穷人，那天你要是找他就好了。当然老黄对你不够尊重，处理问题不当，也是其中一个原因。"

何一为说："老黄那人还是蛮不错的，炒他鱿鱼也没必要嘛。行，改天我再带一帮乞丐去找李道刚。"

苏文连忙摆手："别别，那样你可就出大名了。每天都会有一大帮乞丐来堵咱家的门，找你要钱。"

生日过后的某一天，何一为无意当中又看到了那枚闪着寒光的钻戒。它趴在枕头底下，像一只凶恶的虫子，丑陋极了。何一为气哼哼地捏起它，打开窗户把它扔到了外面的草地上。过了些日子，苏文小心翼翼地问他："好像你那枚生日戒指，不见了?"

何一为掩饰道："可能……可能是我不注意，丢了。"

苏文马上赶过来扶住他的肩膀，宽慰道："没关系，没关系，我们抽空再去买一个。"

第十四章

    差不多有三年半光景，丁冬没见到何一为，她甚至连他的一个电话都没接到。她对他的行踪一无所知，根本搞不清他怎么样了。她几乎把她忘了，似乎他已经离开了这个星球。

    在何一为那里，是不是也会以为她丁冬离开了这个星球？

    丁冬基本上还是老样子，看不出有多大变化。除了上班，其余的时间她把自己关在宿舍里，看书、听音乐，或者打毛衣，或者面壁玄思。生活对于她似乎也是毫无意义的了。后来她还学会了抽烟，学会了喝酒。她好像成了一个堕落的女人，快要不可救药了。

    丁冬有时觉得自己再也见不到何一为了。虽然她还像过去那样爱着他，但她不想去打扰他。有好几次，她路过海天公司大门口，真想进去打探一下何一为的消息。可是理智最终战胜了情感，她加快脚步逃离了那个危险的地方。

    有时在宁静的夜里，丁冬会想起何一为英俊的面庞，委屈的泪水忍不住便涌出来，在她的脸上肆意流淌。莫名的恐惧，却又使她心明眼亮。显然，他们曾经有过的爱是镜中花水中月，这些年来，谁能否认他们不是在谱写乌托邦诗篇？他们经不起哪怕是一点点的折腾啊！

    丁冬更多的是为何一为担忧。她敢肯定，他的日子好不到哪里去，尽管他们家衣食无忧钞票满兜。人类总是自己给自己制造阴影，可怕的是人类无力自拔，越陷越深。

这年秋天的一个下午，丁冬采访归来，路过少年宫时，看到很多人在围观什么，场面挺火爆。走近了看，原来是一个小型马戏团在街头表演粗俗不堪的节目。丁冬扭头往外走，不料却看到了一个再熟悉不过的身影。天哪，是何一为！丁冬简直不敢相信自己的眼睛。她再次辨认一下，没错，确实是何一为。他站在最靠前的位置，痴迷地盯着一只正在爬杆的猴子，起劲地鼓掌叫好。

老天爷，何一为居然沦落到了专心致志欣赏猴子爬杆的地步！丁冬差 点儿没晕过去。

丁冬轻轻叫了他一声，他没听见。丁冬又叫了一声，他惊讶地转过身来，眼睛突地一亮。"怎么是你？"他说。恋恋不舍地往外挪了挪。

丁冬说："是我。"

"怎么？"他一边看着丁冬，一边用眼睛的余光扫描着越爬越高的猴子，"你也有兴趣欣赏这个？不过，确实挺好玩的，我都看了老半天了，中午饭都没顾上吃，也不觉得饿。瞧，这猴子都快成精了……"

"我是路过。按说不允许他们随便演出的，怎么没人来管？"

"千万别取缔。这么多人围观，说明群众喜闻乐见嘛。前两天苏文硬拉我去看了一场话剧，说实在的，还比不上这个好看呢。"

丁冬实在不想再听他说这些。她注意到他的脸庞更显清瘦，目光里充满了忧郁。她说："这里不是说话的地方，咱们还是换个地方吧。"

"是呀。我是没办法，"他又扫了一眼活蹦乱跳的猴子，"我想来这儿填补一下空虚，哪想到更加空虚。我明白了，真正的空虚是无法填补的。"

何一为把丁冬领到他的皇冠车里，他把车开到城边的一段幽静的林荫路上，他们就在车里交谈。何一为开门见山地说："冬冬，你一定很关心我和苏文婚后的生活，我明确告诉你，一团糟。"

112

他从头至尾讲述了自己婚后的状况。末了，他用沉痛的语气说："在她巨大的财富和势力面前，我不得不躲闪着生活。我感到累，心累！我不知道这样的日子还能持续多久，我不知道我的幸福到底在哪里，更不知道我的归宿在哪里。"

何一为讲到这里，突然打住了。丁冬找不到恰当的话来安慰他。她也不想安慰他，因为对于他来说，任何安慰的话都是徒劳的。她相信在这个世界上，没有人比她更了解何一为。车窗外，秋风卷起落叶，发出沙沙的响声；车里面，他们沉默了许久，仿佛谁也没有力气说话了，疲惫和忧虑使他们凝固了。

丁冬从随身带的小皮包里摸出一支皱巴巴的烟点上，狠狠吸了一口。何一为惊愕地说："冬冬，你怎么抽起烟来了？你原先不是这样的！我看你是堕落了。你怎么能这样！"

丁冬不理睬他。她把烟吸完后，将一段从书上学来的话背给何一为听："人类每堕落一次，就新生一次；亚当和夏娃不堕落，就没有人类的今天。世界上一切优秀的思想，没有一个不是受堕落启示产生的。当一种事物发展到完美时，只有堕落才会使它再生生命。"

"我不懂你的话。"何一为着急地说，"我不愿堕落，我总是想方设法使自己变得高尚。难道我这样做不对吗？"

天色渐渐暗下来，丁冬感到窒息，他摇摇车窗玻璃，放进一点新鲜空气。何一为深邃的眼窝里闪烁着泪光。丁冬把一只手递给他，他犹犹豫豫地捉住，然后紧紧地贴在胸前。他无限伤感地说："冬冬，在这个冰冷的世界上，只有你理解我。"

丁冬心里忽地一热，对这个男人的隐情暗恋再一次达到高潮，一句久违的话冲口而出："一为，我还爱着你……"

她哭了。

何一为慌乱地说："唉，是吗？是吗？我或许……也爱着你？"

他们就近找了个餐馆，胡乱吃了点儿东西，然后赶往丁冬的宿舍。丁冬同报社的打字员唐悦合住一间宿舍。路上，丁冬满心希望唐悦不在宿舍，那样她就可以和何一为不受干扰地多待一会儿。

长着一张娃娃脸的女打字员唐悦去年刚从部队复员，眼下正热火朝天地同一名业余诗人谈恋爱。业余诗人好像姓康，笔名老K。老K过早地谢了顶，蓄着半脸胡子，看上去有四十多岁，其实还不到三十五岁。丁冬很少主动同老K说话，不是烦他这个人，而是讨厌他那一脸络腮胡子。丁冬不喜欢和留胡子的人打交道，总感觉那里面藏着虱子跳蚤之类的小动物，或者有饭粒。老K三天两头跑来和唐悦苟合，好几次居然让丁冬撞了个正着。有时唐悦还带别的男人来，令丁冬十分看不惯。于是这间不到十五个平方米的宿舍常常弥漫着人类生殖器的气味，像牲口棚里的味道。更要命的是，一天早晨，丁冬睁开眼睛，突然看见老K正从唐悦的被窝里往外钻，也不知他夜里啥时候溜进来的，她竟然一点儿没察觉。在丁冬愕然之际，老K旁若无人一般打着哈欠，活动活动腰杆，然后大摇大摆离开了。

好在唐悦还算是个不太令丁冬讨厌的小姑娘。唐悦有一次带着歉意说："丁姐，我当了四年兵，周围都是漂亮小伙，可我不敢乱来，怕犯纪律。现在好了，没人管没人问，想干啥就干啥，可以过幸福日子了，请你多多体谅小妹，多给我创造点条件。"丁冬告诉她，这不是幸福，幸福不该是这个样子的。唐悦眉梢一挑说："是吗，我觉得这样挺好。如果这都不算幸福，那世上就更没幸福可言了。"唐悦对丁冬还是挺佩服的，唐悦由衷地对丁冬说："丁姐，你见了男人不动心，我真是佩服你，你是一名真正的钢铁战士！"

唐悦和老K制造的气味和气氛常常使丁冬头昏脑涨，她只好经常往空气中洒香水。唐悦有一次说："丁姐，主要是你的心理在作怪，如果你和我一样喜欢那个，就不会觉得空气不好了。"丁冬说："小唐，人各有志，我们就不要互相勉强了，好吗？"

丁冬带着何一为往宿舍走的路上，她把唐悦的事说给何一为听。何一为说："她算不上一个好姑娘，但她是一个生活得很真实、很愉快的姑娘，生活就是这么奇怪。我们呢？好像活得太不真实。问题是不是出在这儿……"

丁冬觉得何一为抓住了问题的实质，就说："今晚我们就要活得真实一点。"

真是天遂人愿，唐悦不在宿舍。一进门，丁冬就倒在何一为怀里哭了。何一为替她擦眼泪，边擦边说："该哭的是我呀……"他也挤出两滴眼泪。

他们紧紧抱在一起。这样的举动仿佛是上个世纪的事了，显得很遥远了。丁冬依稀记得，他们最后一次忘情地拥抱，是临毕业那一年的五一劳动节。她和何一为去泰山旅游，傍晚他们上了山，为的是看第二天的日出。那天夜里他们没住旅馆，而是找了个背风的山坡等待天明。虽是初夏时节，山上却寒气袭人，他们自然拥抱在一起取暖。他们抱着，吻着，突然都变得亢奋起来。何一为粗暴地拽开她的衣服，眼看他们就要在这座华东最高的山峰上灵肉结为一体了，她却莫名其妙地拒绝了他（后来她为此后悔死了）。在此之前，她曾无数次幻想过这一时刻的到来，但当这一刻真正来临的时候，她却害怕了，咬紧牙关拒绝了他。她想，如果换个时间和地点，她会毫不犹豫地接受他，偏偏这个当口她拒绝了他！

黎明前的黑暗中，何一为沮丧地倒在一旁喘息。她觉得自己伤害了他，便怀着无限的歉意主动拥吻他。过了一会儿，她突然又想通了，喃喃说："我想重新再来。"何一为已经失去那种好心情了，他烦躁地说："算啦算啦。"偏巧那天没看到日出，大团大团的雾气在近处浮游。何一为脸色苍白，他说："我们等了一夜，等的就是这种结果吗？"丁冬说："不光我们，大伙都没看到日出呀。"下山时，他们一路沉默着。可是到了山底下，热得不行，抬头看，万里无云，太阳正悬在当空。何一为抹了把汗涔涔的脑门说："上苍怎么老是和我们开玩笑？需要太阳时它不来，不需要它时它却又来了，可悲啊！"

这句话让丁冬记忆犹新。

现在，他们似乎重新回到了过去的情境中，宛若时光倒流。直到他们全身都赤裸了，一个神圣庄严的时刻就要来临，何一为突然剧烈地颤抖起来，他凄厉地叫一声，痛苦万分地说："天哪！这是怎么回事？"

丁冬更紧密地贴着他，激动万分地说："我亲爱的，我现在属于你，永远属于你……"

昏黄的灯光下，何一为竟然以手掩面，悲戚不已："可我已经不属于你了，冬冬。我不想堕落，我真的不想堕落。我一辈子都在追求高尚，你不能让我坏了心性……冬冬呀，你瞧，这多丑呀……我往后无法做人了……"

何一为挣扎着推开像一块胶皮糖一样黏糊糊的丁冬，哆哆嗦嗦、不容置疑地套上衣裤。他甚至想帮丁冬穿好衣服，丁冬决绝地用手势制止了他，彻底寒了心，她拉过毛巾被蒙住了全身。在丁冬不知不觉中，他像一股旋风，丢下她快速地逃走了。

过了一会儿，有人敲门。哭得几乎要死去的丁冬以为何一为回心转意了，顾不上穿衣服，披上毛巾被就下了床，光着脚丫跑过去，猛地将门拉开。

闪身进来的却是老K。老K像个幽灵一样，站在门后，嘴里叼着雪茄烟。丁冬愣在那里，完全不知怎么办好，她既感觉不到害怕，也感觉不到害羞，她全身都麻木了。老K眼睛不大好使，并没有发现丁冬脸上的泪痕和她失常的举动。老K大大咧咧地说："丁大记者，唐悦呢？"

丁冬低下头，尽量用毛巾被遮住脸，"呃"了两下："我怎么知道。"

老K四下打量着凌乱的房间，狐疑地说："妈的，这个小骚货，说不定又和别人勾搭上了。"

丁冬突然意识到自己的险境，站在那里一动也不敢动。她说："请你走吧，我要休息。"

老K猛吸两口雪茄烟，然后把烟头丢到地上。他已经发现了丁冬的异常，围着她转了一圈，突然加重语气说："丁，你怎么啦？告诉我！"

丁冬不吭声。

老K暧昧地逼视着她："我看出来了，丁，你正处在极大的痛苦之中。只有失去爱情的女人，才会如此的痛苦。"

这话说到了丁冬的痛处，她咆哮道："请你赶快离开！"

老K原本想马上离开的，但他现在却不想走了。一个女人，为爱情所伤，他不能坐视不管。他微笑着靠近丁冬，突然从侧面抱住她的肩膀，凑在她耳边柔声说："宝贝呀，我看出你的心病了。你是一个甜桃，熟透了，却没人摘你。我们认识得太晚了……"

丁冬紧张得浑身乱抖，死死抓紧毛巾被，结结巴巴地说："我、压根、就、不想、认识、你。请你放开我……"

老K居然乖乖地松开了手，退后一步。丁冬往墙角缩了缩。老K很严肃地望着她，说："我相信你说的是真心话。但是，你没有权利拒绝一个人给予你的爱。对于女人来说，肉体既是一个宝藏，又是一种沉重的负担。你不觉得吗？你太保守了，时代已经把你抛弃了……"老K不再看她，只顾低头踱步，像一个高明的哲人。过了一会儿，他停下脚步，又说："见了活得孤单的人我就难过，我觉得我有责任帮你。"

没等丁冬做出反应，老K再次扑过来抱住她，一下子把她按在了床上。毛巾被滑落下来，一丝不挂的她吓了老K一跳。老K慌乱中竟

117

然又给她遮盖了一下，咕哝道："真是天上落馅饼，来得早不如来得巧。"接着又扯过毛巾被，手一扬，毛巾被飞到了房顶的吊扇上。在老K的揉搓下，她无力地挣扎，心里仿佛着了火，越烧越旺，控制不住，眼睛都烧得睁不开了。后来她看见了老K的胡子，她就像抓住了一根救命稻草，大声说："我讨厌你的胡子！"

老K说："讨厌胡子？这好办，只要不讨厌我就行。"

老K从她身上滑下来，显得不慌不忙，从从容容。他问："有剪刀吗？"

丁冬扯过床单盖住身体关键的部位，她没回答老K。老K就在她和唐悦的抽屉里乱翻一气，但他只找到一把水果刀。他嘟囔道："上次还见唐悦用过剪刀呢，也不知小骚货塞哪去了。"他举起水果刀，像割韭菜一样试着割了一下胡须，立即疼得跳起来。丁冬想说你他妈的快滚蛋，说出口的却是："你去买一把嘛，大门口百货亭就有卖的。"

老K说："你这是脱身之计，鬼才上你的当。"他急得不行，丁冬说："你不弄掉胡子，别想靠近一步。"他干脆摸出打火机，打着了试探着往脸上送，这一招还真灵，他果真把浓密的胡须点着了，霎时就有一股烧猪毛的气味弥漫开来。随即烧疼了他的脸，他扔掉打火机，抢起双手蹦跳着扑打脸颊。这真是一个滑稽得令人终生难忘的场面，丁冬笑了起来——她竟然笑出了眼泪。她或许已经被老K的执着和勇敢打动了，泪水夺眶而出。老K龇牙咧嘴地跳上床，仿佛他刚从废墟里爬出来，恶狠狠地说："你他妈别穷讲究了，凑合着干吧，快乐比什么都重要！"

…………

一场风暴过去了。丁冬从天堂里摔下来，掉进了地狱里。刚才都不是她了，现在又还原成了她。她扬手给老K一记响亮的耳光。老K笑笑，揉着废墟一般的脸，说："打得好！打得好！我这人真是欠打。宝贝，你还想打吗?"他又把脸凑过来。

"你他妈的像个畜生!"丁冬说,"连畜生都不如!"

"我和畜生一样真诚。"老K点上一支雪茄,美美地吸了一口,"我想干啥就干啥,从不委屈自己。当然,我并不是畜生。"

丁冬颓然坐在地上,像个真正的弱者那样哭起来。

"苍蝇不叮无缝的蛋,你没听说过这句名言吗?"老K意犹未尽。

丁冬泪如雨下,悲哀至极,仿佛心脏被人掏走了,只剩下一个躯壳。她说:"没想到,何一为这么多年没有拿走的东西,一眨眼的工夫,就让你得到了。老K,你走吧……"

老K嘿嘿笑着说:"何一为是谁?天底下真有那么傻的人?"

丁冬腾地站起来,弯腰从地上捡起那把水果刀,逼着老K肮脏的脸说:"什么诗人,你给我滚!再让我见到你,我就要你的命!"

老K并不感到害怕,他温柔地笑笑,伸出手去轻轻抚摸了一下丁冬乱毛一样的头发,说了句"请多保重",闪身出了门。

第十五章

这一阵子房地产业急剧升温，到处都有人在跑马圈地，商用住宅和写字楼遍地开花，开发区更是一个连一个，你走着走着，一不小心，就会闯进某个开发区里。

海天公司自然不甘落后，苏文决定其他生意暂停，集中人力物力财力专做房地产。公司在城市东郊的蓝水河边一下子买了三百亩地，准备用三年时间建一个花园小区。她准备狂赌一把。按她的设想，海天公司的前景将更加诱人。

苏文忙得恨不能自己有分身术。她要么一天到晚泡在公司里，要么频繁地到外地出差。她要操心进口批文、美元汇率、报关、合同、预算、征地、拆迁费、贷款协议、投资数额、项目可行性、招标、建筑公司、广告、预售楼花、销售网点、招聘人才、偷税漏税、请客送礼……

在何一为眼里，这都是些什么乱七八糟的东西呀！苏文居然乐此不疲，一门心思赚钱，赚钱，再赚钱！

钱果真那么重要吗？

现在，在何一为眼里，最可恨的就是金钱了。它能使人变态，使人发狂，使人生病，使人毙命。何一为想把全世界的钱统统烧掉——当然他做不到，所以他就更加痛恨它。

每逢靠近苏文，何一为好像总能听到她脑袋里有钞票哗哗翻动的声音，即便在她熟睡的时候，他有时也能听到那种风吹树叶般的响动。有一天深夜，他被她脑子里的声音吵得睡不着，就推醒她，说："苏文，你又在考虑赚钱了。"

苏文打着哈欠说："你怎么知道？啊，我刚才做梦，梦见我们的小区建成了，销售情况十分的好，哈哈……"她翻个身，又睡了。

他鄙夷地想，这就是商人，唯利是图，睡梦中也忘不了数钱。

有时苏文也咬咬牙撇下工作，陪他个一天半天的，但不论她走到哪里，电话总是追着她，他的兴趣顿时消失。更要命的是，晚上他们好不容易培养点儿情绪出来，上床做爱时，关键时刻不是电话铃响，就是BP机、大哥大叫，苏文只好掀开他，爬起来，光着屁股接电话或者回电话，一接就是半天，说的仍然是生意上的那乱七八糟的东西，乏味极了。时间一久，他甚至希望这种时刻有人打电话来，他好趁机入睡，忘掉一切。

在那些难熬的日子里，何一为坐立不安，觉得自己快要疯了。他把过去的岁月梳理了一遍，发现一切都是空的，仿佛他是一片风中的羽毛，不知从哪里来，又将飘向哪里。苏文说她永远爱他，为了他可以舍弃一切。但是，当他真正讨厌这一切的时候，她有过一丝一毫的放弃吗？不仅如此，她反而变本加厉地索取。他想，我们完全可以离开这个人欲横流的城市，到一个宁静的地方，过一种清心寡欲的生活，寻找和享受纯粹的爱情，即便在茅屋里生活，不也很好吗？

何一为把他的想法说给苏文听，苏文竟然哈哈大笑，仿佛他是个怪物，是个傻瓜。笑着笑着，她却又掉下泪来，搂住他的脖子，说："一为，亲爱的，你想得太多了。你为什么不面对现实？周围的人都在羡慕我们，你的问题就在于自己老是跟自己过不去。"

苏文决定要个孩子。她对何一为说："亲爱的，我知道你太孤独了，我们要个宝宝吧，让他在家陪你。"苏文认为有了孩子，他们这个小家庭就会平添许多乐趣，何一为也会感到充实。在结婚之前他们曾经有过约定，为了事业，这辈子就不要孩子了。而现在，苏文却率先反悔了，并且都没和他商量，就决定要孩子。他感到很不舒服，想，瞧瞧她吧，要不要孩子都成了她的一个筹码，这就是商人！

苏文决定的事情他无法更改，这似乎已成了惯例。为了能制造一个孩子，他们不得不强打精神，在床上不停地重复同一个内容。别人是既得到了快乐，又得到了孩子，一举两得，事半功倍，就像垂钓高手，既享受到了悠闲的乐趣，又钓到了大鱼；他们却一心只想要个孩子，根本感觉不到快乐，或者是根本不去考虑还有快乐——至少他的感觉是这样——他们就像农民，为了种地，累个臭死，而种地是少有乐趣的。

几个月过去，他们都感到精疲力竭了——至少何一为是这么感觉的，可是，孩子却没有如期来临，一点儿征兆都没有。他们连农民都不如，农民辛辛苦苦忙活一年，总能收获点儿庄稼，他们却颗粒无收。那段时间，苏文经常背着他上医院检查，总是失望而归。后来何一为才知道她根本没有生育能力，但她当时没敢告诉他实情。

如果苏文把实情原原本本告诉何一为，后来的事情或许不至于那么复杂了，他甚至会加倍地疼爱她，因为她终生不能生育，算是一个不幸的女人了。可是，她暂时把实情瞒住了。她这样对何一为说："医生说，可能我们都太累了，身体状况不佳，才一直怀不上孩子。先好好休息一段时间再考虑要宝宝吧。"

转过年来，海天公司筹建的蓝水河花园小区进入紧张的施工阶段，苏文更加忙碌。为了照顾何一为的生活，苏文给他找了个保姆，名叫赵如菊。如菊是苏文在乡下的一个八竿子拨拉不着的远房表妹，只有十九岁。如菊初中毕业，心灵手巧，身材丰硕健壮，皮肤也比较白净，在乡下姑娘里，这种相貌应该说是相当不错了。

苏文先把如菊送到一所职业学校里培训了三个月，以便提高她的职业素质，好让何一为满意。如菊正式来家里上班后，饭菜的确做得不错，屋子也收拾得井井有条。苏文对何一为说："你有人照顾，这下我就放心了。"

何一为却并不这么认为。他想，你以为有了如菊就能填补我们的空虚吗？生活毕竟不全是做饭吃饭和打扫卫生啊，你想得还是太简单了。

不过，由于如菊的到来，家里的气氛发生了明显的变化，显得不那么郁闷了，变得有生气了。每天大量的时间，何一为要和如菊相处。他感到不像过去那样孤单了，因此基本上不开车外出了。他愿意看如菊干活。如菊像一只蝴蝶那样，哼着家乡的小调，楼上楼下地忙活；像一阵风，飘来飘去。

有一次，如菊在厨房里干活，何一为搬只小马扎坐在厨房门口，饶有兴味地看着她干。他忽然对如菊感叹道："唉，你的大好时光都荒废在厨房里，可悲呀！"

如菊抬起胳膊抹一下脑门上的汗珠，说："有啥可悲的。我就会干这个，别的干不了呀。"

何一为说："你应该去读书，读完高中再读大学，读完大学再考研究生，多学点知识，那才叫有价值，生命才有意义。可你却满足于现状，做这些毫无意义的事情，可悲可悲，实在可悲……"

如菊"咯咯"笑得胸脯子乱颤，都笑岔气了。"你们城里人，总是站着说话不腰疼。"

何一为无奈地摇摇头，觉得如菊太愚昧了，目光太短浅了，你指给她一条路，她反而笑你。这都是受教育程度不够造成的，他想，看来，教育是立国之本这句话太对了。他不由得摩拳擦掌，恨不得立马到乡下去，去给农民兄弟姐妹们讲一堂课。

他又说："如菊，你每天侍候我，等于是我剥削你。我是很不落忍的。"

如菊又笑了，这个姑娘就是爱笑，光知道傻笑。如菊笑着说："表姐夫，瞧你说的，啥叫剥削呀，怪难听的，我又不是白干，文姐给我开工资呢。"

"给你开多少？"

"每月三百块。"

"太少了！简直岂有此理。我每月给她开三千，你问她干不干？"

"表姐夫，够多的了，别人家的保姆每月只给二百。我文姐还经常给我买衣服啥的，这不都是钱吗？"

"你别替她说好话。我太了解她了——掠夺盘剥，处处算计，毫不留情——她最精于此道。"

"快别说了，让文姐听到，会骂我的。"

"这样吧，从下月起，每月工资给你提到两千块。"

"……你想吓死我呀？表姐夫！"

如菊红着脸，离开厨房，上楼拖地去了。

当然这件事何一为说过也就忘了。

又过去了几个月，如菊不知不觉变得摩登起来。苏文领她烫了发，给她买时髦的衣服、皮鞋，还送给她戒指耳环什么的。除了干活，她就待在自己房间的穿衣镜前涂脂抹粉，哼流行歌曲。何一为看着别扭，越看越别扭，本来挺朴素的一个乡下姑娘，眨眼工夫就变得俗不可耐了。这就是城市，城市只能把女人变成女妖，而不能把女人变成女神。

苏文得知何一为的想法后，赶紧又带如菊到美发馆把弯曲的头发拉直，梳了个小辫，不许她再穿袒胸露臂的时髦衣服。如菊噘着嘴满心不高兴，苏文威胁她说，不听话就把她送回乡下去。

重新变得朴素的如菊开始令何一为赏心悦目。

又一个春天到了。苏文要到南方的几个城市考察，时间一个月左右。临走前，她反复叮嘱如菊，一定要照顾好何一为的生活。苏文走后，家里只剩下何一为和如菊，气氛显得更宽松了。没有苏文管束，如菊更是快乐无比，像有什么好事等着她似的。她学会冲何一为撒娇了，挤眉弄眼，哼哼唧唧的；还时不常地发个小脾气；偶尔睡个小懒觉，躺在床上大声指挥何一为给她煎鸡蛋吃。这令何一为感到挺有趣、挺新鲜、挺好玩的。

她不停地和何一为说话，给他讲乡下的笑话。比如她讲道："有一个小男孩，经常不好好吃奶。一次，他娘又撩起上衣给他喂奶，他哭着闹着就是不吃。他的白胡子爷爷下地回来，吓唬孙子说：你再不吃，我可就吃了……"

她还讲道："一个乡下小男孩跟他爷爷在马路边玩，有个城里的漂亮姑娘路过，见小男孩虎头虎脑十分可爱，姑娘忍不住夸他几句，还把粉嘟嘟的脸蛋凑过去，冲小男孩说：乖，亲阿姨一下。小男孩害羞，向爷爷求助，说：爷爷，还是你亲吧……"

何一为听得非常开心。

如菊把肚子里的笑话倒腾完后，又教何一为绕口令。比如她讲："街上有个算卦的，还有一个挂蒜的。算卦的算卦，挂蒜的卖蒜。算卦的叫挂蒜的算卦，挂蒜的叫算卦的买蒜，算卦的不买挂蒜的蒜，挂蒜的也不算算卦的卦。"

比如她又讲："山前有个严圆眼，山后有个杨圆眼，二人山前山后来比眼；不知严圆眼比杨圆眼的眼圆，还是杨圆眼比严圆眼的眼圆。"

何一为学了一遍又一遍，不知学了多少遍，越学越绕口。笑得如菊肚子疼，恨不得躺到地板上打几个滚。

而且如菊还唱歌。唱的都是些民间歌谣，动听极了。何一为的情绪开始好起来，他都有好几年没这么开心了。

到后来，如菊还经常穿着近乎透明的衣服在他面前走来走去，他有些不知所措。他干咳两声，说："如菊，去换一件衣服。"

"都洗了，没有可换的。嫌我衣服不好，你去给我买?"如菊故意晃动着她柔软的腰肢，拿话气他。他从抽屉里抽出一沓钱。如菊赶紧说:"我才不要你的钱，你要是不收起来，我就不做晚饭了，罢工!"

他简直不知道怎么才好。

一天晚上，外面下着小雨，四周一派宁静。何一为从书柜里拽出一本深奥的哲学书籍，刚耐着性子看了几页，就听见如菊又在楼下她的房间里歌唱。那歌声犹如来自天上，他沉醉在那圣乐般的歌声里，依稀看到了人间单纯而美好的东西:清清的溪水、新鲜庄稼的芳香、黄昏时分阔大无边的草原、阳光下满山遍野的花朵、迟归的牧童、扶摇直上的炊烟、风铃的脆响……大自然的气味和安宁的画面，如水一样浸润着他。渐渐地，他坐不住了。他循着细若游丝的歌声下楼，朝如菊的房间走去。门虚掩着，他轻轻推开它。

他当即惊呆了!

如菊一丝不挂地站在房间中央，发辫上插一朵烂漫的迎春花。

坏就坏在如菊慌忙用一块布遮住了羞处，不然他会马上意识到那是一个陷阱。如菊遮羞的动作反而更唤起了他久违的灵性和冲动。他仿佛听到了耳边有雨点般的鼓声响起，越来越响，越来越响，敲打、震颤着他疲软已久的神经，使他变得亢奋无比……

后来，他翻找出一把蜡烛，安放在如菊房间里的地板上，点着，又把电灯拉灭。外面风声雨声，声声入耳;屋内烛影摇红，异香扑鼻。他们就在地板上做爱。他吻遍了她的每一寸饥肤，就像犁铧越过土地。他们在那梦幻般的烛光里进入幻境……

他获得了从未有过的强硬。他觉得自己的身体就像一根粗大的钢条，可以穿透任何的艰难险阻。

那段时间何一为和如菊寸步不离。他觉得幸福极了，快乐极了。仿佛有人把他前半生的幸福都收藏起来，积攒在一个坚硬无比的盒子里，

126

到现在才打开盒子，把属于他的幸福一股脑儿地全还给他，使他应接不暇。他和如菊到湖边的树林里采集野花，一束束插在床头、案头、窗台上。他们一天到晚赤裸着身子生活：择菜、做饭、吃饭、洗碗、洗衣服、看电视、打台球、共浴、睡觉，或者听她唱歌。他和她不节制地做爱，但他一点儿都不感到疲累。

一天傍晚，他们在小区花坛里散步，他突然来了情绪，拉过如菊，把她摁倒在小石凳上，就和她做了一次爱。他们甚至发出了猫一样的叫声，吓跑了两个过路者。他觉得，在室外做爱，太有趣了，太美妙了。

一切都是那么美好。

一个月后，苏文如期归来。何一为这才意识到，他堕落了。他吓得战战兢兢，直冒冷汗。他走到一个没人的地方，狠狠给了自己一个耳光。他是在用堕落作为阶梯来追求美好的，美好与堕落原来只有一步之遥。他痛定思痛，强迫自己和先前一样生活。

苏文好像对他和如菊的事浑然不觉，一概不闻不问，依旧在外奔忙。

其实苏文是故意装作啥也不知道。苏文这次外出考察，就是为了给他们创造宽松的机会。苏文是想演一出"借腹生子"的戏，当然开始时要瞒住何一为。苏文打算造成既定事实后再如实告诉何一为。

蒙在鼓里的何一为越想越觉得对不起苏文，他打算把自己的罪过和盘托出。他愿意接受最严厉的惩罚，即便她因此要杀死他，他也没有怨言。他抽个机会，冷汗涔涔地对苏文说："亲爱的，我……我做了对不起你的坏事……我把如菊……"

苏文急忙挥手打断他的话："你打她啦？你打得对！她确实需要严加管教！"

"不是……是我和她……"

"行行行，别再说啦！我不想听这个。我烦！以后她再不老实，你

127

替我往死里打！哎呀，我困死了，我要睡了。晚安亲爱的。"

何一为想，苏文太累了，那就以后再向她认错吧。他也睡着了。

这个时候，房地产业已经有明显降温的迹象。但海天公司倾力建造的蓝水河花园小区弄了半截子，苏文只能咬牙坚持下去。为此，她的脸色像涂了一层冰霜。海天公司就是从这时候开始滑落的。

第十六章

　　苏文出差回来后，何一为收了心，尽量避开如菊，防止单独和她在一起。他整天开车外出，甚至连午饭都不回家吃，每天磨蹭到很晚才回去吃晚饭，这时苏文也该回来了。

　　渐渐地，何一为发现如菊越来越不像样子，她连饭都懒得做了，而是直接到附近的饭馆里买现成的；也不大收拾房间了，家里一度乱得像猪窝。何一为埋怨她不该这样，她竟然敢和他顶嘴，好像他欠了她什么。她经常趁他们不在家时，打开 VCD 看黄片，那原是苏文买给何一为晚上看的，为的是给他助兴提神，帮他们玉成好事。如菊还偷偷使用苏文的化妆品，穿上苏文的高档服装在大客厅里走模特步。何一为手提包里的钱也常常不翼而飞。

　　一天下午，何一为到体育馆看了一场臭不可闻的足球甲 A 联赛，快七点了才饿着肚子悻悻回到家里。他看到如菊居然躺在他和苏文的床上睡大觉，而且上身赤裸着，连胸罩都不戴，那样子丑极了，令他感到恶心。他痛苦地捂上眼睛，退到门口，背过脸去，大声说："如菊，你看你什么样子！"他连说了三遍，她眼皮都不翻一下，躺在那里一动不动。他伤心地说："如菊，原先你不是这样的。原先你多朴素呀，是这个肮脏的环境腐蚀了你呀……苏文说了，如果你不听话，就让我教训你。我再给你一次机会……"

他气呼呼地开上车，到市里的商店买面包填肚子。

终于有一天，何一为又一次冲如菊发火时，如菊忍不住道出了事情的真相。何一为这才如梦方醒。苏文让如菊替她生个孩子，条件是，事成之后，她付给如菊五万块钱，再到如菊所在的县城替她买个城镇户口，以后如菊永远不在这里露面。

知晓了苏文和如菊的这个惊天的阴谋后，何一为当即觉得天旋地转，呼吸困难，就像被一把钝刀阉割了一样，他几乎气绝。老天爷，他被这两个恶毒的女人给算计了，他们联起手来，挖好大坑引他往里跳，而他居然那么投入，似乎在如菊身上找到了感情和精神寄托，他岂不是太可笑、太可悲了！她们把他当成了什么人？她们纯粹是把他当成了傻瓜，她们根本没把他当人看啊！……

当时苏文没在场。苏文要是在场，何一为会咬她一口。如菊气哼哼地说："我一个黄花闺女，你以为我愿意这样！替你们养孩子，我多睡一会儿还不行吗？"说完她"砰"地摔上了自己卧室的门。

何一为像个妇人一样掩面悲泣："欺骗！到处都是欺骗！多么丑恶的欺骗！我们为什么不能活得真实一点？我们甚至连野兽都不如啊！野兽比人活得真实，野兽想干什么就干什么，它们用不着说假话，它们用不着掩盖，它们要多潇洒有多潇洒。可是人呢？人在野兽面前应该感到惭愧啊！……"

何一为一直哭到月上柳梢头。如菊肚子饿了，到外面买回一斤猪肉灌汤包，她自己了吃了大半斤，剩下几个端给何一为，何一为一抬手打翻了盘子。苏文一身酒气回到家里时，何一为正在干呕，眼珠子鼓凸着，苏文吓得六神无主，只知道捶打他的后背。她问明原因后，期期艾艾地说："亲爱的，我是为你好，为我们好。你不知道我做这个决定时有多么痛苦……"

苏文泣不成声。何一为推开她，心想，你那是鳄鱼的眼泪，无法打

130

动我了。他逼视着她，咬牙切齿地说："是的，你有钱，你们这些有钱人总以为金钱可以买来一切。但是，你错了！我要的东西再多的钱也买不来。我的心你永远都不懂！和你这样的人生活在一起，我感到恐惧！太可怕了！……"

何一为几欲瘫倒，苏文死死抱住他，他们的泪水流到一块儿。她抽噎着说："一为，我爱你。我所做的一切都是为了你，终有一天，你会理解我的……"

这场风暴过后，何一为变得狂躁起来，稍不如意就摔打东西。苏文全都由着他，更加心疼、呵护他，她认为他受了刺激，过段时间就会好的。

苏文狠狠训了如菊两次，如菊重又变得勤快起来。苏文偷偷带如菊去医院做过一次检查，却没有发现有孕的迹象。医生说，过几天再来查查。

何一为每天一大早就开车出去，很晚才回家。他没有目标，四处闲转，走到哪儿算哪儿。他很想找个人诉说一下内心的苦闷，但想来想去，他在这个偌大的城市只有丁冬一个朋友。于是，他在一天下午开车把丁冬拉到了金鼎大厦。

丁冬看到何一为背都有点儿驼了，脸色蜡黄，神态萎靡，身体虚弱，她心里酸楚得不行。

何一为刚在大厦广场的一角泊好车，就有个挂着双拐的老乞丐艰难地向他们挪过来，然后伸出肮脏不堪的手。丁冬拉起何一为就要走，何一为不由分说掏出一沓百元大钞，丁冬伸手去阻止，但是晚了，他一扬手就把厚厚一沓钱全甩给了老乞丐。丁冬和老乞丐同时惊呆了。但那个狡猾的、见多识广的老乞丐飞快地捡起钱，提起双拐麻利地跑开了。丁冬大声说："看！他的双腿根本就没有毛病！"

何一为对丁冬大惊小怪的样子不以为然："你的意思是，我有毛病?"

丁冬气得够呛:"我不和你拌嘴。你给他的钱有点儿太多了,你不觉得吗?"

何一为说:"这算什么,也就一顿饭钱。富人一顿饭,顶穷人吃一年。我多给他一点,他家今年的日子就好过了。"

何一为居然又幽默了一句:"说不定他用这笔钱娶个媳妇呢。"

丁冬讥笑道:"但愿他能请你喝喜酒。"

何一为认真地说:"到时候你陪我一块儿去。"

他们来到大厦十八楼的酒吧厅,找个靠窗的座位坐下。领台小姐款款走过来,问他们需要什么。何一为没有征求丁冬的意见,乱点一气,要了XO、法国白兰地,还有意大利甜点以及哥伦比亚咖啡等。丁冬知道这都是些很昂贵的东西,说:"没必要点这么多嘛。"

何一为反问丁冬:"你真的把钱看那么重?"

丁冬给他气得浑身发抖,赌气好一阵不理他。他喋喋不休地向她聒噪,她唯有耐着性子听下去。讲完了,天也黑尽了。他们空腹喝了不少酒,彼此都有了醉意。丁冬点上一支烟,闷闷地抽。他责怪她说:"冬冬,你还没戒烟?你太放纵自己了。"

丁冬说:"你就不要再为我操心了。你看你混成了什么样子,还是多为自己想想吧。"

他愣怔片刻,说:"是的,我的处境确实够糟糕的,她们总是欺骗我。"他边说边垂下脑袋,十指用力插进发丛中,像是要把双手伸进脑壳里往外掏点儿什么。

丁冬递给他一支烟,他犹豫一下,还是接了。丁冬给他点上,他只吸了一口,就呛出了眼泪。丁冬接过他手中的烟,接着吸。她说:"一为,你听我一句话,苏文还在爱你,非常地爱你,你一定得理解她。"

"不!那根本不叫爱!"他直视着丁冬,"在这个世界上,也许只有

132

你真正地爱我。我说得对不对?"

丁冬心里涌起一股热流,眼睛立刻湿润了。她轻声说:"是的,我……爱你……"

他们的手在吧桌下相遇,握在了一起。他说:"苏文今天一大早又去北京了,生意越来越糟,我看她早晚要喝西北风。唉,不说她了……冬冬,今夜,你来……陪陪我,行吗?……"

丁冬咬紧嘴唇,毫不犹豫地点点头。此时夜已深,窗外到处是灯火的海洋,城市的高层建筑越来越多了,城市的夜晚越来美丽了。可是,他们没有心思欣赏窗外的风景。不远处的一张吧台上,一个男人把手放在女伴的大腿上抚动,丁冬不觉耳热心跳。他们该离开了。侍应生送来账单,账单上躺着一个可观的数字。何一为伸手掏钱,兜里空空如也,他把所有的钱都扔给那个老乞丐了。幸亏丁冬带着钱,他们才没出洋相。他们往外走的时候,何一为的脸色十分难看。他嘟囔道:"我真没用,我怎么老花女人的钱?"

半个小时后,他们来到小汤山。他们刚进屋,丁冬就看到一个身材结实、头发蓬乱的女孩突然从某个房间钻出来,吓了她一跳。想必这就是如菊了。如菊用巫婆般的目光盯着丁冬,仿佛丁冬是个厉鬼。进到何一为夫妇的卧室后,他们默默地互相注视,执手相看泪眼,都有一种恍若隔世的沧桑感。旧梦重温使他们倍觉伤感,他们颤抖着轻轻呼唤对方的名字,泪流满面。后来,他们像是接到了同一个号令,猛地抱在一起,目空一切地接吻。他们倒在床上翻滚,何一为的眼里没有了泪,冒出来的全是火。丁冬预感到巅峰即将来临,发自内心深处的战栗使她意识到他们正在奔向伟大的境界。

然而,就在这时,有人"砰砰"地擂门。他们惊慌地推开对方,坐起来,吓得大气都不敢出。如菊边擂门边大声说:"表姐夫,客人喝茶吗?"

何一为嘶哑着嗓子说："不喝。你滚开！"

如菊又踢了房门一下："我都泡好了。快开门！"

何一为颓然地叹口气，整整衣服。见丁冬也把衣服整理好了，他无可奈何地把门打开。如菊闪身端进来两杯茶。如菊用巫婆般更为严厉的目光盯视丁冬，丁冬不禁感到毛骨悚然。

如菊走开后，他们重新开始。

但是，没等他们达到刚才的高度，如菊又"砰砰"擂响了门，她说："表姐夫，都快十二点了，该休息了，送客人走吧！"

丁冬真的害怕了。她浑身无力，四肢发紧，刚才的热情全不见了。仿佛她从热锅里被人提出来，扔进了冰柜里。何一为也呆愣着，手足无措，憋足了劲才爆发出来的那一点儿激情完全丧失了。他软了。他欲哭无泪，哀哀地说："这个小魔鬼，太可怕了，她早晚会杀了我……"

丁冬噙着泪穿衣服。如菊擂了一阵门，噔噔噔下了楼。紧接着客厅里的音响被她打开了，震耳欲聋的声音令整座楼都摇晃。其间还夹杂着瓷器碎裂的声音，不知她把什么摔碎了，锐利的响动令何一为和丁冬如临深渊。

就这样，巨大的颓败感彻头彻尾地笼罩了他们。丁冬紧紧抓住何一为的胳膊，央求道："你快送我走吧。我都要疯了……我再也不敢来这个地方了。"

何一为的脸阴沉得吓人。下楼时他一步三晃，好几次差点儿滚下楼梯。丁冬也比他强不到哪儿去。

第十七章

　　半个月后。傍晚。何一为醉意蒙眬从外面回来，见如菊饭也不做，房间也不收拾，躺在她的小床上像死猪一样睡大觉，气就不打一处来。他叫她起来，她根本不搭理他。她的头发乱糟糟的，脸也似乎几天不洗了，那样子像个孀妇。

　　何一为上前拉她，她竟敢反抗，使劲蹬了何一为一脚，把他蹬倒在地，摔得眼冒金星。他定睛看，这才发现她裙子里面居然没穿短裤。

　　丑死了，真是丑死了！何一为赶紧闭上眼。他竟然在不久前和这样的女人产生过感情，还以为它是美好的，简直是瞎了眼！他使劲捶着自己的脑袋，差一点儿呕吐。他气急败坏地爬起来，使出吃奶的劲提起如菊，跟跟跄跄走几步，把她扔到了客厅里。

　　这时院子里有汽车的声音，苏文回来了。听过他的叙述，苏文二话没说，走到仍然蜷缩在客厅角落里的如菊面前，蹲下身子，狠狠给了她两个耳光。苏文恶狠狠地指着她的鼻子说："家里、家外全乱了套，你还敢添乱。还不快滚一边去，你这个小娼妇！"

　　然而如菊一动不动，小脸焦黄，满脸是汗。她蜷缩在地毯上，双手紧紧捂住肚子。这个动作提醒了苏文，苏文这才觉出大事不妙，慌忙扶起如菊，带她去了医院。

　　半夜，她们如丧考妣般回到家，何一为才知道，如菊流产了。而在此之前，何一为和苏文谁都不清楚如菊已经怀孕，如菊自己也搞不明白，他们都缺乏经验。苏文原打算上个星期再带如菊去检查一次，她忙得团团转，就把这事搁到了脑后。终究铸成了大错。

苏文苦心经营的计划流产了，她极度地失望。安顿如菊睡下，她上到二楼卧室，搂住何一为就痛哭流涕。何一为的震惊和痛苦程度一点儿也不亚于苏文，因为是他先动手摔打了如菊，是他亲手杀死了一个正在茁壮成长的小生命！他认定那是一个男孩。那男孩在母腹中活得好好的，用不了多久——到冬天吧，他就会瓜熟蒂落，来到人间，和父母一起生活。那一定是个漂亮、聪明的孩子，将来他会像他的亲生父亲一样英俊潇洒，像他冒名的母亲苏文那样聪明能干。他会有大出息的。将来他会成为歌星，或者是影视明星，或者是足球明星，或者是大实业家，说不定还能当上中央委员呢。想想这是多么美妙的前景！可是，他却夭折了，再也见不到阳光了！而杀害他的凶手，正是他的父亲，一个名叫何一为的大混蛋、大刽子手、大恶魔！……

何一为靠在苏文身上，几近绝望。他不敢往下想了。他用细若游丝的声音，断断续续地说："我是一个杀人犯。而我原先总标榜自己多么善良，多么忠厚，多么正直，并且常常以此为荣。现在看来都是骗人的，是假的。我太虚伪了。实际上我是一个凶手，一个亲手杀死自己骨肉的凶手。我连自己的孩子都不肯放过，可见凶残至极，真是十恶不赦，罄竹难书……"

苏文被他的样子吓坏了，她强忍着痛苦安慰他，扶他躺好。她抽泣着说："亲爱的，你想得太多了。孩子没了，咱不要就是了。流产的事情不是天天都在发生吗？如果你喜欢孩子，咱再想办法要一个……"

何一为说："不！我再也不想钻你们的圈套了！"

苏文说："好好，那咱就不要了，像我们最初设想的那样。"

黎明时分，他们才睡下，但何一为随即被持续不断的噩梦缠绕。他梦见有人把他推进了河里，水好大好大，他挣扎着露出水面，刚一露头，就有人用棍子敲打他。他只好又沉下去。他憋坏了，再一次钻出水面，棍子马上又落下来，他重新沉入水底……如此反复多次，他坚持不住了，再也浮不起来了，变成一具尸体顺水漂流……

他被吓醒，惊恐地坐起来。苏文背朝着他，睡得死沉。她在睡梦中，不时地咬牙打战。何一为不敢惊动她。他想，她一定在恨他，因为他杀死了她苦心孤诣好不容易才显眉目的孩子。她制造了一个阴谋，而他却用罪恶挫败了它，到头来他们都成了牺牲品。他想，她一定恨死他了。这个女人其实活得很不容易，过去落难时她不顺心，现在事业成功，财源滚滚，她仍是不顺心。尽管她再三表白她非常爱他，离了他就不能活，但她并没有得到幸福。爱和幸福有时是两码事……

天亮了，苏文一切恢复了正常，仿佛昨晚的事情是一个儿戏，是一场梦。临出门前，她抚摸着何一为干巴巴的脸蛋，柔情地说："亲爱的，把过去忘掉吧，还有很多更重要的事情等着我们做呢！"

何一为说："你可以忘掉，因为你不是凶手。可我是凶手，我永远都不会原谅自己……"

苏文有些烦躁，不想再听他唠叨，匆忙开车走了。

三天后，苏文打发如菊回了老家。

何一为的情绪不仅不见好转，反而更糟。除了睡觉，他一分钟也不想待在家里。这个家就像个万花筒一样，让他不停地回忆起痛苦的往事。他开始酗酒。有一天晚上，他醉醺醺地开车经过一个十字路口时，被交通警察查获。交警把车和驾驶证扣下，让他打电话叫人来领他。苏文又去南方出差了，他没有单位，没有亲人——他不光在本城没有亲人，在世界上他也没有亲人了，他的母亲迟桂花和继父孙玉成几年前相继作古——谁能来领他回家？

交警见他醉得厉害，开的又是辆高级车，也不想为难他，告诉他三日以内到车管所接受处理，然后帮他拦了一辆出租车，挥挥手打发他走了。

出租车司机是位好事之徒，见这位客人眼睛直直的，像个有钱人，就试探着暧昧地问他："老板，愿意去一个好玩的地方吗？"

"好玩？"他打着酒嗝，"我怎么不知道。"

"我可以带你去呀。"

"那好，我付你双倍车钱。"

出租车把何一为拉到一条邻近郊区的小街上，街两边是低矮的民房，参差不齐，都挂着大红的窗帘和门帘，像旧时代的妓院。车子刚一停下，何一为就意识到这不是个好地方。司机收好钱，告诉他这里可以随便玩，很安全的，掉头一溜烟跑掉了。他摇摇晃晃，摸不清东西南北。这时就有两个已不年轻的女人跑上前，一口一个大哥地叫着，扶起他进了一间挂着美容美发招牌的店铺。他口齿不清地说："我不嫖，我不嫖……"

一个女人说："男人哪有不嫖的，大哥你放心，俺姐俩会侍候得你舒舒服服的。"

何一为说："反正我不嫖。"他的胳膊被两个女人架着，反抗是徒劳的。

另一个女人说："不嫖就不嫖，聊聊天说说话也行啊。一看大哥就是个厚道人。"

何一为说："我想喝酒。"

两个女人放下他，其中一个从一只破纸箱里摸出两瓶啤酒，往他面前一蹾："喝吧，放开喝吧！"

何一为咕咚咕咚喝下小半瓶，直勾勾地盯着面前的两个女人："你们，都是为生活所迫，才干这个的吧？"

"是呀是呀，要不谁干这个。"

何一为已经听不出是哪个女人在说话，或许是两个女人一块儿说的。

"你们，为什么不在家，好好种地？"

"我们没地种。我们是下岗工。"

"下岗？可以到农贸市场，卖菜。反正不能，干这个。你们都，堕落了。你们不能，自暴自弃，不能向命运，低头……"

说话的工夫，两瓶啤酒见了底。往下的事情他就不知道了。

何一为睁开眼时，天已大亮。他看到一张大床上躺着三个人，一男二女，以为还在梦中，接着他就腾地坐起来。他全身赤裸着，两个女人都裸着上身，其中一个女人足有三十五六岁，比他还要大，脖子上满是皱褶；另一个二十七八岁，脸上遍布着粉刺。

她们也醒了，笑嘻嘻地看着何一为穿衣服。老一点的说："先生，昨夜你真棒，把我收拾得，嗷嗷叫。"

何一为喉头发紧："怎么会？怎么会？我什么也不知道……"

年少一点的女人抢着说："大哥，你就别谦虚了。不但她被你折腾得要死，我也给你整得够呛。你太棒了，啧啧，真舍不得你走……"

何一为头疼欲裂，几乎站立不住："你们，为什么要这样？"

两个女人同时说："挣钱呗。"

何一为从镶在墙上的一面小镜子里看到，自己脸上满是女人的唇印，十分滑稽。他的眼泪终于流了出来："老天爷，我这是怎么啦？我成了嫖客！这多令人恶心呀……我真的是堕落了。太丑恶了，简直不可饶恕啊……"

年老一点的女人劝道："兄弟，你有啥想不开的，不就是睡了一觉嘛，男人睡女人，就是肉跟肉碰了一下。很多人到我们这条街上来找乐子，有些高级领导也来，人家哪个都比你想得开嘛……"

年少一点的女人拿来湿毛巾，替何一为擦去脸上的口红和眼泪。他翻遍手包和衣兜，把所有的钱掏出来，除留下五十元打的，剩下的全扔给了两个女人，足有两千多块，乐得两个女人恨不得再留他住一天。

有了这次经历，何一为不愿再在城里乱转了。他去郊外，去很远的大河边，去没人的地方。他疯了似的开车到处跑，一刻也不想停下来，一停下来他的脑袋就乱。车身已被他磕碰得坑坑洼洼。困了，他就把车停在路边，小睡一会儿。有时来了兴趣，他就用苏文刚给他买的"全球通"拨电话，号码是临时胡乱拟定的，打到哪儿算哪儿。

一次，他打到北京，接电话的是个小女孩。小女孩说，她的学习成绩很好。她妈妈跟一个有钱的洋伯伯走了，去澳大利亚了，爸爸正和一个姓王的阿姨谈恋爱，天天晚上出去，有时很晚回家，有时不回来，她一个人在家，好害怕好害怕。他说："小朋友你不用怕，叔叔在电话里陪你玩，等你困了想睡觉了，咱们再说再见。"她好像哭了，他的鼻子也酸酸的。他们一直聊到手机电池耗光才罢休。

还有一次，他打到了纽约。接电话的是个语音迟钝、呼吸急促的老头。何一为的英语发音还算凑合，老头能听懂。老头说，他老了，走不动了，每天坐在电视机前看橄榄球赛，没有人来看望他。老头还说，芝加哥的警察刚刚和一帮黑人发生过冲突，烧了几十辆汽车；美国快完蛋了，他要给威廉·克林顿总统写信，让他赶快下台；俄国人为什么不来打他们……

又有一次，他胡乱往英国伦敦拨电话，半天才拨通一个有人接的电话。对方是个女的，一口纯正的牛津腔。她说她叫诺拉，伊丽莎白·诺拉，刚从夜总会回来，那里净是些有钱的阿拉伯人。她娇声说："先生，你要我吗？"他告诉她，他是中国人，他正在中国东部一条没有水的小河边给她打电话。她兴奋地"噢"了一声："China，中国？神秘的中国？太好了！噢先生，谢谢您的电话。听说你们中国禁欲？您能忍受吗？OK，您能来伦敦看我吗？我叫诺拉，伊丽莎白·诺拉，住女王公园大街第 657 号……"他说："我是一个……杀人犯，前几天刚杀死一个婴儿。"她惊讶地说："凶犯？噢，没关系，我喜欢凶犯，他们都很强壮……"她居然喜欢他，他感动得要落泪，连声说："谢谢，谢谢。中国没人喜欢我了，可你却喜欢我，谢谢，太谢谢了……"

　　他的手机通话费突飞猛涨。苏文发现他乱打无聊至极的电话后，不再替他到电信公司交费，他的那部"全球通"便成了废物。

第十八章

一年多之后，海天公司倾全力兴建的蓝水河花园小区竣工。小区漂亮归漂亮，终因赶上房地产业的大萧条而成了巨大的累赘。苏文发动全公司的职员，费了吃奶的劲只廉价销售出不到十分之一，那十分之九卖不动的房子开始压得海天公司喘不过气来。苏文到了她下海经商以来最险恶的时刻。

房子销不动，没有资金做别的生意，而且建小区的钱一大半是贷款，光利息一项就够苏文受的。屋漏偏逢连阴雨，恰在这时，主要贷款方建设银行的行长因贪污受贿成了阶下囚，海天公司虽没有向此人行多少贿，不至于牵连进去，但建行新成立的领导班子按照上级批示，花大力气清理不良贷款，而且主要是针对那些大量借贷的民营企业。海天公司是首屈一指的借贷大户，每天都有建行的人来催还贷款。开始他们态度还不错，不久脸色就越来越难看了。

苏文唯一的办法就是躲避。但躲过初一躲不过十五，建行的新领导扬言，一个月后再不还贷，他们将到法院起诉，请求法院拍卖海天公司的财产，用以偿还贷款。公司里人心开始浮动，已经有人悄悄联系别的单位，打算另谋高就。

偏偏祸不单行。副总经理兼计划财务部主任汪家林突然下落不明！苏文得此消息，第一个反应就是核查她在中国银行的秘密账户。公司里只有她和汪家林知道这个账户，那还是六七年前汪家林追求她时她一不小心透露的，她以为汪家林早忘了，就没有进行更换。就连何一为都不清楚这个账号。她赫然发现，账户上的八百万元人民币全部被汪家林用欺骗的手段提走了！这八百万原本是苏文的活命钱，不到万不得已她是不敢动的。可现在，汪家林釜底抽薪，在她最困难的时候从背后给了她一刀。这一刀足以要她的命！

苏文当即口吐鲜血，不省人事。众人急忙把她送到医院抢救。医生说，再晚来半小时，她可能就没命了，因为她的心脏出现了短暂的骤停。

警方搜查了汪家林的家，一无所获。这个无耻的家伙，居然把家里所有的存款也都带走了，只给王静留下五百多元的零币。王静去年生孩子后，一直没有上班，汪家林趁她带孩子回娘家的工夫溜掉的。警察和公司里的人来找她时，她还蒙在鼓里。

王静听此消息，也傻了眼。她哭哭啼啼道，汪家林前些日子曾念叨过，得找机会出国，去日本也行，去韩国也行，去越南缅甸也行，办不了签证就偷渡过去。他还说过他这辈子最恨的人就是何一为和苏文，是姓何的坏了他的大事，是姓苏的太糊涂，深深刺伤了他的心，他要报复。末了，王静还说，汪家林这个坏种一天也没爱过她，晚上干那事时，都把她当苏文对待，叫她一遍遍地说：我是苏文……这个畜生真是作孽呀……

谁都明白，这笔巨款追回来的可能性微乎其微。

两天之后，何一为才知道这场灾难。人们似乎把他忘了，没有人去通知他。他身上连买面包的钱都没有了，就打电话找苏文，这才知道事情的原委。他最初的反应则是哈哈大笑，手舞足蹈转着圈儿哈哈大笑，笑得眼泪鼻涕满脸都是，笑声震落了窗台上一个没放置好的花瓶。笑毕，他上气不接下气地跑到医院，紧紧握住苏文的手说："亲爱的，我早说过会有这一天吧？汪家林这一手够绝的。好！好！不见得是坏事。苏文，我们没有了那些该死的钱，我们可以像普通人那样过朴素而幸福的日子了。多有趣呀，哈，哈哈……"

苏文出院时，公司里没一个人去接。那些家伙先前对她趋之若鹜，无非是冲着她的钱去的。现在，她成了穷光蛋，他们唯恐避之不及。只有何一为兴高采烈地去了。仿佛他的老婆给他生了个胖儿子，他去接母子二人回家。苏文身体已基本恢复，完全可以下地走动，但何一为非要抱着她下楼。他抱着她从四楼往下走，亲热得不行，引起很多病号围观，人们啧啧称叹，说这对少夫老妻真是甜蜜。

何一为抱着苏文下楼，一点儿都不觉得累。他感到苏文轻得像一片羽毛。他面不改色心不跳地对她说："当一个人身上没钱的时候，当一个人不为钱所累的时候，我看他就可以像一片美丽的羽毛那样飞起来，多轻松呀，多自在呀！没钱的感觉真好！"

苏文这回彻底垮了，她输得好惨好惨。她躺在床上，不想吃不想喝，紧闭着牙关不说话，两眼黯然无光，身上肮脏得像个乡下女人，头顶上突然冒出一缕白发，看上去仿佛一夜之间老了十岁。何一为陪着她，殷勤地照顾她，与她寸步不离。他感到从未有过的幸福。他耐心地开导她，说："我很高兴，你能够摆脱金钱的奴役和桎梏。当你眼里没钱时，你的心灵就是透明的，所以你会感到大彻大悟般的幸福。说到这，我们要感谢汪家林呢。"

苏文的眼角挂着泪，她一语不发。

何一为把她黏糊糊的手放在自己脸上，喋喋不休地说："苏文，我爱你，我从来没这么爱过你……我们搬到一个山清水秀的地方去吧，我做乡村教师，你种花种菜；我们住在茅屋里，吃野果喝溪水；冬天烧柴火取暖，夏天点艾蒿驱蚊……"

苏文终于发作了，她撕扯着自己的头发，咆哮道："我不想听你说这些鬼话！我十年辛苦，呕心沥血，图个啥？好不容易成功了，登天了，转眼之间又失败了，摔了个四爪朝天……我不甘心！死也不甘心！……"

何一为吓得一阵哆嗦。他感到脑子"轰轰"地响，心里憋闷得难受极了，就用手抓挠胸脯，仿佛想把心脏掏出来，掏给苏文看。见他这个样子，苏文又理智下来，说："你不用怕，只要我还有一口饭吃，就饿不死你。"

何一为颤抖着说："你说的什么？我不明白，不明白……"

苏文闭门在家休整了两个月。这期间法院和建行联合拍卖了海天公司的所有财产，所得数额正好用来偿还贷款。苏文个人仅剩下小汤山高级住宅区的这栋房子和何一为平时使用的那辆破皇冠车。

何一为现在最怕回家。他从来没像现在这样惧怕苏文，仿佛是他抢走了她的钱财，她要找他拼命似的。有一天晚上，他在一处臭烘烘的大排档上喝过扎啤后，躺在街心花园里的石凳上睡了一觉，醒来时发现苏文去年底花三千元给他买的意大利皮鞋被人拎走了，所幸车子没让人开走。他只好光着脚丫子开车回家。

苏文决定从头再来。她打算把小汤山的房子和皇冠车卖掉，重新开办一家公司。她嘴里咝咝冒着冷气，吼叫道："我姓苏的不会轻易认输的。那些混蛋们，你们等着瞧吧，不出三年，老娘就会翻过身来！"

何一为百感交集，头疼欲裂。

第十九章

五月二十七日，是何一为三十四岁的生日。

这天下午，何一为开车来报社找丁冬，请求她陪他过生日。丁冬不顾值班主编的不悦，跟他走了。他先开车来到一家新开张的当铺，用他的那枚订婚钻戒当了四千二百块钱。丁冬对他的举动大惑不解。他说："这是我最后的私人财产了，我想把所有的钱都花光，尝尝身无分文的滋味。"

丁冬知道他太神神道道，心想一切都由着他吧，看他能折腾到什么时候。

他们又来到一家商场，买了生日蛋糕、蜡烛和两瓶法国白兰地。买蜡烛时他坚持只买四支，丁冬说："应该买三十四支呀。"

他正色道："我今年才四岁，还是个纯洁的儿童呢。"

丁冬以为他在开玩笑，反正吹蜡烛只是个形式，就没往心里去。

时间尚早，何一为决定先拉丁冬到处转转。他说："冬冬，这可能是你最后一次坐我的车了。"

"为什么？"丁冬一愣。

"苏文想把车卖掉。"他颓丧地叹口气，"这个女人，撞得头破血流了，还不甘心失败，纯粹是执迷不悟。我真是不明白，钱对于她果真那么重要吗？她说过，如果有一天她所有的财富化为乌有，她也不会难过，因为有我就够了，我胜过她的一切。可是，根本不是这么回事，她一直在欺骗我。她从来就没爱过我，她早晚会杀死我的……谁来救我？……"

"你又在胡思乱想。"

"今天是我的生日，可苏文却到工商局办执照了，晚上还要请人家喝酒。是我的生日重要，还是办执照重要？在她眼里，我连一张营业执照都不如啊……"

"你又多想了。"

车子上了新修的外环路，路面宽阔，车辆也少，何一为加大马力，皇冠车像一匹失控的野马那样疯跑。他随手又打开音响，强烈的旋律顿时充满了车内小小的空间，是英国"金属"乐队创作的歌曲《在黑暗中消失》（《Fade to Black》），歌词大意是——

> 生活好像正在改变，
> 而我却无所适从。
> 我已失去了存在的勇气，
> 除了死亡我已别无选择……

皇冠车一路高歌，向前狂奔。丁冬看到有好多次他们的车就要和迎面而来的车相撞，她甚至看清了对面车上一张张因惊恐而变形的脸，不知有多少恶骂声追随着他们。但何一为根本不听丁冬的劝阻，车速一点儿不减。她的心提到了嗓子眼，心想完了完了，这个混蛋，也许他真的疯了。她干脆闭上眼睛，她也豁出去了，不再劝阻他，一心等待那个最惨烈的结果……皇冠车沿外环路转了三圈，天就黑了。下了外环路之后，丁冬的心才算踏实。她心有余悸，说："我想，你刚才可能疯了。"

"没有。"他摇摇头，"我只是脑子有点儿乱，眼睛也有点儿发虚。

不过，没关系，我已经习惯了。"

说完，他古怪地笑了笑。

进入市区后，城市灿烂的灯火迎面而来。何一为说："冬冬，我要带你去我的家，给我过生日。"

丁冬说："好的。"

可是，他却径直把车开到了金鼎大厦前。丁冬说："不是说好去你家的吗？"

何一为说："这里就是我的家。先前这地方是一座美丽的四合院，我就是在这里出生的。小汤山那边是苏文的家，不是我的家。"

丁冬说："可是，它早就变成了一座五星级饭店。"

何一为说："所以我要请他们把这个破楼搬走，然后我来盖一间茅屋。茅屋里没钱，但有爱情。茅屋里的爱情是世上最美好的爱情。我要在这里面生活一辈子，死了，就埋葬在这里……"

丁冬不想听他胡咧咧，央求他回家去。他把丁冬推开，跑到总台登记，要了顶层的一个套间。过去苏文阔气时，金鼎大厦的人见了何一为，热情得很，现在，认识他的人都用异样的目光打量他，总台负责登记的小姐起初磨磨蹭蹭，她可能怕何一为赖账，何一为掏出两千块房钱后，她才加快动作。

丁冬提着东西，稀里糊涂地跟何一为上楼。进了房间，丁冬把蛋糕摆好，蜡烛插好，又把酒瓶启开，斟满杯子。

何一为愣怔着，看丁冬把四支蜡烛点燃。丁冬把蛋糕往他面前推一下，强作欢颜说："一为，吹蜡吧。"

他好像很费力地低下头，连吹了好几次，居然都不能把四支小蜡烛吹灭！仿佛世上所有的痛苦都集中到了他身上，这个曾经潇洒一时的男人，竟到了吹不灭四朵蓝色小火苗的地步！丁冬的心宛若刀割，噙着泪帮他吹了一口。蜡烛灭了，变成四缕烟雾，很快消散了。丁冬举起酒杯，强颜欢笑："亲爱的，祝你生日快乐！"

他哆嗦着举起杯子，碰了一下，一饮而尽。他们很快就把两瓶酒喝光了，蛋糕却一口也吃不下。喝酒的过程中，他们很少说话。何一为神色黯然，缄口不言，丁冬实在不知道说什么好。安慰他吗？在一个心如死灰的人面前，所有的安慰都是苍白无力的。

猛地，何一为抬起头来，说："权力、金钱、性，这三样东西很能使人堕落。可是，我没有权力欲，我不贪图金钱，我对异性也不怎么感兴趣，但我还是堕落了。唉，怎么搞的。人类难道就没有办法不使自己堕落吗？"

他仿佛在自言自语。

丁冬抱住他微微颤动的双肩："一为，你太累了，啥也不要想了，好吗？"

他有了醉意，眼珠子红得吓人。丁冬劝他上床休息，他用力推开她，头一低，头发蹭着了蛋糕，他那沾有奶油的头发像一把刚从漆桶里拎出来的毛刷。丁冬帮他擦拭一阵，最终把他扶到了床前。他拿出最后的力气拥抱她。她强忍着不使眼泪流出来。她没有一点儿情欲，但她为了帮助这个自己曾经深爱的男人，还是默默脱光了衣服，又帮他脱下衣服。她故作激情四溢地吻他，轻柔而执着地抚弄他，甚至吻他的下身，使出种种手段，试图唤醒他作为男人的存在，借此给他带来哪怕是一点点快乐。但是，他毫无起色。终于，这个可怜的男人拨开她的手，虚萎不堪地说："我知道不行了……真的不行了……再也不行了……我已经被阉割了……我还算个男人吗？……"

他的泪水打湿了丁冬的脸。丁冬默默地帮他穿好衣服，扶他躺好。大约十一时左右，他平静了一些，温柔地说："冬冬，你回去吧，我想一个人好好休息。"

丁冬说："一个人，行吗？"

他说："睡觉有什么行不行的。"

丁冬说："那好吧。你好好睡一觉，明早回家。过几天我再去看你。"

他说："太阳——明天还会出来吗?"

丁冬想也没想，就说："当然会!"

说罢，丁冬把房间的冷气调小了一点，把大灯关上。临出门前，还在他额头上吻了一下。她乘电梯下到底层，穿过大厅往外走。她的脚刚迈出大厦，就见广场上不少人朝一个地方奔过去。有人边跑边喊："不好了，有人跳楼了……"

丁冬惊愕地张大了嘴巴。她知道，就在她下楼的这个短暂的瞬间，何一为就像一张纸片那样，从高处飘落下来；或者说，他就像一张纸片那样，永远地升到了空中?……

一切都结束了。丁冬全身发软，她扶住一根大理石廊柱，缓缓跪了下来。她欲哭，却无泪。

六月三日，丁冬来到城市北郊的殡仪馆，与何一为进行最后的悼别。

警方做出的结论是：死者酒后控制不住情绪，跳楼自尽；也不排除醉酒后失去理智不小心坠楼而造成的意外事故。人们私下的看法是：何一为见自己老婆钱财荡涤一空，便动了自杀的念头。如果按照这种理解，他是为钱而死。

在这个世界上，或许只有丁冬清楚，他是为理想而死的，只不过他那种理想不切合实际罢了。

他没有留下任何遗言。

来给何一为送行的人寥寥无几。原海天公司的人只到了王静和一个看门的老头。丁冬这边联络了几个同学。她通知他们时，他们都不相信，说，他不是傍了一个女大款吗? 这才几年工夫就成了这个样子。另外来的人，就是苏文的几个亲戚。他们可能在苏文发达时没沾多少光，所以从他们的表情上看不出悲伤，就像例行公事似的。王静倒是哭得很伤心，这个曾经很漂亮的姑娘，现在瘦成了一把骨头。

苏文被人从一辆破面包车上架下来，她的头发几乎全白了，脸上的皱纹格外的醒目。她悲痛欲绝，眼泪已经流干了，嗓子眼里发出的不像是哭声，倒像是某种动物的嘶鸣。

苏文仓促做出了两个决定。其一，她从卖小汤山别墅的钱里拿出二十万元，打算重建云水县小店子中学（她亲爱的丈夫何一为曾经有过这样的愿望，就算是实现他的遗愿吧），并且建议新学校命名为"一为中学"；其二，她打算到沿海的一座小城市定居，永远离开这座让她身心备受磨难的城市。

丁冬缓缓上前，抱住苏文，感觉像抱住一捆枯草。丁冬听到，苏文嘶哑着嗓子，翻来覆去地说："那天晚上，我一直等他。我从来没这么害怕过。他有什么委屈吗？他有什么委屈吗……"

赶来吊唁的人到齐后，又出了一件怪事：何一为的尸体怎么也找不到了。工作人员翻遍了停放遗体的大厅，仍是没找到。后来一个五十多岁的男人眨巴着眼睛走过来，他眼泡肿着，头发挓挲着，下巴耷拉着，一脸阴森之气，让人弄不清他是人是鬼。

他说他是这儿的领导。

他讪笑着说："这几天送来了七八具跳楼的男尸，有的炒股票赔了血本，有的老婆跟人跑了，有的因为下岗，想不开。都摔得不像样子……"

最后，他十分抱歉地说："可能……可能我们烧错了。"

第二十章

自从何一为出事后，丁冬常常晚上去金鼎大厦十八层的酒吧厅里坐坐，一坐就是半夜。她喜欢坐在一个靠窗的座位上，对着一杯威士忌出神，默默地想点儿心事。当然，她想得最多的仍是何一为。他只活了三十四岁，整整三十四岁。三十四年前，他来到了这个有人群的地方，三十四年后，他又离开了人群。很短的一段时间，仿佛他压根就没来过。老天爷，这太可怕了，难道一个人的生和死连一点儿痕迹都不能留下吗？

有时她也想到苏文，还有那个乡下姑娘如菊，或许还要算上漂亮女孩王静。她想，我们四个女人都不能留住一个何一为，真像苏文说的，他有什么委屈吗？这样想着的时候，她恍惚就看见何一为慢慢地向她走来。他像是一个古代的人，穿着唐朝或清朝的衣服，目不斜视地行走在光怪陆离的今日大街上，他不认识别人，别人也不认识他。他只是不停顿地走。后来他累了，走不动了，就躺在水泥地上睡着了……

是的，她觉得在生活面前，他们都感到疲倦。她不明白，是他们辜负了生活，还是生活辜负了他们？是时代超越了他们，还是他们超越了时代？透过巨大的落地玻璃窗，她看到夜幕下的城市一片空茫，到处都是灯光，灯光的海洋。何一为，难道这么多的灯光都不能照亮你脚下的路吗？

每逢这个时刻，她就能听到时间从身边"哗哗"流走的声音。她想她已经老了，无可挽回地衰老了，红颜消褪，风霜和忧伤布满了脸庞。

她还以为别人把她忘了。直到有一天，在金鼎大厦十八层的酒吧厅里，一个英俊的小伙子向她走来，他的手中也端着一杯威士忌。他冲她笑笑，笑得很甜。他说："小姐，你有什么痛苦吗？"

"没有。"她说。然后她告诉他："我已经不知道什么是痛苦了，就像我不知道什么是快乐一样。"

（2002 年）

阳光下的故乡

引　子

那天天气原本不错的，晴空万里，艳阳高照，春天的风掠过原野、山川、城市、乡村，当然也掠过河流和大海。

那天，离大海约两百公里的嘉宁军用机场上，数十架银白色的战斗机频繁起飞，它们在万米高空来往穿梭，在蓝色的天幕上编织出一个个肉眼看不见的美丽图案。最后，它们飞临大海上空，做各种高难度的飞行练习。在蔚蓝色的天空和蔚蓝色的大海之间，这些银白色的钢铁精灵自由、舒畅，欢快无比。

后来，风停了，不知不觉间，太阳被云层遮住，天气变得阴沉沉的，空气显得很滞闷，令人烦躁，令人不安。

有一阵子，海水倒很平静，平静得甚至让人生疑。

事后向在附近海面捕鱼的人打听，他们惊恐未定地说，起初他们看到不少飞机在海上转圈子，后来突然听到一声爆响，抬头就见一团火球高高地挂在天上，大家都呆了，眼看着那团火球飘飘悠悠钻进了海里……许久，他们才明白，是一架飞机出事了。

两条打捞船在失事的那片海域活动了一天一夜，最后打捞上一堆飞机残骸，其他的什么都未找到。

技艺非凡、英俊洒脱的老飞行员苏特就这样告别了天空。他的家在泉城济南。他的妻子丁琳曾经很漂亮。他的儿子明明刚满八岁。

那是十年前的事情了。

第 一 章

1995 年 2 月 27 日　星期一　晴

　　不知怎么回事，这几天总有一个预感——今年招收飞行员工作快开始了。忽然有很多想法。连着几夜没睡好，今天在课堂上打起瞌睡，老师点了我的名，真不好意思。前面的同学都回头看我，尹凡没回头，但她心里肯定在责怪我，离高考这么近了，为什么精力不集中。妈妈已睡下，动作最好轻点儿，别影响她休息……

　　虽然春天已经悄悄到来，但苏明明仍然感到寒冷。外面好像起风了，风吹得阳台上的一只塑料袋呼啦啦响，弄得明明心里烦烦的。他离开书桌，关好窗子，重新回到座位上。关窗的时候发出了很大的响声，他意识到可能惊醒了妈妈，不由得在心里埋怨了自己一句。

　　果然，妈妈丁琳在那边问道：

　　"明明，怎么还不睡？"

　　妈妈的声音像从很远的地方传来，嗡嗡地在不大的房间里回响。明明家的宿舍在燕子新村，普通的两室一厅，妈妈住一间，明明住一间。其实，明明知道，妈妈并没有睡着。妈妈每天都早早上床，妈妈很少看电视。妈妈说，一来看电视影响明明写作业，二来那些电视连续剧像她从病人身上割下来的烂肠子，又臭又长。妈妈在市立医院当外科大夫，经常给患了肠癌的病人割肠子。

"就睡，就睡。"他敷衍道。

每天都早早上床的妈妈其实睡不着，明明能感觉到。安静的夜里，明明有时能听到妈妈的一声轻微的叹息，像树叶落地的声音。

"就睡，就睡。"明明又说。他插上笔帽，合上日记本，把它塞进抽屉深处，用别的书本盖好。又磨蹭了一会儿，才拧灭台灯，钻进被窝。他从上初中的时候起就养成了写日记的习惯，至今已经记满了整整五大本。每天写完作业，然后洗漱，再然后坐回小小的书桌前写日记。日记有时长有时短，有时认真有时潦草，全看心情如何。

今晚本是有月亮的，但月光被厚厚的窗帘遮住了，屋里漆黑一片，什么也看不见。明明强迫自己入睡，提醒自己什么也别想，如果明天上课时再打瞌睡，就说不过去了。但不顶用，脑子乱糟糟的，越想睡越睡不着，急得他身上都出了细汗，很不舒服。外面的风好像小了些，除了偶尔听到汽车驶过的声音外，其他的什么都听不见。他翻了个身，把被子掀到肚皮上。太阳穴突突地跳，他感到脑袋涨得难受。

尽管思绪像一团乱麻，怎么都理不顺，但明明清楚，其实全是一件事情给闹的——他预感到，今年招收飞行员的工作快开始了！

按照惯例，每年开春后，空军部队都来各中学招收飞行员，招飞的对象是那些应届高中毕业生。先是学校动员、统一报名，然后到各体检站体检。对于飞行员来说，身体是最重要的，有一丁点儿的毛病都不行，因此，体检非常严格，要反复进行，绝大多数报名者就在这个过程中给刷掉了。剩下的佼佼者还要参加七月初进行的全国统考，高考成绩达到划定的分数线后，才算是一个真正意义上的佼佼者。再往下，就是进航空学院学习，此时离飞向天空只有一步之遥了。

招飞的过程比较漫长，前前后后有半年左右的时间，严格的筛选使很多人望而却步，成功者靠的不是运气，而是强壮的没有瑕疵的身体，再就是对蓝天和航空事业的热爱。

自爸爸出事后，飞行、蓝天等诸如此类的词汇便远离了明明和他的妈妈，成了他们坚决避而不谈的话题。他们曾一度甚至连抬头看天的勇气都没有。爸爸给这个家庭留下的阴影太大了，他和妈妈似乎都没有能力挣脱。但随着年龄的增长，明明觉得自己有了某种冲动。他越是想逃避，那种冲动越是紧紧缠绕着他，挥之不去，令他既兴奋又恐惧。

他实在不该想这些，但他无法阻止自己。这就是明明一连几日寝食难安、摆脱不了煎熬的原因。

夜已经很深了，明明不知道自己是何时睡着的。

迷迷糊糊的状态中，明明听到了客厅里的响动。好像又迷糊了一会儿，明明听到妈妈轻轻敲他房门的声音。妈妈说：

"明明，该起床了。"

猛地睁开眼，见天已大亮，他赶紧穿衣下床，被子顾不上叠，就手忙脚乱地到水池前洗漱。妈妈用奇怪的眼神望着他，嘟囔道：

"你最近好像不大对劲，明明。晚上不睡，早晨不起，你到底想什么呢？"

"没，没什么。"他边刷牙边咕哝道。

狼吞虎咽地吃下妈妈给准备的早餐，明明背起书包往外走，妈妈又从身后叫住他。妈妈叮嘱说：

"明明，午饭我给你留好了，别忘了点火热热。注意关好煤气。"

明明答应一声，快步下楼。市立医院离家远，还要转一次车，妈妈中午一般不回来，午饭经常是他单独吃。这样，每天早晨离家时，妈妈都要嘱咐他一番，多年来这已经成了固定不变的程式。

自行车放在楼道里。这辆"凤凰"牌自行车是明明五年前升上初

160

中时，妈妈特意给买的，现在已经很陈旧了。昨夜的一场大风使车座上落了厚厚一层灰，他顾不上擦，打开锈迹斑斑的锁，推起它，一出门洞抬腿上了车。这时，妈妈又从三楼的窗子里探出头来说：

"别毛毛糙糙的，路上注意安全！"

明明朝妈妈挥了挥手，算是回答。他都十八岁了，妈妈好像还当他是三岁的小孩子，每次出门，总是千叮咛万嘱咐；如果哪一次他回家晚一点儿，妈妈就显得六神无主，坐立不安。明明搞不明白妈妈的举动是否与爸爸有关系。也难怪，他想，自己是妈妈唯一的依靠，妈妈不容他再有任何的闪失，因为妈妈再也经不起折腾了。

明明就读的十八中离家四站地，他骑车一般十分钟就到。这天，由于心急，加上顺风，他仅用八分钟就赶到了学校。将自行车放到停车棚里，他快步往教室的方向走。十八中共有两栋教学楼，明明所在的高三二班的教室在后面那栋楼的四层。刚走到楼梯口，他看到头顶的长廊上，一个熟悉的身影像一片云彩那样，闪了一下就不见了。

其实，他闭上眼睛也能感觉到，那个身影是他的女同学尹凡。尹凡的家离学校很近，她到校的时间一般比明明早一点儿。而在几年前，尹凡家也住燕子新村，他们两家的楼房挨得不远，后来她爸爸调到一家研究所当总工程师，她家随即搬出了燕子新村，搬进了更好的房子。

同学们已经到了十之七八，明明跨进教室门的时候，目光和尹凡短暂地对视了一下。明明突然感觉到，尹凡的目光含有一丝莫名其妙的慌乱。在以前，明明好像并没发现这一点，尹凡的目光总是很纯净，宛若春天的小溪水。现在，也许是尹凡长大了，成了大姑娘，有了姑娘们常有的一些心事吧。

明明倒没觉得什么，他冲尹凡的方向微微笑了一下。尹凡肯定没看到，因为她快速地低下了头。明明和尹凡同岁，但个头要比尹凡高半头还多。在他们的高三同学中，年龄大多数都是十八岁。

161

明明在最后一排自己的座位上坐好，从书包里拿出书本和文具盒。几分钟后，预备上课的铃声响了起来，那些来晚的同学纷纷往教室里跑。七点三十分，正式上课的铃声余音未消，教数学的于老师就夹着一摞资料登上了讲台。

对于这样的生活节奏，明明太熟悉了，他不知道自己还要在这种环境里待多久，如果考上大学，那么至少还要待上四年；如果大学毕业后不幸当上教师，那么弄不好要待一辈子。在学校待久了，上课，下课，急急忙忙来，慢慢腾腾去，各种各样的信息和内容充斥大脑，日子也就显得平淡无味了。

这天的课堂上，明明没有像昨日那样公然打瞌睡。虽然他板板正正坐在座位上，一副认真听讲的样子，但他实际并没有听进多少课堂内容。四十出头的于老师讲起课来挥洒自如，把一道道难题讲解得通俗易懂，直讲得口沫横飞，脑门上沁出了热汗，很多同学被逗得发出哧哧的笑声，明明的面部表情却没有任何变化。

还是那个快要招飞的念头，在顽强地占据着他的脑海。

终于，目光敏锐的于老师发现了明明不对劲——于老师视力虽不大好，但他对听课者状态的感知能力却是一流的，谁要是不认真听讲，很难逃过他的眼睛。于老师在讲课的某一瞬间突然停下来，他用教鞭敲敲黑板，提问道：

"苏明明同学，请你回答，我刚才讲的什么内容？"

明明慌忙站起来，冷汗唰地涌出来，后背上凉凉的。他的回答支支吾吾，驴唇不对马嘴，前面有的同学回过头来，用不解的目光盯着他，课堂上一阵嗡嗡的议论声。于老师摇摇头，用自嘲的口气说：

"看来，我的课引不起苏明明同学的兴趣。苏明明同学，请坐吧。"

这一句话顿时让他感到无地自容。他觉得很对不起于老师，于老师很少为难那些犯点儿小错的同学，这反而使同学们更加尊重他，明明在心里对自己说：

"而你却连续冒犯于老师，太不应该了。"

一直到下课，明明都觉得自己脸膛烧得厉害。他刚才没有看清尹凡是否也像同学们那样，送给他愠怒的一瞥，但他知道，尹凡肯定非常难过，因为尹凡是他最要好的同学。

下课后，同学们都像往常那样到室外活动，明明没有动，他压低目光，不敢看任何人。这时，一个纸团突然落在他摊开的书本上，他下意识地把它握在手心里。抬头看时，尹凡的身影已经像一阵风，飘到了走廊上。

从前，他们之间很少互递纸团，因为他们都感到，他们的交往非常纯真，没有那种非要避开别人的秘密，不像有的男女同学，在纸片上写悄悄话，你传我我递你的，肉麻得很。此次尹凡打破惯例，实在是不得已而为之。

瞅瞅左右没人，明明将那个在他手心里快要化掉的纸团展开，只见那上面写着：

"我觉得你的脑子出了问题，最好到医院查一查。尹凡。"

明明红着脸把纸片揉成一团，然后用力敲了敲脑门。

第二节课是物理课，明明脑子不敢再开小差，而是集中精力，认真听课。

就在这节课下课的铃声拉响时，他们班的班主任刘老师闯进来。刘老师对大家说："同学们请等等，有件事情要传达一下。"

刘老师说，上午学校接到区教委通知，今年的空军招飞工作马上开始，凡高三班的男生，只要身体健康，热爱飞行事业的，都可报名，先参加初检。招飞简章贴在学校门口的宣传栏上，下课后大家可以去看，但不要影响上课……

这类消息对于平静的校园来说，是一个刺激。同学们的话题马上转到了这上面，男生们反响尤为强烈，因与女生无关，女同学没有明显的反应。不少男同学嚷嚷着下楼，到校门口看招飞简章去了。

明明心头一阵莫名的紧张。此刻，他听到了自己"怦怦"的心跳。他感到浑身无力，颓然伏在课桌上，半天没动。

这几天来的预感终于应验了，此刻他说不上自己是一种什么样的心情，脑子更是乱得厉害。随着年龄的增长，也许他一直等待着这一天，但当这一天真正来临的时候，他却被疑虑和恐惧感结结实实抓住了……

后两节课他简直不知道是怎么熬过来的，脑袋好像成了别人的，老师讲了些什么，他一概没有听进去。好在上课的老师没注意到他，否则，洋相就出大了。

上午放学后，明明几乎是最后一个离开教室。推着自行车来到校门口时，他看到大门口的宣传栏前围了很多踮起脚尖争看招飞简章的同学，大都是高三班的。他们边看边大声议论。尽管他非常想挤过去认真地看一眼，但他缺乏勇气。他低着头，逃跑似的躲开了他们。

尹凡在不远处的路口等他。他假装没看见她，车把一扭拐进了一条小胡同。尹凡又跟在后面喊他，他只好下车等她赶上来。尹凡气喘吁吁地说：

"你怎么啦？真是莫名其妙。"

"……"他张了张口，嗫嚅了一阵，什么话也没说出来。

尹凡说："离高考没几天了，你这个样子，丁阿姨会伤心的。"

尹凡说的丁阿姨是指明明的妈妈丁琳。明明感激地看了尹凡一眼。自渐渐长大后，他有很多话不便对妈妈说，但却可以对尹凡说。他们的友谊非常纯洁，但又饱含温馨，令他难以忘怀。

终于，明明鼓足勇气说：

"今年的招飞又开始了，我……"

"其实，"尹凡扬起脸来，定定地望着他，"其实，我多少猜到了一点儿，但我觉得你不合适。丁阿姨会怎么想，你想过吗?"

他神色黯然地避开尹凡的目光，慌乱地摇摇头，不知道该怎样回答她。

火车在一个大站停靠，借着站台上昏黄的灯光，年轻的苏特看到一些临近铁路的建筑物上，那些口大气粗、杀气腾腾的标语已经在雨水和秋风的扫荡下，变成了破败不堪的样子，就像乞丐的衣服。

这是一九六九年萧条的秋天，"文化大革命"的风暴席卷中国大地之后，温度已经被迫降了下来。

"文革"来临后，苏特作为"老三届"的学生，没能挨到高中毕业，就参加了轰轰烈烈的"文化大革命"。他和许多同龄人一样，走出课堂，穿上洗得发白的黄军装，戴上红卫兵袖标，到社会上闯荡。最使他激动不已的事情，是在一九六六年八月的一天，他和百万红卫兵一起，在天安门广场上接受了毛泽东主席的检阅。

"文革"改变了很多青年人的生活道路。从北京回到济南后，他突然觉得自己的所作所为没有多少意思了。他想回到课堂继续读书，但教室都被砸烂了，老师们也不知给下放到什么地方去了；他想进工厂做工，工厂早已停了工，他父母所在的泉城灯泡厂的厂房，成了燕子和麻雀栖息的场所。大约一年的时间里，苏特无所事事，百无聊赖，他只好在心情好一点儿的时候，到大明湖公园转转，坐在岸边想想心事，或是找几块石片，往湖水里打水漂。他的家离大明湖很近，只隔一条马路，进公园也不需要买门票，所以他想来就来，想走就走。

苏家祖孙三代根红苗正，没有任何历史和现实问题，这使苏特在"文革"中的机遇比别人多。他是苏家唯一的读书人，他的父母原指望他上大学的，天下一乱，这个愿望自然落了空，但命运却给他提供了另外一条辉煌的人生之路。

造反、批斗、抄家、游行的风头一过，知识青年响应号召上山下乡，苏特已经厌倦了城市，他决定报名到农村广阔的天地里锻炼成长。就在这时，在遥远的北方，中苏两国之间的边界摩擦升级，战争有一触即发之势。

　　一九六九年春天的征兵风潮使很多年轻人跃跃欲试，他们幻想穿上真正的绿军装，成为一名眼下最令人羡慕的革命军人，一来实现自己最美好的愿望，捎带着给家庭贴上一张金字招牌，二来还可以逃避上山下乡，免受风雨劳作之苦。

　　一个风和日丽的上午，部队派出的征兵人员走进了苏特家黑乎乎的小屋，他的父母亲有些紧张地把两名中年军人让到床边坐下。那时苏特十七岁半，个头虽不算高，但他身体强壮，脸上棱角分明，一双眼睛炯炯有神。和父母相比，他毕竟有文化，到过首都北京，还模模糊糊地见到了伟大领袖在天安门城楼上挥手的雄姿。因此，他笑眯眯地问：

　　"解放军叔叔，到我家有事吗?"

　　那位高个头的军人站起来，拍了拍他的肩膀，和蔼地说：

　　"小家伙，愿意跟我到部队去吗?"

　　苏特简直被问住了。等他明白过来后，激动得半天说不出话来。

　　后来苏特了解到，在此之前，这两名军人到过他所在的学校，到过街道居委会，到过泉城灯泡厂"革委会"，全面调查、了解了他的家庭和他本人的情况，没发现任何政治污点，而且他们还在暗处悄悄观察过苏特，发现他英俊机智，是块当兵的好料子。

　　那天，那位高个头的军人还问他：

　　"小家伙，打起仗来，怕死吗?"

　　苏特小胸脯一挺，用坚定的语气说：

　　"革命不怕死，怕死不革命!"

　　也许他觉得这样说还不过瘾，胸脯再一挺，又补了一句：

166

“就是上刀山下火海，也坚决不怕！”

两位军人会心地笑了。就这样，幸运之神降临到苏特头顶上，他成了一名光荣的人民解放军战士，跟着那两位军人，还有这座城市里的数十名幸运青年一起，来到了徐州附近的一座兵营。

几个月后，当兵时的兴奋劲儿还没过去，又一件巨大的喜悦差一点儿把他击倒。空军到陆军部队选拔飞行员，他除了身体强壮、视力超群外，还因为年龄合适、文化水平高，一举被选中，而且是全营唯一的一个！

营长——就是那位到他家去、把他领到部队来的高个头军人，专门来他的宿舍看望他。营长似乎比他还高兴，用力拍着他的肩膀说：

“好小子，我没看错，你是块好兵料子！我总觉得你当步兵，呆材料，这不，要上天了！当了飞行员，好好开飞机，当年在朝鲜，我们可吃了不老少美国飞贼的亏，同志哥，没说的，将来到天上和狗日的们较量！”

营长参加过抗美援朝，屁股上负过伤，是被美国飞机扔下的炸弹炸的。

苏特离开老部队的那天，营长特意把营部的那辆老掉牙的吉普车派来送他，吉普车是当年在解放战场上缴获的美国货，平时营长都舍不得坐。营长还向司机交代说：

“路上加小心，苏特是要上天的人，百里挑一，不像我们这些大老粗，他磕不得碰不得的，娇贵得很呢。哼，狗小子，我早就看出他有出息……”

在徐州车站，登上火车之前，他抬头看天——天是那样的蓝，蓝蓝的天将成为他最理想的归宿，原来遥不可及的天空已经向他招手，一股豪情霎时涌满了他的心怀……

苏特去报到的地方是北国长春的一所飞行学院，火车路过济南时，

167

他下车停留了一天时间，父母亲得知他验上飞行员的消息后，高兴得热泪盈眶。做了一辈子灯泡的父亲边用手抹眼泪边哈哈笑着说：

"你瞧，你瞧，这比上大学强多啦。我儿子要开飞机啦，咱济南城有几个能上天的？没几个，没几个呀……"

母亲的泪珠挂在脸上，也不去擦。母亲拉着他的手对父亲说：

"老头子，快领孩子进屋说，外面风沙大，别刮坏了孩子的眼睛。我听说开飞机，最要紧的是眼睛。"

这天晚上，一条街道上的邻居都来他家串门，他家的小黑屋里坐不下，大家就在院子里站着说话。人人都显得很高兴，因为他当上飞行员这件事确实是一条很大的新闻。一位上了年纪的老人抽着他父亲敬的"泉城"烟，用很高的嗓门说：

"几年前我就看出来了，这孩子比别的孩子有出息。你瞧他那双眼，像个小灯笼，亮晃晃的。听说开飞机的人，在咱们国家的天上，都能看到美国，了不得呢！"

也有人同他父亲开玩笑说：

"老苏呀，你是做电灯泡的，你把你儿子的眼也做成了电灯泡，贼亮贼亮。行，你的工夫没白费。"

……

现在，一九六九年秋天，第一场秋雨飘落人间的时候，苏特怀着从未有过的快乐心情，坐在往北行驶的火车上。奔驰的火车将把他带到长春空军飞行学院，他先要在那里接受初级训练，然后再驾机升空。

车上人不多，北方的人此时都在想法往南方迁徙。车厢里的广播喇叭翻来覆去播放刚上演的革命样板戏，那尖细的唱腔有点儿刺耳，但还不算难听。窗外的各类建筑物上，那些大同小异的破烂标语一掠而过。所有的坏消息，包括边境不断升级的流血冲突，以及由此引起的战争即将全面爆发的消息，都不能破坏他此时的心绪。因为苏特觉得自己是个幸运儿，天底下的少年都没有他幸运。幸运之神的抚摸使他忘记了世上还有痛苦。飞翔，到蓝天和白云间飞翔驰骋，该是多么富有诗情画意啊……

可能是太兴奋了，几天几夜没有休息好，苏特趴在靠窗的小桌上，渐渐进入了梦乡。在梦中，他驾驶银白色的战鹰，以令人眼花缭乱的姿态，飞越祖国的江河湖海、山川田园，太阳、月亮和星星都离他很近，仿佛一伸手即可触到……

火车到达长春站时是在夜里，苏特背起背包出了站。一同下车的旅客很快散去，车站广场上只剩下寥寥几个人。他不知道飞行学院在哪个方向，也不知道有多远。他打算先在候车室里待到天亮，然后再去学院报到。

走到候车室门口时，一个与他同样装束的青年军人引起了他的注意。他上前搭话后，了解到那人和他一样，也去飞行学院报到。他们即将成为战友和同学。

苏特当时不会想到，他偶然遇到的这个人后来成了他一生中最要好的战友和朋友。

二人一商量，决定搭伴连夜徒步去学院报到，因为在候车室熬到天亮的滋味并不好受。他们问火车站的女服务员，到飞行学院怎么走，人家告诉他们，沿着斯大林大街一直往前走，走到头后再往前走一段就是。

"有多远?"苏特问。

"二十多里路吧。"对方说。

二十几里路不算啥，二人互相点点头，抬腿就走。宽阔的大街上冷冷清清，几乎见不到一个行人，也很少见到行驶的车辆，有的路段连路灯都没有，黑乎乎的。沿街的建筑物上，那些陈旧的大字报龇牙咧嘴，在风中发出苍凉刺耳的细碎响声。走到一个亮灯的十字路口时，苏特突然想起什么似的，说：

"喂，我还不知道你叫什么名字呢。"

"我叫高水田。你呢?"

"我叫苏特。家在山东济南。"

"哟，太巧了，"高水田说，"咱们是山东老乡，我是聊城地区的人，我家就在黄河边上。"

"我们济南也在黄河边上呀。"

"那可不一样，你家在城市，我家在农村。"

"但你们家在河上游，我们家在下游。"

二人越说越近乎。他们边走边谈，苏特了解到，高水田也是春天入伍的，部队在秦皇岛，空军到他们部队选飞时，他有幸被选中，他们团只他一人入选。

"你今年多大?"苏特问。

"十八。"高水田说。

"我也十八岁。"苏特兴奋地说。他快走几步，和高水田挨得更近些。再一交流，苏特得知高水田的生日比他大几个月。

"这么说，我是哥哥，你是弟弟。"高水田说。

一九六九年秋天的那个寒冷的夜晚，苏特和高水田背着背包，披星戴月，像两个出门远行的旅人那样，沿着宽阔平坦的斯大林大街往飞行学院的方向走。他们单调的脚步声有节奏地响起，然后在寂静的大街上发出空洞的回声。经过吉林大学门口时，从路边的冬青丛里滚出一个黑乎乎的东西，把他们吓了一跳。仔细看，原来是个蓬头垢面、神情呆滞的老头。那人冲他们说：

"我不是反革命……"

他们赶紧加快脚步，向前走去。对于热闹了几年的"文化大革命"，苏特搞不明白到底是怎么回事，眼下他最关心的，是他到飞行学院后的生活。他想他新结识的战友高水田也是这样。

途中，走得累了，他们还在一个破落的街心花园里休息了片刻。当他们额角湿漉漉地赶到学院门口时，天已亮了，悠长的起床号声刚好吹响。

正对着学院大门的那尊飞机雕塑在火红的晨光中昂然挺立。

"终于到了！"苏特说。

"终于到了！"高水田说。

他们互相认真地打量，此时才真正看清了对方的面容。

就在那一年，美国的"阿波罗"号宇宙飞船载着两位宇航员首次登上了月球。

第 二 章

1995 年 3 月 1 日　星期三　阴

　　这两天心里乱极了，真不知怎么办好。晚上吃饭时，先给妈妈露了一点口风，妈妈听后很紧张，她那样子真让我害怕。尹凡也不支持我，她光知道劝我好好上课，迎接高考。我觉得我好孤独，不由想起了一件过去的事儿……

几天来，空军招飞的消息成了同学们的热门话题。

也许校园往日太平静了，任何一点刺激都能使它摇晃一下。正在拼命复习功课迎接高考的高三学生，惧怕外界的干扰，但又渴望有点儿堂而皇之的事情调节一下自己的生活。

在同学们面前，苏明明尽量做到不动声色。

其实，招飞报名的条件非常严格，仅视力一项，不用测试就会发现，班里的三十几个男生大多数不合格，因为他们早就戴上了近视眼镜。女同学戴眼镜的也不在少数。每逢阳光照进教室的时候，就见室内镜片闪烁，光线游移不定，煞是壮观。

算来算去，只有七八个人有报名的可能，可以试试。于是，那些自知没戏的人陪着别人议论了几次，马上又把脑袋埋进书本里去了。

但是，明明很快发现，那七八个可能有点儿戏的同学，至少有半数也仅是议论议论而已，因为他们学习成绩不错，考大学很有希望。明明听到其中的一个同学对别人说：

"如果真能验上，也不错，但概率太小，没一点儿把握。如果验不上，又耽误了学习，影响高考，不就亏了吗？想想还是老老实实上课吧。"

于小伟、周超和孙才华三个同学倒是动了心，因为他们学习成绩很一般，考大学难度较大，不如报名试试，碰碰运气，兴许有点儿希望。

座位离明明不远的于小伟很兴奋。于小伟跃跃欲试地对周超和孙才华说：

"我觉得我身体特棒，如果真的当上飞行员，我认为比考上清华北大还风光。每年不知有多少人上清华北大，验上飞行员的能有多少？"

周超和孙才华也跃跃欲试地附和说，就是就是。

于小伟的话也让明明心里一热。他非常想接上于小伟的话茬儿说几句，在这个时候，他多么想和他们交流交流啊。但是，他忍住了。

于小伟看了明明一眼，随即移开了目光。明明真真切切地感觉到，于小伟的目光里有内容。明明爸爸的事全班同学都知道，他们尽量避免同他交谈那些会对他产生刺激的话题。眼下的招飞，对他来说，是最敏感的事情，因此，没有一个人主动同他说这些。

谁都能看出来，明明的身体条件是一流的，眼睛也是一流的，这可能与遗传因素有关。但是，没有一个人过来问他，你是不是报名试试，你的希望最大。负责此事的班主任刘老师来教室征求意见时，主要针对于小伟他们几人，眼睛根本没往他身上瞄。刘老师对他们说：

"你们再好好想想，然后再去我那里报名。报名的截止日期是三月四日，也就是星期六下午放学之前。"

他从内心里感激大家的好意。他甚至认为，可能爸爸的事多少影响

173

了同学们报名参加招飞的热情，为此他感到某种歉意。

孤独一直伴随着苏明明。

他有一个强烈的念头——想看看校门口宣传栏上的招飞通知。星期三上午放学后，他故意磨磨蹭蹭，最后一个离开教室。待别人都走光后，他推车来到校门口的宣传栏前，怀着紧张复杂的心情，睁大眼睛望去。

有两张纸贴在宣传栏里，一张是手写的报名手续，是刚劲有力的毛笔字，上面写着报名时间和地点；另一张是铅印的"报考空军飞行学院考生自荐条件"。

"自荐条件"的第一条是自然条件，什么年龄、学籍、户口之类。明明在心里对自己说：

"你都合适。"

第二条是身体条件，该条第一部分为基本条件：身高、体重、血压、视力等。明明仔细看了一遍，他在心里对自己说：

"你没问题。"

他的目光依次掠过第二部分——

1. 四肢残缺或身体有明显畸形者；

2. 口吃（结巴）者；

3. 耳聋或经常耳鸣者；

4. 开颅、开胸手术者；

5. 经常腰、腿痛或一年内有骨折史者；

6. 慢性胃肠病（经常心口痛、吐酸水或拉肚子）者；哮喘或经常咳嗽者；

7. 患过脑膜炎、肾炎、结核病或七周岁后患过传染性肝炎者；

8. 家族及本人有精神病、癫痫（羊角风）或本人有晕厥史者；

9. 有梦游症（睡觉中下床活动，自己不知道）或十三岁后有尿床现象者；

10. 经常头痛、头昏、失眠者；

11. 乘车（船）恶心、呕吐者；

12. 耳内经常流脓者；

13. 牙齿脱落四个以上或明显咬合不良者；

14. 明显斜视（对眼）者。

他认真想了想，觉得自己不存在这些毛病。

第三条是政治条件，他更没问题了。

最后一条是心理品质条件。他不知不觉念出了声：

"一是性格开朗；二是反应灵敏；三是动作协调；四是思维敏捷。"

他认为他完全具备这些条件。他根本不相信爸爸的遗传基因会在他身上失灵。然而，当他确认自己符合这些条件时，他反而变得更加迷惘，一股焦躁的情绪令他一筹莫展。此时此刻，他甚至想到，如果自己有哪些地方不合适，他的烦恼会不会减少一点，或者完全消失？

太阳明晃晃地挂在空中，阳光直直地射过来，有些晃眼。明明愣在那里，仿佛失去知觉一般，半天未动。

"苏明明，你愣着干啥？"突然有人在他背后说。

他吓了一跳，慌忙回过头来，见是班主任刘老师。刘老师也推着自行车，看样子是回家。他像一个做了错事的孩子，脸涨得通红，居然说不出话来。

"时候不早了，该回家吃饭了，下午还有课呢。"刘老师关切地说。

"啊，啊……我随便看看……"他笨拙地说。

刘老师意味深长地冲他笑了笑，先他走出校门，一拐就不见了。他不敢再停留，抬腿上车快速往外骑，出门时都忘了例行下车，气得门卫在他身后大声说：

"你不知道进门出门要下车吗？你这样的学生真是太够呛了！"

明明这才反应过来，回头冲门卫友好地招了招手，算是致歉。

尹凡仍然站在平时等他的地方，冷飕飕的北风吹起她红色的纱巾，看上去像一面飘扬的旗帜。明明打消了溜走的念头，径直朝她骑过去，然后下车。他们对视一眼，尹凡便抬腿往前走，他推车跟在她右边稍后一点的地方。他们就这样缓缓往前走，谁都不说话。也许他们非常想说点儿什么，但不知道说什么好。

走到尹凡家附近时，她停住脚步。愣了好一阵，她才说：

"你真的想报名吗？"

"我，我说不清楚……"明明边说边使劲拨弄车把上的转铃，叮叮的铃声引得行人不断看他们。

"同学们都认为，只有考学困难的人才报名，无非是碰碰运气。"尹凡有点儿费力地选择着恰当的词汇。

"我不这么看。当然，你可以这样想，因为你学习好。"

尹凡一直是班里的学习尖子，上高二时参加市教委组织的统考，曾经进了前十名。在这一点上，明明承认与她的差距很大。

"我不是那个意思，"尹凡一脸真诚地说，"我的意思是，你报考重点大学没把握，但报一般大学应该没问题的。还是集中精力迎接高考吧。"

"你说的和我想的是两回事，尹凡。"明明轻轻地说。他觉得没必要再听她说什么了，他不想说服她，她恐怕也很难说服他。

明明骑车走出很远之后，尹凡仍站在原地，一动不动。

当天下午放学后，尹凡没有等明明。明明想，这样也好。他不愿因为自己的事牵扯尹凡的精力，她爸妈一心希望女儿考上著名的北大或清华，如果因他而耽误了尹凡，他于心不忍，而且也担待不起。

下午妈妈在家补休，做了很多菜，摆放在客厅里的小饭桌上。明明一进家门，香气扑面而来。他故作轻松地大声说：

"哇！全是我喜欢吃的。"

"馋了，做点儿好吃的打打牙祭。"妈妈从厨房里探出头来说，"快去洗洗手，准备开饭。"

明明洗过手后钻进厨房看妈妈炒菜，妈妈扎着围裙，轻巧地摆弄着手中的锅铲，动作麻利而协调。明明想，妈妈在手术台前给病人做手术时，样子一定也很动人。

"明明，这几天给你留的午饭没见下，是不是不合口？"妈妈问。

"不是，"明明忙说，"我不觉得饿。"

"这几年妈妈变懒了，很少给你做好吃的，今天算是给你补课。菜马上就做好了，出去等着吧，馋猫。"妈妈腾出左手刮了一下他的鼻头，他朝妈妈扮了个鬼脸，回到客厅，在餐桌前坐好。

不一会儿，妈妈端出最后一道菜，又变戏法似的从冰箱里拿出一瓶女士香槟酒，给他倒上一杯，也给自己倒一杯，然后举起杯子说：

"来，干杯！祝你好好学习，考上大学！"

"谢谢妈妈。"他有点儿不好意思地举杯，两只杯子夸张地碰在一起，然后他们都仰头喝了一小口，又互相朝对方笑了笑。

妈妈先夹起一筷子他最喜欢吃的芫爆猪肚塞进他嘴里，他贪婪地大嚼着，津香满口，这使他暂时忘记了烦忧。妈妈的兴致也很高，吃喝的空隙里还给他讲了一个笑话听。妈妈说，一天，她们医院给一个病人做阑尾手术，主刀医生一刀切下去，病人疼得嗷嗷叫，从床上跳下来破口大骂。"你猜什么原因？原来是麻醉医师把蒸馏水当麻药给病人打上了。"

明明哈哈大笑，边笑边想象那个倒霉的家伙捂着伤口嗷嗷大叫的情景，那样子怕是和杀猪差不多呢。

这顿晚饭母子二人吃得极其开心，明明看到，香槟酒使妈妈白皙的面颊透出好看的红晕。妈妈才四十多岁，眼角的皱纹并不深，腰腹也没变粗，妈妈还年轻，这个时刻妈妈非常美丽。而妈妈更为年轻的时候，容貌肯定更让人吃惊。明明记得，他小时候曾见到爸妈卧室的墙壁上挂着一张妈妈的照片，照片上妈妈微微勾着头，一条长发辫耷拉在肩窝，淡淡的眉，几缕散发贴在额角，精巧的小嘴和月牙儿似的眼睛露出天真的笑意，那样子非常像早期的电影明星。但自从爸爸出事后，妈妈就将这张照片收了起来，他再也没见到过。

不仅仅是不见了照片。自从爸爸出事后，这个家庭就远离了欢乐，母子二人仿佛都怕打扰对方似的，说话做事时尽量把声音放轻，久而久之，明明就觉得妈妈变得陌生了。明明想，妈妈是不是也觉得我变陌生了？

更别说喝酒了。本来，家里一个女人，一个孩子，都与酒是无缘的，更由于爸爸的阴影，酒成了家里的稀有物品。有一年的除夕夜，妈妈炒了几个菜，又迟迟疑疑将一瓶酒摆在桌上。妈妈说："明明，过节了，想喝点儿酒吗？"他低头闷声说："我不会，妈你喝吧。"妈妈说："我也不会，不喝就不喝吧，咱俩都不喝。"结果那瓶酒自始至终没人动一下。明明突然意识到，妈妈拿出那瓶酒原本是为了敬爸爸的。

但在这天晚上，母子二人你一杯我一杯，不一会儿就喝光了那瓶香槟酒，菜也吃得差不多了。久违的欢乐一直伴随着他们。在这个难得的时刻，明明和妈妈好像都陶醉了，身心轻松无比，愉悦异常。妈妈说：

"等你考完试，咱娘俩找个好点儿的饭店，再好好吃一顿。"

妈妈只说"考完试"，并没说"等你考上大学"，明明想，也许是妈妈不想给他施加压力。他不由得问道：

"妈，如果我考不上，还去吃吗？"

"去，"妈妈愣了愣说，"当然去，因为你高中毕业了，满十八岁了，也值得庆贺一下呀！"

明明感激地看了妈妈一眼。在他学习上，妈妈比一般的家长开明得多，不像有的同学家长，非逼自己的孩子考上大学不可，看他们咬牙切齿的样子，好像如果你考不上，你就得跳楼。不少同学都羡慕明明，他们对他说，你太幸福了。就连尹凡也说，像丁阿姨这么开明的家长，真是不多见。

"如果我考不上，怎么办？"明明不失时机地问。

"考不上就找个工作干，"妈妈爽快地说，"上大学并不是唯一的出路，只要用功，在什么岗位上都能有出息。"

明明为妈妈的话感动。这时，他突然冒出一句：

"妈，考不上，我当兵去！"

妈妈说："好。"

"当个爸爸那样的飞行员，多威武。"

明明赶紧住嘴——他被自己这句冲口而出的话吓了一跳，心想自己真是走火入魔了，未加考虑就说出这么一句不合时宜的话。但他很快发现，妈妈并没有生气或难过，妈妈好像没有反应过来似的，顺着他的话茬儿说：

"你爸爸那行可不是想干就能干的，百里挑一，可能还不止，要求太严格了，绝大多数人没有那个机会和能力。"

明明的心里踏实了些。但他随即发现，妈妈平静的表情和话语反而激发了他说下去的欲望，既然话都说到这个份儿上了，索性一不做二不休说下去，如果说通了妈妈，他几日来的烦忧也就迎刃而解了。他感到心跳突然加快，血液涌到了脸上，脸皮涨得发紧发涩。他说：

"可以……试试吗？……"

"你说什么?"妈妈端水杯的手停在了半空。

"……今年招飞开始了,学校鼓励大家报名……"明明使出了全身的力气,坚持将话说完。然后他慌乱地低下头,感到呼吸加剧。他不敢看妈妈的脸。

借着眼睛的余光,明明看到妈妈端水杯的手明显地抖了一下,几滴茶水洒到餐桌上。他的大脑一片空白,不知怎么办好。

"你刚才,说的什么?"妈妈的声音很轻,就像刚干完重活累得说不出话来一样。妈妈费了好大劲才把水杯平放到餐桌上,宛若放下一块沉重的石头。

难堪的沉默笼罩了这个小小的空间,他们都住了口,时间一点一点从身边溜走,窗外的风声和汽车驶过的声音很响亮。在这段难熬的时光里,明明为自己的唐突感到痛苦和无奈,尽管他清楚那个话题不可避免。

最后,还是妈妈打破了沉默。妈妈凄然地一笑,目光逼视着问他:

"明明,你报名了吗?"

"没有。"他赶紧说,"没有。"

妈妈无力地靠在椅背上,轻轻呼出一口长气,但眉宇间的忧戚并没有消失。

自鸣钟响过八下时,妈妈终于恢复了常态,刚才的事情像没有发生过,她动作麻利地收拾餐具,并且大声同他说话。他也没像往日那样当甩手掌柜,扔下碗筷进自己的房间,而是殷勤地帮妈妈干活。妈妈高兴地说:

"不用你不用你,等你长大了再干!"

"我已经长大了。"他说。

"是吗?"妈妈顿了顿,仿佛自言自语,"你长大了吗?噢,你长大了,真的长大了……"

虽然母子二人都装作若无其事，尽量保持刚才的欢乐情绪，但明明真切地感到，欢乐只是短暂的一瞬，往昔的滞闷气息就像灰暗的灯光那样，重新包裹了他们。

一种很冷的东西一点一点地进入了明明的血液。他回到自己房间，扭亮台灯，关上大灯。过了一会儿，妈妈在外面大声问：

"明明，今天老师布置作业了吗？"

"有作业，下午在学校都做完了，"他也大声说，"我再看会儿书。"

"早点儿睡啊，明天别再起晚了。"

他轻快地答应一声，随即听到妈妈开关自己卧室门的声音。妈妈去睡了，家里安静下来，窗外的风声和汽车驶过的声音单调地进入他的耳郭。他不想睡，也看不进书。他只是呆坐在书桌前，双手支颐，久久不动。

这时，明明想起一段往事……

他上初三那年，一个星期天的下午，妈妈带他去泉城路商业街闲转。他们路过一个中等规模的商店时，正要进去，就见人们蜂拥而出，哭爹叫娘，门前乱作一团。原来，商店里面发生了火灾。

不一会儿，浓烟包围了商店，火舌从各个窗口蹿出，越烧越旺。在场的很多人都惊呆了。当明亮的火光闪进妈妈眼里时，妈妈惊悸得浑身乱抖，使劲抓着他的手，连说"咱们快离开这儿"。但身边人挤人，想走都走不开。费了好大的劲，他们才钻出人群，来到一棵法国桐树下。这时，妈妈抓他的手松开了，蓦然倒地。他吓坏了，大声说："妈你怎么啦？妈你怎么啦？"黑压压的人群光顾看热闹，没人注意他们。过了很大一会儿，妈妈才在他的呼喊声中苏醒过来。妈妈困难地从地上站起，说：

"没什么，没什么，我怕吓着你。"

明明心里清楚，其实妈妈自己害怕了。触景生情，她一定是想起了爸爸失事时的情景。数年前，大海上空的那团明亮的火球已经将妈妈的世界照得一团漆黑……

楼下有一只猫在叫。不知谁家的猫，可能它回不了家了，或者是它在呼唤同伴。明明在猫凄婉的叫声中回过神来。他感到疲倦极了，响亮地打了一个哈欠。

临睡前，他还是坚持着写了一段日记，尽管实在没什么好写的。

"同志，我们是来报到的。刚从陆军选拔来的。"苏特对大门口岗亭里站得笔直的警卫战士说。

警卫战士仔细地打量了他们一眼，然后指给了他们报到的地点。

飞行学院的院子很大，柏油路面很平坦，路边栽着冬青和松树，冬青的叶子已经发黄，松树仍显得绿意盎然。学院的建筑物大都是两层的楼房，红砖红瓦，掩映在高大的松树丛中，给苏特和高水田一种视觉上的新鲜感。

"如果咱俩分到一块儿就好了。"苏特说。

"咱俩能到一块儿，我有预感。"高水田认真地说。

苏特的个头要比高水田稍矮一点，但他的身段不像高水田那么粗壮，两人相比，苏特更显得挺拔。高水田眼睛不大，但炯炯闪亮，宽阔的额头和厚实的嘴唇使他流露出憨厚的神情，他脸上的几颗青春美丽痘很显眼。苏特高挺的鼻梁和睿智的目光则使他显得精干、机灵。

正赶上出操时间，几支队伍唰唰地从他们身边跑过，估计是一些老学员。老学员们个头都差不多，人长得都很精神。在解放军阵容里，大概除了三军仪仗队，就数飞行员队伍最耐看了。经过他们身边时，老学员们都用令他们感到陌生的目光打量他们一眼，一种浓重的军人加男人气息令苏特和高水田羡慕不已，他们不由得放慢脚步，望着队伍远去。

虽然已经在陆军中摔打了几个月，但他俩毕竟是当年的新兵，对部队的很多事情还不熟悉，而且初来这样一个完全陌生的地方，更是对眼前的所有景物感到新鲜。苏特忍不住说：

"水田，你看他们多神气！"

"我们马上就会和他们一样了。"高水田信心十足地说。

高水田的预感果然应验了，他们不但被分到了一个学员队，而且还分到了一个区队。他们这批学员共有三百多人，来自陆军各个部队，因苏特和高水田是最早来报到的，领导安排宿舍时很自然地把他们安排进了一个房间。这样，他们又被编进了同一个班。二人为此都很兴奋。

几天后，在学院的停机坪上，他们平生第一次见到了停在地面的飞机。虽然面前的都是些初级教练机，小巧得像一只只绿色的蜻蜓，两个力气大的人就能把它抬起来，但苏特和高水田仍然很激动，因为他们清楚，他们的飞行生涯将从这里开始。

"这堆铁疙瘩能上天？"苏特有点儿纳闷儿。他靠前一步，抚摸着小飞机冰凉冰凉的机翼，片刻后手心里居然沁出了热汗。

这种灼热的情感是苏特以前所不曾具有的。

高水田也跟着纳闷儿，但他没说什么，只是微微皱了下眉头。

一个多星期后，他们这批学员才全部到齐。苏特他们的宿舍共有四张上下床，住了八个人。苏特和高水田睡一张床，苏特在上，高水田在下。苏特打趣地说：

"你看，我在你上面，弄不好以后我要当你的领导呢。"

后来在嘉宁军用机场，高水田却成了苏特的上级，高水田没少拿这个话题和苏特开玩笑。而在当时，高水田憨态可掬地说：

"苏特，你要是当了我的领导，我一定听你的。"

高水田平时话不多，很少主动同人讲话，而且他说起话来慢声慢语，一口山东腔很久以后才改掉，普通话说得虽不规范，却比以前动听多了。

苏特在同他断断续续的交谈中，逐步了解了他的身世。

高水田家所在的村庄就在黄河岸边，他是谛听着黄河的涛声长大的。他的爷爷早年惨死在日本人的枪口下，他的父亲则从小给地主扛活，家里穷得叮当响，近四十岁才讨上媳妇，可算是苦大仇深了。土改时，他家分得了三亩地、一头牛、两间房，日子才勉强过得下去。

他父亲虽大字不识一个，却是一个极有心计的人。父亲从自己的人生经验中得出结论：过去凡是过上好日子的人，大都是那些肚里有墨水的，人没有文化，就要受欺负。

正是父亲的这个观点改变了他后来的生活道路。

当村里同龄的小伙伴们嘴唇上挂着鼻涕，跟在爹娘和牛马身后到大田里玩耍的时候，瘦弱的他却背起书包来到镇上的小学校读书。他是村里唯一的学生，他的书包是母亲用父亲的一条旧粗布裤子改做的。那年他只有六岁，是学校里年龄最小的学生。每天一大早，他就在父亲的催促下起床，然后揉搓着惺忪的睡眼，啃一个窝窝头，喝一碗热水，再往书包里塞上一个窝窝头——那是他的午饭——再然后他就独自一人步行五里路去学校。

早晨的田野很静，村庄还没有苏醒，他小小的身躯在庄稼之间无声地穿行，偶尔碰到一两个早起捡粪的老者，或是遇到一条或一群耷拉着舌头的瘦狗。冬天的早晨，他往往天不亮就起床，在残月或启明星的映照下磕磕绊绊赶路。说实在的，他不想上那个学，一是路上害怕，即便到了学校，也常常受那些大孩子的气；二是太孤单，连个说话的人都没有，村里的小伙伴们都把他当外人。但父亲执意让他上。父亲说："爹全是为你好，长大了你就明白了。"

他上学的时候，农村早已经实行了农业合作化，土地、牲畜归公，大家伙儿一呼隆下地，劳动的场面很壮观，但仓里的粮食却日渐减少，刚过上几年舒坦日子的人们面临着饥饿的威胁。学校里不少学生退学回

184

家了，父亲仍然是不改初衷，说家里人就是吃糠咽菜，也得供他上学。

村里一些上了年纪的人同他父亲开玩笑说："老高，指望儿子有了学问当大官吧。"父亲嘿嘿笑着说："怕是指望不上呢。"

他上二年级的时候，"三年困难时期"来临了。到这时再想上学已经不可能了，学校关了门，他只好背起书包回家，然后和小伙伴们一起到黄河边挖野菜剥树皮糊口。地里的野菜挖光了，树皮也剥光了，偌大的田野变成了不见一丝绿色的黄土块，父亲也浮肿得没了人形。一九六○年的除夕之夜，父亲咽下最后一口气之前，对他和他的母亲说出的最后一句话是：如果饿不死，等日子好过了，还得去进学堂。

他和母亲侥幸活了下来。一九六一年，田野里开始有了绿色，肚子里就有了食。母亲对他说："你再进学堂吧。"他说："家里没人干活，我不想去了，我想下地挣工分。"母亲说："我也不想让你去，但你爹留下的话我不敢变，要是不让你去，你爹那个死鬼饶不了我。"

于是，他这个小呀么小儿郎，重新背起书包上学堂。

也许由于父亲的叮嘱，也许是他的天资好，他的学习成绩在班里一直名列前茅，很多比他大不少的学生远远不是他的对手。老师头一天教的课文和生字，他第二天早晨上学的路上就背会了，上课时老师提问，别人吭吭哧哧答不上来，他眼睛眨都不眨一下，回答得利利索索、清清楚楚。就这样，他十二岁那年就学完了高小课程，破格升入了县城的初中。

一九六六年夏天，他初中毕业，正打算接着读高中时，"文化大革命"的风刮到了偏远的小县城。学没法上了，城里人家的学生都参加了"造反派"，他是农村孩子，家里只靠母亲一人下地挣工分，他想，跟着别人瞎折腾没什么意思，而且也对不起母亲辛辛苦苦挣来的粮食，便卷起铺盖打道回了家乡。

他成了村里最有学问的人。但这个最有学问的人到头来也免不了种地拽牛尾巴，因此，他的学问反而成了村人的笑料。那些日子他苦恼极了，沉重的活路并不能压倒他，恶劣的环境和对自己前途的忧虑却使他变得少言寡语。

没有人把他当回事，包括自己的母亲。母亲常常唠叨，骂他死去的父亲瞎熊一个，非逼儿子上学，学的东西不值一个屁钱，白白糟蹋了粮食。

唯有村长的闺女玉兰高看他一眼。玉兰说："水田，你别管那些瞎熊说什么，学问终究会有用。"玉兰还让他教她识字。

回乡后的三年时间里，他长成了粗壮的小伙子，也成了田地里的一把干活的好手。他以为自己这辈子离不开黄土地了，就在这时，村头老槐树上的大喇叭发送了一个消息：部队上来人招兵，适龄青年都要报名。

但村里没人报名，适龄青年们甚至都跑到外乡的亲戚家躲避，因为人们都在风传，这批兵要拉到黑龙江和老毛子打仗。他对母亲说："没人去我去，我不怕死。"

母亲坚决不同意。母亲还把族中辈分最高的三爷请来做他的工作。三爷山羊胡子一撅一撅地来到他家，用铜嘴烟袋锅使劲敲打着他家门口的一块榆木疙瘩说："后生，你不听大人言，吃亏在眼前，知道吗？老毛子厉害着呢，八国联军的时候……"

任谁也说不动他，他是非去不可的了。他偷偷找村里的民兵连长报名，民兵连长正为完不成征兵任务发愁，见他愿意去，高兴得直拍屁股。

他在村口碰到玉兰时，对她说："我要去当兵了。"玉兰说："想去就去吧，咱这地方太小，留不住你，我早知道你有飞走的那一天，这不，这一天说来就来了。"他说："我不怕打仗，就是死在战场上，我觉得也比在这里过一辈子强。"玉兰说："我也这么想，可惜我出不去。"

就这样，他在母亲嘤嘤的哭声和玉兰留恋的目光中，离开了生活十八年之久的村庄。又在秦皇岛的那支陆军部队待了几个月后，到了飞行学院。

苏特非常同情高水田的经历。他说：

"和你相比，我真算幸福了，我没受过你那么多苦。"

"城里孩子当然比农村娃娃幸福。"高水田说，"宁肯当兵死在战场上，我也不愿在那种地方待一辈子。验上飞行员后，我给母亲写了一封信，母亲托人代写了一封信给我，信上说，族里的长辈三爷让告诉我，在地面上当兵都不保险，到了天上，就更玄乎啦。让我当心点儿，上不了天别硬上，还是在地面上踏实。"

说完，他们忍不住捧腹大笑起来。苏特说：

"你那三爷真是个老古董。"

"农村里这样的人很多。"

"但你那个玉兰不错。"苏特话里有话。

高水田警觉地看了周围一眼，压低声音说：

"千万别乱传，部队上对这事挺敏感。玉兰确实是个不错的闺女，但我们仅仅是一个村里的乡亲，没别的关系。"

尽管苏特对高水田家乡的贫穷落后不感兴趣，但高水田描述的乡野风光仍令他着迷。在高水田有意无意的言谈之中，黄河咆哮的流水，夜晚传至枕边的涛声，堤岸上高高的白杨和青青的垂柳，庄稼翻卷如浪的田野，袅袅上升的炊烟，春日里怒放的槐花，麦垄上盛开的喇叭花，路边飞舞的蒲公英，牧童的歌声，少女印花的棉袄，老奶奶手中传神的针线，渠水中跳跃的游鱼，幼童的红兜肚，新鲜粮食的芳香，新鲜泥土的腥气，新鲜野果的甘甜，新鲜野草的摇摆，植物的尖尖上将滴未落的露珠，打麦场上转动的碌碡，乡间的锣鼓，庙宇门口的石狮，庙堂之上的泥佛，谁家大门口上响动的风铃，黄昏时分翩飞在村头的蜻蜓，赤脚行走在浅水中的快意，货郎挑着担子游街串巷的身影，劳动时男男女女的笑闹声，阳光下健壮男人古铜色的肌肉，月光下村妇哄孩童入睡的小曲，晨曦中村姑梳洗的姿态，离乡者的乡愁，归乡者幸福的号啕，母鸡下蛋时咯咯嗒嗒的欢唱，公鸡嘹亮的鸣叫，公牛耕地时隆起的脊背，母牛舔舐牛犊的表情，老年人讲古时的腔调，屋梁下小燕子的啼啭，四轮马车旋转的轱辘，不用扬鞭自奋蹄的勤快的小毛驴，到死丝方尽的春蚕，红辣椒和红枣，黄鼠狼和狐狸，猫和狗……这一切的一切都充满着魅力，吸引着苏特，并让他良久地回味。他对高水田说：

"等将来有机会，我要到你的家乡看看。"

但他平生没能实现自己的这个想法。

一九六九年的冬天很快来到了，朔风刮过，北国的寒冷常常使他们眉梢和鼻端挂着白霜。

中苏边界日渐升级的流血冲突严重干扰了他们的学习和生活，不得已，他们这批飞行学员接触飞机的时日推迟了。作为一个兵，马上投入战斗才是最重要的。学院给他们每人发了一支半自动步枪，如果有紧急情况，随时拉上去。

除了随时准备打仗外，另一项主要工作就是政治学习。苏特急得不行，他悄悄对高水田说：

"不是说局势紧张吗？为什么不快点儿教咱们飞行？如果咱们学成了，驾飞机上天同敌人干，不比拿着轻武器在地面上干强多了吗？"

"你急，我也急，光咱们急有啥用？"高水田安慰他说，"让干啥就干啥吧，苏特，说多了不好，惹麻烦。"

每天早晨的出操和晚上的紧急集合是少不了的，和在陆军时差不多，没多少新鲜东西。唯一让他们感到不同的是，带队的教官经常嘱咐说：

"大伙上下楼、出操跑步啥的，一定当心，千万别磕着碰着。你们选到这儿来，不容易，弄个骨折啥的，给退回去，后悔都来不及。"

一次，一位姓王的飞行教官到学员队找人下象棋，别人都说不会，苏特说他会一点儿。他们就到学员队图书室里杀了几盘。趁王教官杀到兴头上时，苏特问道：

"王教官，我们怎么还不上专业课？"

"谁知道咋整的，连我们也跟着急，"王教官吃掉苏特一个"士"，顺手将它扔到一边，点上一支烟，狠狠吸了一口，"不瞒你小家伙说，我这个老飞行员都好几个月没摸飞机了，手痒得难受。'文革'以来，就没正儿八经飞过几次。喂，你看清楚，我要将了。"

王教官四十出头，身材虽不高，却精干、结实。王教官参加过抗美援朝，但没有打下过敌人的飞机。他这样对新学员们说：

"我们去晚了。我驾机到朝鲜上空巡逻的时候，板门店协议签过了，美国飞贼都滚蛋了，要是早点儿去，还不得打下他十架八架的！妈的，便宜了美国佬！"

那次，苏特和王教官共杀了四盘，他全输了。王教官颇觉不尽兴，长长地吐出一口烟，说：

"没劲没劲，你的棋太臭，不是我对手，等你练好了，咱们再杀。"

"还是你厉害，王教官。"苏特讨好地说，"将来跟你学飞行时，你得好好教我几招。"

"那没说的，"王教官头一扬，右手五个指头拢成飞机的样子，做了个俯冲动作，说，"碰上我给你当教官，算你有福气，如果你学到手，以后打仗时，遇到敌机，你就闭上眼睛放心打吧！妈的，抗美援朝时，我们要是早点儿拉上去，我还不得打下它个十架八架的，便宜了美国佬！"

苏特很羡慕王教官的自信和老练，就连王教官身上的飞行服散发的皮革气味都令他着迷，他张大鼻孔贪婪地呼吸，仿佛闻不够似的。

"不过，"王教官又说，"我感到你小子怪机灵的。当飞行员，越机灵越好，愚钝的人是飞不出来的。"

"谢谢教官夸奖。"苏特感激地说。

逢到难得的自由活动时间，苏特有时拽上高水田到学院的停机坪转转，小小的初教机整齐地停放在水泥地上，大风吹过，不停地晃动，就像一条条汪洋中的小船。

他们等待着它的飞升。

一九六九年底的珍宝岛之战是中苏边境冲突的制高点，也是双方能量释放的实验场。这场规模并不大的战争烟消云散之后，人们欣喜地发现，局势渐渐缓和下来了。

学员们手中的轻武器收进了弹药库。苏特用诗一般的语言对高水田说：

"咱们攀登蓝天的日子，快要来临了！"

第 三 章

1995 年 3 月 2 日　星期四　阴

　　今天下午，见到好几个同学去找刘老师报名，我有点儿着急，糊里糊涂也去了。虽然没有报上，但刘老师一番安慰的话使我很受感动，差点儿落泪。下午放学后，没像往常那样急着往家赶，而是推着车子边走边想，想起了很多事情。越考虑越觉得非报上名不可。但是，怎样向妈妈讲明，并征得她的同意，我想了一路，都没有想好。

　　…………

　　截至星期四下午放学时，十八中四个高三班共有十二人报名参加招飞。

　　下午同上午一样，都是四节课。但星期四下午的四节课与平时略有不同。头两节是例行的自习课，第三节是体育课，最后一节是自由活动课。

　　每周安排一堂自由活动课是十八中的首创，目的是调节学生们紧张的学习生活，让大家放松一下。《齐鲁晚报》曾进行过报道，市、区两级教委也给予了肯定。

顾名思义，每逢这节自由活动课时，同学们可以自由活动，前提是不离开校园就行。譬如可以到操场上散步、打篮球、玩玩单双杠，或是到学校图书阅览室看书报杂志，或是找自己喜欢的老师、同学聊天之类。但高三班学生真正"自由"一下的并不多，因为越是临近高考，他们越是分秒必争，大家舍不得"自由"，而是埋首于教室，两耳不闻窗外事地做功课。

苏明明看到，于小伟他们就是这时候去正式报名的。

教室里的人几乎和上课时一样多，也很安静，同学们偶尔交头接耳小声讨论一下某道难题。于小伟、周超和孙才华离开座位走出教室时很显眼。

全班同学里，可能除了明明关注他们外，已经没有人再对他们的事感兴趣。因为参加招飞毕竟是少数人的事情，多数人最关心的是高考。

一刻钟后，于小伟和周超兴冲冲地回来了，二人手里各拿着一张表格，孙才华却垂头丧气，两手空着。

据说，招飞通知上要求学校要对报名者摸底把关，不能想报就报，因为那些明显不合格的人报了也没用，只能增加无效劳动。报名的身体条件中对身高（净高）的要求是：男性在一米六五至一米七八之间。孙才华的身高出了问题，不是他矮，而是太高。

班主任刘老师认真打量了孙才华一眼，问他："你有多高？"孙才华说："一米七七左右。"刘老师说："我看不止。"刘老师把孙才华领到体育器材室，反复测量后，发现孙才华的身高为一米七九。刘老师对他说："你不合格，算了。"孙才华说："高点儿不好吗？高总比矮好呀。"刘老师说："这可不像打篮球，越高越好，你太高了，飞机座舱装不下。"孙才华说："两个多月前量时，我还一米七七来着，怎么没几天就稀里糊涂长了两厘米，怪了。"

回到座位上坐下后，孙才华还在嘟囔说："妈的，个高也成了问题啦。"

周超则显得比谁都高兴，好像他已经当上了飞行员似的。周超的父亲专门从海边往济南倒腾海货，自家有两辆大卡车，据说最近又买了一辆小轿车，买了一栋小别墅，他是全校公认的家里最有钱的学生之一。但这家伙喜欢玩刺激，他曾说如果能当宇航员最好，当不上宇航员当个飞行员也不错。

于小伟和周超围在一起商量着填报名表，边上一个戴眼镜的女同学皱着眉头说：

"请你们声音小点儿，好吗？"

于小伟盯她片刻，挤挤眼睛，也学她的样子，用酸溜溜的口气说：

"好的，我们声音小点儿。"

那位女同学扑哧一声笑了，边上的人也跟着起哄。

于老师布置的数学作业明明怎么也做不动，一种急迫的心情使他坐立不安。他抬腕看了看表，已经快到放学时间了。

明明离开座位的时候，没有人注意到他。初春稀薄的阳光照射到教学楼朝外的长廊上，室外的温度要比室内高一些。在别人视线不及的长廊一角，明明停下来，往远处看了一眼。他看到西边的太阳快要隐入高大建筑物的那一面了，灰蒙蒙的城市没有一点儿生机；东面的学校操场上，一些低年级的学生在打球，球场边有不少人围观，每当篮球入筐，围观者就发出夸张的叫好声。他收回目光，伸手摸了摸涂着绿漆的栏杆，感到有点儿烫手。

后来明明想，他也许是不由自主地走向刘老师的办公室的。

刘老师的办公室在学校办公楼的二楼，办公楼也是那种带长廊的房子，这种房子有个特点，站在长廊上，透过不拉窗帘的窗子，可以看清里面的一切。

刘老师所在的办公室里满满地摆放着七八张桌子，每张桌子的玻璃台面上都乱糟糟的，堆着学生作业、复习资料和过期的报纸。没课的老师可能都回家了，里面只有刘老师一人。明明看到，刘老师背朝房门，正趴在桌上写什么东西，他身体一动，屁股下的那张老式木椅就发出吱吱呀呀的叫声。

刘老师三十五六岁，山东大学中文系毕业。他个头不高，身材瘦弱，已开始谢顶，光光的脑门闪着智慧的光芒。他老家在沂蒙山，找了个济南老婆，两口子老吵架，他的老婆还到学校来闹过。他老婆好像在一个邮电所工作，面相很凶。一次，刘老师和几个同学闲聊时说："你们济南女人真难对付。"还有一次，刘老师在课堂上对两个吵嘴的女生说："你们必须好好学习，人没文化才爱吵架。"但刘老师对学生很好，极少批评大家。

明明在刘老师的办公室门口停顿了很长时间，他拿不定主意是否敲门。一个不认识他的外班的老师路过时，用眼镜片后面的小眼睛狐疑地盯了明明一阵。他一定把明明当成犯了错误来找老师认错的学生了。

室外的风很冲，明明感到有点儿冷。这时，刘老师屁股下的木椅猛地响了一下，刘老师站起来往杯子里倒水时，一侧脑袋发现了他。

"苏明明，找我吗？"刘老师从里面拉开门，"来，进来说。"

如果不是刘老师发现了他，他也许没有勇气敲门进去。既然已经这样，他便一咬牙跟刘老师进了办公室。刘老师指指那些空着的椅子说：

"明明，随便坐。有什么事吗？"

"有点儿小事，刘老师。"他屁股不踏实地搁在椅子的一角，"我想……报名。"

"报名？报什么名？"刘老师不错眼珠地盯着他问。

他估计刘老师明知故问。

"我想报名参加……招飞。"他的声音很轻，"像于小伟、周超那样。"

"你想参加招飞?"刘老师露出一副吃惊的样子,张开的大嘴半天未合上。

他极力使自己保持平静。刘老师的故作惊奇提醒了他,他想,如果自己含含糊糊、忐忑不安、吞吞吐吐,像个懦夫那样,刘老师肯定不同意,本来在这件事情上,他就是全班同学里最敏感的焦点,他在人前的犹豫只能起反面作用。想到这里,他用清脆的语调说:

"刘老师,我觉得我的身体素质好,符合自荐条件,我也有这个信心,所以,我来找你报名!"

刘老师点上一支烟,困难地吸了几口,烟雾笼罩了他。许久之后,才小声问:

"你母亲同意吗?"

刘老师的这个问题让他愣怔了一下,但他随即脱口道:

"我还没来得及同她讲。"

刘老师将烟头摁灭,有点儿兴奋地站起身来,像找到了一个理想的借口似的,击掌道:

"这不就结了!参加报名有个重要条件,必须征得家长同意。"

在明明发愣的当儿,刘老师又从桌子上的一堆书里翻出一本蓝色封面的小本本。是一本《招收飞行学员问题解答》。

"你看,"刘老师飞快地翻到某一处,边指给他看边大声念道:"飞行是一项特殊职业,既光荣又艰苦,还要有献身精神,必须完全本着自愿的原则。不但本人自愿,家长也要自愿,因为只有取得家长的全力支持,才能真正坚定飞行事业心……看清了吧?家长不同意不行!"

刘老师收起书来,亲热地拍拍他的肩膀,又说:

"你的学习成绩不错,考学按说有把握。别想三想四了,安心复习吧!"

片刻的犹豫之后,明明很快回过神来,他坐着没动,依然用平静的

195

语气说：

"刘老师你放心，我想我妈妈会同意的。请你也给我一张报名表，好吗？"

"不行！"刘老师坚定地说，"家长不同意，我不能给！"

"那你为什么把表给了于小伟和周超？他们家长同意了吗？"

"噢……"刘老师给他噎了一下，"你的情况和他们不同。再说，报名表上有家长意见一栏，必须家长亲自填。他们就是拿走了表，家长不同意，也没用。"

"我把表带回家，让我妈亲自填不行吗？"他差不多是在哀求刘老师了。

"你怎么还不明白？"刘老师有点儿急了，"你的情况学校领导都清楚，我们几个老师也议论过，一致认为在你的事情上要慎重，如果你随随便便把报名表带回家，谁知道你母亲见了会怎么想？"

刘老师把话说到了这个份儿上，显然已经没有余地了。但明明还是不想走，他问：

"我确实想报名。请你给出个主意，我该怎么办好？"

可能被他的执着感动了，刘老师又点上一支烟，狠狠吸起来，团团烟雾重新弥漫在小小的房间里。当急促的下课铃声突然响起时，刘老师趋前一步，用粗糙的手抚摸着他的头发，努力选择着合适的词句，轻声说：

"明明，你真是个坚强的大男孩。给你这样的学生当老师，我高兴……这样吧，你先回去给你母亲打个招呼，如果她支持你，就请她抽空到学校来一趟。报名时间还来得及。只要她同意，一切都好办。"

明明缓缓站起来。他的个子要比刘老师高半头，也比刘老师粗壮。他感激地望着刘老师历经沧桑的脸，他觉得那一刻他的眼里含着泪光。

"其实，"刘老师又说，"我亲自找你母亲征求一下意见也可以，我也有这个义务。但我每天回家后要做家务，我那老婆太懒，什么都得我干，实在走不开。"

说到这里，刘老师不好意思地笑笑。明明仍是一脸激动之情，他嘴唇颤抖着说：

"谢谢你，刘老师。"

告辞时，刘老师坚持送他到楼梯口。刘老师用力握了一下他的手，说：

"苏明明，记住：即便你报不上名，或是你报名后体检失败被淘汰，你仍然是一个坚强的好学生！"

校园已是人去楼空。明明快步奔往教室，脑子仍沉浸在刚才的情境中。教室里，几个值日的同学正在打扫卫生，扬起的灰尘都飘到了长廊上。见他进来，一个叫吴惠的女同学讨好地对他说：

"苏明明，我把你的课本都整理好了。哟，你脸红红的，哪儿不舒服吗？"

他平时不喜欢吴惠，很少同她讲话，因为她太好打扮，涂脂抹粉，显得妖气。但此时，他却冲她友好地一笑，对她说：

"谢谢你的关心。我很好。"

在吴惠含情脉脉的注视下，明明背起书包出门下楼。他推着那辆破自行车走上校门口的大街时，正赶上下班时间，宽阔的大街上是拥挤的人流车流。他没有骑车急着往家赶，而是靠边推着走，走得很慢。

离学校最近的那个十字路口仍然没有尹凡的影子，明明意识到，尹凡有意不与他打照面。这两天在学校尹凡似乎在躲着他，没跟他说过一句话，甚至也没看他一眼。而以前她从不这样的，每天，他们总是要说上几句话，至少目光也要对视几次，这好像成了一个固定不变的节目。

明明认为，这样更好。他把尹凡的这种做法看成聪明的表现。因为她无法说服他，更不可能支持他；而他也不愿被她说服。怎么办呢？在这种棘手的情况下，她唯一的办法就是躲避。

明明一点儿也不怪她，如果两人调换个位置，他也会这么做。

况且，高考日渐逼近，眼下正是拼命的时刻，尹凡在全力进行最后的一击，明明绝不愿意因自己的事情影响她。虽说他遇到的事情分量不轻，他的选择也多少有点儿残酷，而他的肩膀又太嫩，难以承受，但他仍然愿意一个人默默地担起来！

感谢刘老师。明明在心里对自己说。刘老师夸赞他坚强，他其实应该更坚强一些，因为他已经十八岁了，成了又高又壮的男子汉，他的喉结已经很明显了，他原来光滑的嘴唇上也长出了胡须。还因为——

他是一个飞行员的儿子，他的爸爸曾经是一个非常出色的飞行员！

走在路上，明明突然想，如果爸爸在天有灵，知道自己的儿子要报名当飞行员，他会反对吗？

答案只有一个：爸爸绝不会反对，因为他自己曾经那么热爱蓝天！

一种遥远的召唤逐渐逼近明明……

爸爸第一次见他，或者说他第一次见爸爸，是在他出生六个多月的时候。那是一九七八年的春节。

爸爸风尘仆仆从嘉宁军用机场回来探亲，一进门就痴痴地望着他说：

"真不敢相信，都这么大了。"

妈妈只是笑，不说话。

爸爸顾不上洗手洗脸，性急地拉开手提包的拉链，从里面拿出三样东西：一架塑料小飞机，一个呢绒娃娃，一身花花绿绿的小衣服，然后放到围坐在被子中间的儿子面前，急切地说：

"儿子，你喜欢哪一样？"

他的小手没有动，只是目不转睛地盯着面前这个胡子拉碴的陌生人。

"儿子，快抓呀！"爸爸急不可耐地牵了牵他柔嫩的小手。

他的脑袋晃了晃，终于抬起了胳膊，一只胖滚滚的小手按在了小飞机上。

爸爸高兴极了，捏了捏他的小脸蛋，大声说：

"太好了！不愧是我的儿子，将来也像爸爸那样，驾着它上天！"

爸爸边说边两臂平端，原地做了个展翅动作。妈妈却一撇嘴，嗔怒地白了爸爸一眼，说：

"行啦行啦，我可不想叫他学你，整天让人提心吊胆的……"

这是他懂事后妈妈讲给他听的。

他绝不会想到，自己几乎是无意间的一抬一按小手，就给了爸爸那么大的惊喜，而且也给了自己一个最初的启示……

打那以后，爸爸每次从嘉宁军用机场回来探家，都给他带一架或几架小飞机作为礼物。爸爸把这件事情牢牢地记在了心里。

爸爸到底是怎么想的，谁能说得清呢？

一年又一年，明明手中的小飞机逐渐多了起来，有尖头的，有圆头的，还有平头的；有大一点的，有小一点的，还有中不溜的；有银色的，有红色的，还有花花绿绿的；有铝合金的，有塑料的，还有木制的；有电动的，有带发条的，还有不带任何动力的；有战斗机形状的，有客机形状的，还有既不像战斗机也不像客机的那种。有一年，爸爸还亲手给他做了一架，用铝锭打磨的，看上去很粗糙，但爸爸说，他做得很认真，打磨时手上都磨起了血泡。

明明自然很喜欢它们。到底为什么，那时他还小，说不清。

开始爸爸以为，这些小飞机他玩过就扔掉了。有一次，爸爸发现，一件没少，他都好好保存着，放在床头柜里。

爸爸抚摸着他的头，问道：

"儿子，你真的喜欢这些玩意儿？"

没等他回答，妈妈抢着说：

"别提了，这孩子简直把那些东西当宝贝供着。我不明白，你们父子二人怎么像一个模子铸出来的。"

爸爸自豪地说：

"这就对了，撒什么种子开什么花嘛！"

明明沉浸在自己的思路里，歪着头说：

"爸爸，我喜欢战斗机，不喜欢客机。"

"为什么？"爸爸一时没弄明白他的意思。

"战斗机轻巧、机灵，像只小燕子。"他认真地说，"客机太笨了，呆头呆脑的，像只大笨鸟，不好玩。"

爸爸又抚弄了一下他的头发，摇摇头说：

"你这小家伙，脑袋瓜和别的孩子不一样，怪有趣的。"

大约在他八岁那年，归他使用的那只小床头柜里已经盛满了爸爸送的礼物。他想，爸爸以后再带来，就放不下了。琢磨了半天，他决定自己动手钉一只箱子。

同学大宝的爸爸是个木匠，木匠那儿有的是木板。一个星期天，他跑到大宝家，要来一堆木板，当然还有铁钉和锤子。他开始钉箱子，就像小时候搭积木那样。

妈妈走过来，不解地问：

"你想干什么？"

"盛飞机呀。"他头也不抬地说。

妈妈吃惊地张大了嘴巴，说：

"小祖宗，飞机可以放在写字台里。你小小年纪逞什么能？你哪里干得了这种活？"

他不语。"哐哐"地往木板上砸钉子。

"真是个倔头，和你爸一样。"见劝不下，妈妈自嘲地说。

"哐!"他举起锤子,使劲砸下去。

"你这孩子,真愁人……"妈妈嘟嘟囔囔。

"哐!"又是一下。

一根小木刺儿穿进了他的手指肚,有红红的血珠钻出来,他有点儿不知所措。妈妈抓过他受伤的手指,疼爱地放进自己嘴里吸吮了一下,然后找来针,给他挑出木刺。妈妈问:

"疼吗?"

他摇摇头。他真的没觉到疼。妈妈见他受伤,想替他钉,他还不同意,非要自己干到底,弄得妈妈一点儿办法没有。

"哐当"了一个晚上,箱子终于钉好了,他扔掉锤子,蹲在地板上喘粗气。妈妈不再埋怨他。妈妈拿来毛巾,给他擦汗,边擦边问:

"你把它往哪儿放?"

他将床头柜里的小飞机拿出来,放进木箱,然后将木箱推到床下。也许木箱真的像妈妈说的,难看死了,但他不在乎。

直到现在,他还保存着那只难看的木箱,就在他的床下。

当然,那时他不会想到,两个月后,爸爸就出了事。

这些都是他亲身经历的,他永远不会忘记……

眨眼间十年过去了,物是人非,斗转星移。如今,流逝的时光把他带到了面前的关口上,他发现此时已经别无选择。

……明明推车慢慢地朝前走,不知什么时候,路灯全亮了,刮了一天的风停歇下来,道路两旁建筑物上的霓虹灯变幻着绚丽的色彩,城市的夜晚迷人极了。

现在,他收回思绪,认真地考虑起怎样向妈妈讲明……

校园的各种北方植物开始返青了,风沙隐去,人们顿觉心头舒畅了些。

201

一九七〇年春天，遵照上级指示，学院党委决定让年前选拔的那批学员进行飞行基础和专业课的学习。

先从补习文化开始。这三百多名飞行学员虽然都是陆军部队中的文化尖子，档案上学历一栏填的都是初中或高中，实际上由于"文革"的影响，大多数人都是初中或高中肄业，文化知识远不能适应飞行需要。为了给他们上课，一些被派到各地搞"三支两军"的文化教员都被调了回来。

苏特在家时，高中课程学了一半左右，况且他又是省城正规中学的学生，因此他感到文化课并不难。高水田要差一些，虽说他天资聪颖，但他当年所在的县城中学毕竟教学水平有限。

苏特断不了给高水田补课。苏特很快发现，这个农民的儿子确实有一副好脑筋，遇到难题你一点就通。上高等数学课时，不少底子薄的学员急得哭鼻子，高水田也是难得直摇头，但是没用多久，他就赶上来了，成绩上升之快连名牌大学毕业的数学教员都感到吃惊。而且高水田异常刻苦，常常别人都睡下了，他还拿着小手电在被窝里看书。他那种刻苦劲儿很让苏特感动。

两个月后，他们所在的一区队三十多个学员（同一个班上课）里，苏特的考试成绩列第一，高水田第二。苏特对他说：

"水田，我不敢再教你了，再教你，你就超过我了。"

"不会的，"高水田摇头，"我就这么个本事，劲都使出来了。而你的潜力还大着呢。"

一天，在吃饭回宿舍的路上，他们遇见了从空勤灶出来的王教官。他们这些新学员在没有进入专业课之前，还不能享受空勤灶的伙食，只能吃地勤灶。两种灶别差距不小。因此，大家在一起时，常常说，什么时候吃上空勤灶就好了。意思是什么时候学飞行。

王教官抹着油渍麻花的嘴，对他们说：

"听说你们两个文化课学得不赖，很好。有人认为学不学文化没关系，只要能上天就行。我说，那些没文化的飞行员，在天上待不长就得掉下来。凡我带过的学员里，飞出来的都是那些有文化、脑袋瓜好使的。我也是吃了文化不行的亏，当年我学飞行时，只有高小文化。要是肚里墨水再多点儿，咱就不在这儿混饭吃啦。"

苏特很佩服王教官，虽然王教官有时爱吹牛皮，喜欢发牢骚，但他敢说真话，不像有些人，明明知道说的是假话，说起来仍像真的似的，更让人感到假。

"文化课是为飞行打基础的，"苏特说，"王教官，我们都明白。一个飞行员到底行不行，将来一上天就知道了。"

"所以我们要打好基础，王教官。"高水田说。

"这话一点儿不假。况且不能老飞这些破飞机，将来装备了新式战斗机，主要靠你们年轻人驾驶。唉，我们眼看就老了……"王教官突然有点儿伤感地摇摇头。

"但你们是阶梯，没有你们，我们就上不了天。"苏特由衷地说。

"小家伙，嘴怪甜的，"王教官露出笑容，"都像你这么想，就好了。"

"我觉得你俩没问题。好好学！"王教官最后说。

在那时，"知识无用论"叫得很响，有知识的人都靠了边。而苏特想，他和同学们正是为了将来的飞行，才认真补习文化的。

最使他们头疼的，是经常搞政治学习。反反复复，没什么新东西，却占用大量宝贵的时间。不用说老军人、老学员，即使他们这些没穿坏过一身军装的新学员，也都能看出，那段时间基本上是瞎折腾。

但是，谁也不敢流露出来。飞行职业对人在政治上的要求极其严格，稍有不慎，就要被取消学飞资格。这样的例子多得不可胜数。

那个年代的很多事情，就这样。

后来人们都承认，当时的局势确实对他们这批学员的学习进度产生了影响，如若不然，他们飞上蓝天的时间要提前不少。

文化补习进行了差不多半年时间，然后才转向飞行基础课。这使学员们觉得离蓝天越来越近了。

进飞行学院仅仅半年多的时间，同学们都不同程度地有了某种变化。苏特发现自己的嘴唇上长出了又黑又硬的胡须，喉结也很突出了。高水田脸上的青春美丽痘也增加了不少，周围没人时苏特同他开玩笑说：

"瞧你这个熊样子，你那位玉兰姑娘要是见了该多伤心呀！"

"你这家伙，又在胡咧咧。当兵后我只给她写过一封信，以后没再联系。可能她都嫁人了，农村女孩子出嫁都早，不像你们城里姑娘，明明是一朵鲜花，非要快开败了才嫁人。"

"其实，你当上飞行员，提了干，挑选的余地就大了，完全可以找个城里姑娘了，将来让我爸妈在济南给你物色一个。"

"现在说这些太早，咱们还是好好学飞行吧。"

当飞行员首先要有一个好身体。这半年多来，他们每天早晨要跑五公里，跑得嗓子眼冒烟，而且风雨无阻，为的是增强耐力；还要不停地练单双杠，一练习二练习三练习什么的，练得胳膊快要断了，为的是增加臂力；不停地到滚梯、滚轮上旋转，转得两耳呼呼生风，五脏六腑掉了个儿，为的是增加抗眩晕能力和平衡机能。天天累得腰酸腿疼。

繁重的文化课和艰苦的体育锻炼，使许多人都吃不消。苏特他们一区队有三个学员因文化成绩太差，体育成绩无法达标而被淘汰。这三个学员一个到学院警卫连站岗，其余两人到食堂负责喂猪。他们不仅无法吃上空勤灶，连地勤灶也吃不成了，只能吃大灶，每天的伙食费五角三分钱。

而那些"熬"过来的人都发现，自己变得粗壮了，浑身仿佛有使不完的劲，一些主要部位的肌肉发达得吓人。每天早晨，他们在区队长的带领下，列队到宽阔的斯大林大街上跑步时，常常引来一些上早班的长春姑娘驻足而望，她们用异样的目光望着他们，有的放慢脚步，有的干脆停下来，站在路边目送他们远去。有些胆子大的姑娘小声议论道：

"快瞧，这些都是飞行员。"

"真是一个比一个帅，一个比一个精神。"

"看看他们，再看看咱厂里那些男的，一个个跟烂豆腐似的，没法儿比呀。"

"那当然了，人家都是飞行员，天之骄子嘛，啧啧。"

…………

姑娘们没有搞清，她们以为飞行学院长得精神、身体棒的小伙子都是飞行员。其实，他们这时候连准飞行员都不是，他们仅仅是飞行员苗子，离上天还有很远的距离呢。这时候，他们中的许多人还没有摸过飞机，大家几乎连一点点飞行知识都没学到，算什么飞行员？

秋季来临之后，飞行基础理论课开课，这是大伙盼望已久的事情。

然而，飞行基础理论的所有课程都很枯燥。那些枯燥的数字和图表让人望而生畏，连苏特这样的文化基础最好的人都皱眉头。一次，他烦躁地推开书本，对高水田说：

"真费劲。干脆直接上天，让教官手把手带飞，不就得了吗？当年抗美援朝时的飞行员，不都是那么干吗？"

"教员怎么教，咱就怎么来吧，人家总有人家的道理，你也别烦。"高水田劝他。在这方面，高水田显得比苏特成熟。

遇到星期天、节假日，大伙都舍不得休息，有的去教室，有的干脆坐在小马扎上，困难地趴在床边看书，偶尔抬起头来同别人聊几句。某个星期天的下午，苏特在宿舍里看了一会儿书，对皱眉思索的高水田说：

"够累的了，走，咱俩出去转转，劳逸结合嘛。"

"好吧。"高水田站起来，"转转就转转。"

他们出了宿舍楼，沿着校园整洁的甬道缓缓地、无目标地行走。秋天的风刮过校园，风不大，也不凉，路边松树的针叶在风中轻轻摇摆，细碎的阳光在上面变幻着色彩，有点儿晃人眼睛。如果你盯久了，会感到那些绿色的松针在一瞬间都变成了银针，数不清的银针在你的眼睛里旋转，令你目不暇接。

北国的秋天是最迷人的季节。眼下的日子是他们来飞行学院后的第一个完整的秋天，因为学习紧张，也因为纪律严格没有出门证出不了门，所以他们很少上街到长春最有名的南湖公园转转，更无法到郊外的田野里走走，他们只能在校园里欣赏北国迷人的秋天。苏特曾对高水田说：

"看来我们只有到空中欣赏北方的原野了。"

"原野有什么好欣赏的？除了地，就是庄稼，千篇一律。还是城市漂亮，更吸引人。"高水田说。

苏特想，这就是他和高水田的差别。一个喜欢原野，一个喜欢城市。这肯定与他们的生活道路有关。

"唉，还不知能不能上天呢。"苏特按自己的思路往下想。也许这时候，他已经预感到了蓝天之路的艰难曲折。

虽然是星期天，校园里人却不多，显得十分宁静。几个高年级的学员正在宿舍门前的训练场地上玩滚轮、滚梯，他们的课程已经进入教官实际带飞阶段，也就是说，他们上过天了。他们呼呼旋转的姿势很潇洒，每人都是一副自信、开朗的神情。他们真幸福。据说，这些老学员都是一九六六年和一九六七年入校的，他们已经在学院待了近四年的时间，按说早该毕业了，由于种种原因，他们至少还要再待一年才能毕业。在这个漫长的过程中，大约有四分之三的人被淘汰掉了，剩下的人锐气也被折腾得差不多了。

宽阔的不见一根青草的操场上，有一些学院领导、教员家的孩子在踢足球，都是些十四五岁的小男孩，他们欢快地奔跑，一个很陈旧的足球在地上滚来滚去，不断有人摔倒，但小家伙们勇敢地爬起来，连身上的土都顾不上拍打，马上就去追那个泥蛋儿似的足球。他们都是一副无忧无虑的样子，令苏特好生羡慕。高水田以前从没见过踢球的场面，感到好奇。二人不觉停下脚步，看小家伙们踢球。

学院操场是学员们出操用的，上面空无一物，没有球门球网。踢球时，小家伙们只好用几块砖头往两边一放，做个标记，就算是球门了。因为飞行员不能搞剧烈运动，以免摔伤或骨折，所以，学员们被禁止踢球，只能打打篮球或排球。苏特当年在学校读书时，很喜欢踢足球，自从来学院知道这个规定后，他就明白这辈子只要当一天飞行员，就得与足球无缘了。

飞行员与足球无缘，这的确令人遗憾，但无可奈何。一次，苏特与高水田聊起足球，高水田很不以为然地笑着说："足球？就是那个用脚踢的玩意儿？太好笑了，明明放着手不用，非要用臭脚去踢，何苦呢。"苏特当即拉下脸来奚落他说："你这话以后千万别当别人的面说，要不人家会笑话你是土老帽。"直到一九八二年，第十二届世界杯足球赛在西班牙举行时，那会儿飞行大队配备了电视机，已担任大队长的高水田连续看了几场球后，突然就迷上了，他对副大队长苏特说："足球真的可以使人疯狂。"

不仅仅是足球。很多方面，高水田在苏特面前都感到些许的自卑。

正津津有味地看小家伙们踢球时，那只大泥蛋儿似的足球滚到了苏特脚下。他飞身上前，砰的一声，抬脚将它踢到了远远的地方。高水田关切地问：

"脚指头疼吗？"

"很舒服。"苏特兴高采烈地说。

后来，他们在校园里三转两转，不知不觉来到了小东门。出小东门约一公里远，就是学院的小型机场。机场由停机坪、塔台和一条五百米长的沙石跑道组成。停在那里的二十几架初教机只是教学用的，这种飞机的发动机功率不大，起飞滑跑距离很短，不需要太长的跑道。机场周围拉着铁丝网，防止老百姓和他们的牲畜溜进来。从机场再往东，便是郊区人民公社的大片良田。

在小东门值勤的警卫战士见是学员去机场，一般都不阻拦。苏特和高水田出了校园后，直奔机场而去。校园与机场之间有一片很大的空地，各学员队在这里种粮、种菜、养猪。二人走在简单铺了一层沥青的小路上，能够听到南面的猪圈里猪们忽高忽低的吼声。小路两边的低矮松树上，不断有松针脱离枝头，落在他们头上和身上。菜地里马铃薯的叶子已经发黄，望过去金灿灿的。

在机场站岗的警卫正是他们区队淘汰的那个学员，大家伙儿在一起待了半年多，彼此都很熟。苏特对他说：

"整天站岗放哨，风吹日晒的，你辛苦了。"

"习惯了就好。"那位学员有点儿受宠若惊，"比在陆军时舒服多了，不用每天跑十公里越野了。你们啥时候学飞行？"

"说不准。大家都很着急。你在这待着吧，我们进去转转啦。"

走在并不宽阔的沙石跑道上，他们的心情一直很好。走着走着，苏特停住脚步，抬起头来。他久久地望着秋日辽阔的天空——蓝蓝的天空纯净极了，几团屈指可数的白云像放牧的羊群那样，在蓝色的天幕上轻轻飘过，一队南飞的大雁似乎停在了很高的空中，大雁们编成"人"字队形，不辞劳苦地向南迁徙……苏特一脸痴情的神态，嘴角挂着甜甜的笑意。高水田不由问道：

"你在想什么好事？"

苏特脸上的笑意倏然不见了，愣了愣，他收回目光，反问高水田：

"水田你告诉我，你为什么想当飞行员？"

"那还用问！教员不知讲了多少遍了，保卫祖国的蓝天呗！"高水田没有想到苏特会问这样的问题，他感到有点儿好笑。

"当然当然，"苏特很潇洒地一挥手，"还有呢？"

"很复杂……最好先说说你。"

"你小子也学鬼了。"苏特思忖片刻，"我总想人能飞上天，实在是一件了不起的事情。问题是，不是每个人都能上天，而如果不出意外，我们却能！"

高水田睁大他的小眼睛望着苏特，听他说下去。

"到云彩里闯荡闯荡，我想一定美极了，你会找到在地面上不可能有的感觉，你会觉得自己像一股轻烟，神仙一般逍遥自在，多过瘾呀！"

蛮有诗情画意。高水田似乎受到了感染，突然觉得自己很神圣。他以前没想这么多，他只是认为不论到了什么地方，都比待在他那贫穷落后的家乡强。

苏特不再说什么，他陶醉在想象的海洋里。这一刻，高水田对苏特佩服得不行。高水田的心头也弥漫起浓浓的诗情画意。

搞飞行的人没有不喜欢幻想的，幻想即是翅膀。许多年后高水田回忆自己的飞行生涯时，真切地感到他蓝天之路的引路人不是领导，不是教官，而是他亲爱的战友苏特。苏特天生是一个搞飞行的料，他有着独特的飞行气质，经常与他在一起，能够得到他细雨般浪漫的滋润。而这正是高水田所缺乏的。

蓝天之下，大地之上，天地悠悠，白云悠悠，大雁悠悠，轻风悠悠。夕阳的余晖照射过来，他们同金黄色的沙石跑道融为了一体。

机场铁丝网外的大田里，郊区人民公社红星大队的上百名社员正在劳动，他们在给大豆地锄草。田间地头红旗猎猎，社员们的身影像一群觅食的麻雀。红星大队灰蒙蒙的村庄犹如一道布景，村头电线杆子上的大喇叭先是播了一篇口气严厉的批判稿，后来又翻来覆去播放那首歌曲，激昂的旋律飘到跑道上来时，已弱化为一股无力的小风。苏特不由皱了皱眉头。现在他对搞得太过火的政治已不感兴趣，他只希望早日上天飞行。

那天下午，他们待到很晚才回宿舍。

第 四 章

…………

慢慢腾腾到了家，妈妈并没埋怨我。吃晚饭时，实在忍不住了，直截了当向她讲了我的想法。她一下子愣在那里，愣了好半天。我等着她发脾气，心里感到很对不起她。又想，妈你看着办吧，反正已经这样了。

晚饭我们都没有吃好。虽然妈妈一直没责怪我，但我心里七上八下，总感到凶多吉少。刚才，她来我房间，说了句"让我再想想"就走了。看样子，夜里我又要失眠了。

远远地，苏明明就看到了自家窗户里飘出的灯光。

星期四下午放学回家的路上，明明一直推着那辆破自行车步行，边走边绞尽脑汁地琢磨怎样向妈妈讲明报名的事。他想了一路，仍是没想出什么好办法。

在楼道里锁自行车时，一个邻居剔着牙从他身边走过，那人好像同他说了一句话，他没有听清，也就没有回答。抬起沉重的腿往楼上走的时候，他才意识到自己太没礼貌了。

在三楼自家的门口，明明下意识地掏钥匙开门时，手却愣在了半空中。他突然想到，妈妈一定等急了，弄不好吓坏了，以为他路上出了什么事。因为以前他很少这么晚回家，每天放学后，他总是早早地赶回家，等妈妈下班，一般是他刚到家半小时，妈妈就该进家门了。然后，妈妈风风火火做饭，他接着做在学校里没做完的作业。等他将作业全部做完，饭也做好了。

明明在自家门口愣怔了许久，拿钥匙的右手微微发颤。他想，妈妈见他回来晚了，最好发一顿脾气，妈妈一发脾气，他就借机向她讲明。或者，妈妈已经猜到了他晚回家的原因，那样更好，就不用他再费力地去说了。

他为自己的这个想法感到片刻的安慰。

拿定主意正要开门时，门却从里面轻轻拉开了。原来妈妈一直站在窗前等他，刚才已经看到他进楼了。

像一个阴谋被突然戳穿似的，明明吓得往后退了一步。越过妈妈的肩膀，他能看到客厅里的摆设，却看不清妈妈背对灯光的脸。

"还愣着干什么，进来呀。"妈妈说。

明明感觉到了妈妈逼视他的目光。他低头闪进客厅，门在他的背后关上了。妈妈早已经做好了饭菜，两只菜盘摆在餐桌上，盘子上面各扣着一个碗。

大大出乎他预料的是，妈妈没有发火，妈妈甚至没有认真地打量他一眼。像什么事情都没有发生似的，妈妈端起菜盘，到厨房点火热饭菜去了。

明明去洗手间洗手，他为自己的失算感到沮丧。但他不气馁，将想法和盘托出的欲望像一团大火，无情地烧烤着他，仿佛不说出来，他就会被烤焦。他感到一分钟也不能等了……

妈妈麻利地将饭菜热了一遍，招呼他吃饭。他拿起筷子，并没去夹菜，而是用挑衅的口气问：

"妈，你怎么不问我为啥回来这么晚？"

妈妈明显地怔了一下，然后用异样的目光望着他说：

"刚才我往尹凡家打了一个电话……"

"尹凡都说什么了？"他紧张地问。

"她吞吞吐吐，没说什么……但你做的事情瞒不了我。"妈妈微微地叹了一口气，她眼角的皱纹在灯光下跳跃着，就像溪水的纹络。

"是的，"明明心一横，牙一咬，半闭起眼睛索性说下去，"妈，我找老师报名了，我想参加招飞。"

妈妈愣了足有三分钟的时间，她面无表情，什么也不说，一动不动，像凝固了一样。明明吓坏了，他突然觉得自己对妈妈太不恭了，太残酷了。但说出去的话不可能收回来了，况且那是他真实的想法。他轻轻放下筷子，双手绞在一起，贴于胸前，呼吸急促得像拉动的风箱。许久，他嗫嚅着说：

"妈妈，这样大的事，我该早一点告诉你的……是我不对……"

妈妈仍是雕塑一般动也不动。但明明感觉到，妈妈外表的冷峻掩饰不住她内心的激流，妈妈的心里一定在翻江倒海，她一定想起了爸爸，想起了她和爸爸过去的生活，想起了爸爸出事后的艰难的日子，想到了他的未来……

"妈妈……是我不对，我应该先征得你同意，再去报名，我……"面对妈妈，明明虽然感到愧疚，但他并不为自己的决定后悔，因为那是他刻骨铭心的愿望，也许是他一生中最大的愿望。

表示了自己的歉意之后，明明就闭了嘴，他怀着莫可名状的心情等待妈妈的反应。他想，妈妈可能会号啕大哭，一副要死要活的样子，然后是坚决阻止他，甚至给他一个耳光，再甚至是把他轰出家门……

在明明的记忆中，妈妈一直对他异常疼爱，极少打骂他。而且他本

213

来就是个听话的孩子，很少惹妈妈生气。他只记得有一次，妈妈确实生气了，还打了他一巴掌——那是爸爸出事后的第二年，他九岁，刚升入小学三年级不久，班里经常在星期天组织活动，譬如郊游、参观之类。某个星期六的下午，年轻漂亮的女教师告诉学生们，第二天班里组织大家到金牛公园游览，愿意去的报名。几乎所有的同学都举手报名，明明当然也不想搞特殊。老师交代了注意事项，无非是带多少钱，带水带食物，以及集合的时间、地点之类。次日，明明怀揣妈妈给他的十元钱，按时到达了学校。然后，大家一起乘4路公共汽车去公园。那时的公共汽车不像现在这么拥挤。那时的公园门票很便宜，小学生仅收半费，每人两角五分钱。那时的公园里不像现在有这么多的人。进公园后，老师让大家分散活动，当然解散前又交代了一番注意事项，无非是注意安全，不要违犯公园的规定，以及集合的时间和地点之类。下午，明明兴高采烈地回到家里。妈妈问他都玩了些啥。他说，他看到了很多动物，将吃剩的面包扔给了猴子，猴子高兴得屁颠屁颠。他还说，他几乎把所有的游乐项目都玩遍了——坐了小火车，坐了花轿，坐了碰碰车，骑了玩具马，还坐了小飞机——坐小飞机真过瘾，呜呜地转，忽高忽低，忽上忽下，转得脑子发晕，像喝醉了酒。当他说到这里时，他看到妈妈的脸突然拉下来了，他不知道自己犯了什么错，就住了口。妈妈生气地说："谁叫你坐小飞机的？"他辩解说："没人让我坐，是我自己愿意坐的，我见同学们都坐，我也坐了，又不贵，才花五角钱。"妈妈说："我没怪你花钱，我是说，你为什么非要坐飞机？"他赌气地说："我喜欢。"妈妈尖声说："我叫你喜欢，我叫你喜欢，你个不懂事的东西……"妈妈边说边冲过来，一巴掌打在他的后背上。他大声哭了起来，他觉得自己没错。谁知妈妈也哭开了，妈妈抱着他哭，娘俩哭了好长时间。到这时他才意识到，妈妈想起了爸爸的事……也就是从那时起，他开始懂事了。自那以后，每次进公园或游乐场，他都远远地避开飞机场地，他不敢再奢望乘坐它。再往后，他甚至连公园的门都不愿进了……

现在，在这个难耐的场合下，明明等待着妈妈爆发，就像他九岁那年一样。不同的是，如今就是妈妈拿棍子打，他也不会哭鼻子了，因为他已经十八岁了。十八岁正好是九岁的两倍。十八岁的人不会轻易流泪的。

然而，几分钟后，明明发现自己的预料再次落了空。妈妈既没大哭，也没给他耳光，更没轰他出家门。妈妈只是拿起筷子，夹了一点菜放进嘴里，缓缓嚼了一会儿，突然抬起头，问道：

"报上名了吗？"

"没有，"明明不解其意地望着妈妈异常平静的脸，脱口说，"没有家长的同意，学校不准报名。"

"噢，是这样。"妈妈像个局外人似的，轻描淡写地说，"还这么复杂呀。"

明明简直给搞糊涂了，他拿不准妈妈是什么态度，想进一步问问，又不敢问，只好愣着不动。

"先吃饭，吃饱饭再说。"妈妈用轻松的口气说，边说边带头吃起来。

明明也拿起筷子夹了一口菜放进嘴里，自然是食而无味，他甚至都没弄清自己吃的是什么菜。

虽然妈妈故作轻松，想以此来冲淡沉闷的气氛，但母子二人并没有吃下多少东西，因为明明报名参加招飞的事情毕竟太重大了，现实不容他们轻松。

明明边吃边想，他觉得妈妈已经打定了主意——妈妈肯定不会痛痛快快答应他，看妈妈的样子，似乎她根本没拿他的决心当回事，不然她不会那么轻松，尽管是表面上的轻松。

他理解妈妈的心，爸爸的事对她的打击太大了，她不同意是正常

215

的。但是，他想，只要有一线希望，他就不会放弃。

胡乱地往嘴里塞了几口饭菜后，明明放下碗筷，说吃饱了。妈妈也没再劝。

饭罢，妈妈去厨房洗刷餐具，明明勤快地抓过扫帚扫地，妈妈也没阻止他。若在平时，妈妈是不让他干这类活计的，妈妈曾说，男人最好别学得婆婆妈妈的，男人要干大事情。

什么才算大事情？明明还没完全弄明白。

此刻，他问自己：我参加招飞算不算大事情？

他想应该是的。然而，种种迹象表明，妈妈不会赞成他干这种大事情。

此时天色已晚，到了平时上床睡觉的时间。明明在自己的小房间里心神不定，坐也不是站也不是。想来想去，他感到应该接着刚才的话题与妈妈谈清楚。妈妈不是说吃饱了再谈吗？总得有个结果呀。

他竖起耳朵谛听，妈妈正在厨房里洗手。过了一会儿，妈妈来到了客厅里，好像在踱步。又过了一会儿，外面什么动静也没有了。

明明决定抓紧时间找妈妈谈，不然妈妈该睡觉了。

这时，门却无声地开了，妈妈推门来到他的房间。

"明明，告诉我，你真的打算报名吗？"妈妈几乎是一字一顿地说。

他郑重地点点头。

"再等一等，还来得及吗？"

"最迟不能超过星期六下午放学前。"他求救似的望了一眼妈妈，"我们班主任刘老师说，如果你支持我，就抽空到学校去一趟……"

"孩子，你让我想想……让我想想。"

妈妈扔下这句话，转身回了自己房间，把明明闪在了那里。

飞行基础理论课的学习全面铺开之后，学员们进入了最关键的阶段。

学员队干部和给他们上课的教员们提醒说，到了这个阶段，要开始大量淘汰那些不合格的学员，希望大家咬牙坚持，一是政治上严格要求自己，不要胡乱议论国家大事，更不许流露不满情绪，出了问题不但当不成飞行员，连普通士兵都当不成，要退回原籍，这样的例子太多了，教训都很深刻；同时还要多给家里写信，让家里人和亲戚朋友遵纪守法，不能出问题，特别是政治问题和刑事问题，直系亲属包括七大姑八大姨的出了事，一旦反馈到学院来，本人肯定要受牵连，到时候后悔都来不及。二是刻苦学习飞行理论，打好飞行基础，在各学科各门类的考试中争取过关。三是注意身体，既要一如往常参加体育锻炼，增强体质，但又不能超过训练强度，按时作息，起居规律，以免过于疲劳；养成爱清洁讲卫生的良好习惯，注意饮食卫生，防止肠道传染病，生吃瓜果要洗净，不吃不清洁以及腐烂变质的食物，不喝生水，上街时绝不允许在外面就餐，严防肝炎、痢疾等疾病的发生；保护视力，不要躺着看书，不要在光线暗、弱或强直射光下学习，经常做眼睛保健操，眺望远视；减少到公共场所的活动，防止疾病的交叉感染；等等。

领导和教员们特别看重学员的政治表现，他们反复告诫说，飞行员是一项非常特殊的职业，如果一个飞行员政治上不纯洁，国家把价值几十万上百万元的飞机交到他手里，能放心吗？

学员队领导最担心的就是学员的政治表现，因为一旦哪个学员出了政治问题，不但本人倒霉，队干部也要受影响。三队有个学员说了几句歪话，被发现后不仅本人被淘汰，下放到农场劳动，队干部也受到了学院的严厉批评。

冬季到来之后，也就是苏特他们这批学员入校一年多时，害怕被淘汰的阴影像一块石头压在每个人的心上。因为有先例，政治方面大家虽然都很谨慎，不该说的不说，不该做的不做，尽量防止出问题，但家庭和亲戚的事他们鞭长莫及。一封封的函调信发出之后，他们的心都提到了嗓子眼儿，生怕"噩耗"随函调信传来。

苏特掐着指头算了一下，感到他的家庭和亲戚方面不会出什么问题。他的父母都是老实巴交的工人，哥哥是汽车司机，姐姐在商店当售货员，他们都是普通的劳动者，亲戚里面没有当官的，也没有知识分子——这两种职业在当时最容易出问题——而且亲属里面也没有在海外的，他们全都历史清白，已多次调查过。这就可以使苏特高枕无忧了。

高水田更是超脱，他的给地主当过长工的父亲早已去世，他的母亲除了下地干活挣几个工分养活自己外，不可能犯什么错误。他的亲戚本来就很少，只有一个远房姨娘，更不存在海外关系。所以他也没有什么压力。

一封封的函调信收回后，果然有人倒了霉。苏特他们队的六十多个学员里，有四个人遇到了麻烦。二班的冯学军有个舅舅当年是国民党兵，现在据说在台湾经商，已调查清楚；三班张刚的父亲是中学教员，有人揭发他父亲张贴反动标语，不久前被收审；四班孙爱国的哥哥偷生产队的粮食，进了班房；一班刘国庆的姑夫在北京国家机关当副局长，不久前被打成了反革命。学院保卫部门马上派人到他们的家乡重新核实，发现除张刚的父亲属于被诬陷，已经释放外，其余三人的情况属实。这样，冯学军、孙爱国、刘国庆三人被宣布淘汰。

这三人是哭着离开学员队的，他们被分配到外地的军营，重新当普通士兵。

在接着进行的课目考试中，苏特和高水田也都顺利过关。又有几个学员由于成绩太差，心理素质不稳定，被宣布淘汰。

轮到身体复检时，所有的人都忐忑不安起来，因为谁也不敢肯定自己这一年来身体不出问题。本来当初他们从陆军中选拔来时，身体检查就不是太严格，有的项目没做检查。高水田担心他的眼睛，因为他入校后曾经多次躺在被窝里看书。他把自己的担心讲给苏特听。苏特问道：

"你觉得眼睛和过去相比，有什么变化吗？"

"没觉出什么变化，"高水田揉揉眼睛说，"不过，有时感到发酸。我真后悔，不该躺被窝里看书……"

"千万别紧张，"苏特安慰他说，"你从小在农村长大，眼里都是绿色庄稼和开阔地，这样的眼睛还不和千里眼一样？不会有事的。"

学院停课一周，每天都派大客车把学员们拉到南湖边上的空军医院复检身体。几人欢乐几人愁，果然又有相当多的人身体不合格，什么血压偏高、视力不行，等等，从头到脚，每个主要器官的指标总会有人过不了关。

约有五分之一的学员再也别想吃空勤灶了。

这是没有办法的事情，因为对于飞行员来说，身体是第一位的，有问题必须毫不含糊地予以淘汰。

高水田的眼睛没查出毛病，他高兴地跳了起来。苏特更是顺利得令人眼红，所有检查项目没遇到任何问题。从医院出来后，苏特对高水田说：

"怎么样，我说你没事吧？"

"谢天谢地，"高水田松了一口气，说，"以后我再也不敢损坏眼睛啦！"

"我觉得咱们队里，就是所有的人都当不成飞行员，咱俩也不会有问题！"苏特边走边自信地抬起脚，像踢足球那样将一块石子踢得不见踪影。

经过几次严格而认真的筛选之后，全队原有的六十多人只剩下四十出头。这四十几个学员个个都喜气洋洋，仿佛过年似的，大家见面后第一句话就是互相道喜。

已进入中年的学员队长仍然像平时那样板着脸。他用洪亮的嗓门对这四十几个"幸存者"说：

"大家都不要高兴得太早，你们今天过关，并不是说永远过关。以后还要不断地进行体检，凡是学习成绩跟不上的，特别是教员实际带飞过程中，那些不合格的，随时还会被淘汰，即便是毕业分到航空兵部队，你们仍然时时面临淘汰的可能。所以，大家都要正确对待。"

一九七〇年冬天的第一场大雪在呼啸的朔风中飘落到地面时，苏特经受了一次极为严峻的考验。正应验了队长的话，以前他高兴得太早了。

天气变冷之后，一连从西伯利亚方向来了两股寒流，很多家在南方的学员一时不适应，患了感冒。苏特没能幸免，他发高烧、打喷嚏、流鼻涕，不得已到学院卫生队住了几天院。这没什么大惊小怪的，因为感冒发烧对任何人来说都是常事。苏特住了一星期的院就出院了，回到学员队继续上课。

问题是出院后他的脑袋仍然昏昏沉沉的，一天到晚打不起精神。他以为病还没好利索，有一个恢复过程。但半月过去了，他仍是老样子，食欲不振，耳聋头昏，四肢无力，偶尔大声咳嗽一阵，人也明显消瘦下来。

苏特突然感到一丝恐惧。难道自己得了什么大病吗？高水田也为他着急，劝他再到卫生队看看。请假到卫生队又看了看，医生给他量过体温，说是低烧；反复问过病情后，医生皱起了眉头，含含糊糊对他说，需要做各种检查，进一步观察一下，因为越是低烧越麻烦。最后，医生报告了卫生队领导，卫生队领导同样感到事情重大，因为这件事情关系到一个学员的飞行前途，马虎不得。卫生队领导当即电话通知学员队，建议苏特到空军医院检查治疗。

从卫生队出来后，在炫目的阳光下，苏特觉得腿弯打抖，眼前一阵发黑。他扶住一棵幼小的松树喘息了片刻，坚持着回到队里。

刚进宿舍，队长就来了。队长对苏特说，医院床位已联系好，下午就去住院。

苏特意识到自己的处境后，泪水当即涌出了眼眶。他觉得自己虚脱得厉害，不是身体虚，而是心里发虚。他担心自己平生的愿望像竹篮打水那样，落个一场空。

队长也曾经是一名优秀飞行员，八年前，因身体不适合飞行被停飞，然后才改行干了行政。队长知道当上飞行员不容易，而且平时很喜欢苏特，所以，他露出和蔼的笑容，拉着苏特的手劝道：

"你这家伙，平时蛮乐观的嘛，怎么遇到一点小事心里就搁不住？还没下结论嘛，你怕什么？"

"队长，"苏特像抓住一根救命稻草那样，抽泣着使劲握住队长的手，"如果我被淘汰怎么办？我真害怕……"

"你以为随随便便就淘汰学员？没人说淘汰你嘛。你放心，我们理解你的心情，只要有一线希望，我们就想法儿留住你！"

中午开饭时，苏特没有去饭堂。他躺在双人床的上铺，也就是高水田床位的上面，用被子蒙住头，身子弯成一个粗粗的问号，暗自垂泪。高水田给他打来了饭菜，喊他起来吃，他一动不动。同宿舍的人见状都借故到室外打篮球去了，只剩下高水田一个人默默陪着他。高水田脚蹬椅子，上半身趴伏在苏特的床边，隔着薄薄的被子，轻轻握住苏特的手，许久许久，什么也不说。

队长和卫生队的一名医生亲自陪苏特去医院，坐的是卫生队那辆老掉牙的救护车。路上的积雪经过数不清的车轮的碾压，成了一个坚硬的壳，救护车行在上面，就像一艘破船行驶在水中那样，有一种飘忽感。道路两边的树木枝杈和一些建筑物的廊沿上挂着冰凌，北国冬日的风光一览无余。苏特没有心思欣赏，他觉得面前的一切都是黑色的。

他住进了长春空军医院内四科。

帮他办好住院手续，队长临走时又说：

"小苏，安心接受检查治疗。我觉得你不会有大问题，思想压力不要太重。等你出院时，我派人来接你。"

他感激地点点头，含泪送队长出了住院大楼。往回走时，身子虚弱得像风中的树叶，而寂静的住院大楼则像海浪中的船只那样，摇晃不止。

那段时间是苏特有生以来最难过的时光。对前途的忧虑使他的精神状态差不多到了崩溃的边缘。同病室的病友常常听到他自言自语：

"我身体一直好好的，怎么突然就有了毛病？……"

医院为他进行了全面检查。身上凡是能拍片子的地方都拍了，凡是能化验的东西都化验了，考虑到他是飞行员苗子，医院也舍得给他用药，可病情就是不见好转，症状无法消除。

关键的问题在于查不出病因。

听说一些有经验的老医生都被下放到农场劳动改造去了，留下挑大梁的全是年轻人。负责给苏特治疗的一位年轻医生对他说：

"你这病是比较奇怪，好几种抗生素都用过了，就是不起作用，一直持续低烧。但我认为，身体的病只是一个方面，你的心病更严重，你的压力太大了，这样不利于身体康复。"

"我知道我精神状态不好，"苏特带着哭腔说，"只求你们快点儿找到原因，我好回学院上课去。"

"连你们领导都说你是一个难得的飞行苗子，淘汰了太可惜，所以请你放心，我们医生会尽力的。"年轻医生安慰他说。

苏特清楚，查不出病因就无法对症治疗。如果一直这样耽误下去，即便将来治好了病，他也会因为缺课太多而被淘汰！

一想到这些，他就不寒而栗。

这天中午，又下雪了，鹅毛大雪铺天盖地，窗外的世界眨眼间银装素裹。苏特披上大衣，迈着沉重的步子出了住院大楼。他想一个人在漫天风雪中随便走走。

在医院门口，他停住脚步，回望了一眼雪幕中的医院门诊和住院大楼。据说这两座大楼是伪满时期日本人修建的，模样有些怪怪的。

苏特在门卫疑惑的注视下走上大街时，才想起这天是星期天，他入院后的第二个星期天。路上的雪已经没过脚面，苏特歪歪斜斜地行走。风不大，菊花瓣样的雪花兜头落下来，打得人睁不开眼睛。大街上几乎见不到行人，偶尔缓慢地驶过一辆身披厚厚积雪的汽车，那样子像一只刚从面袋里钻出来的甲壳虫，很滑稽。

整个城市都在雪中寂静地呆立着。

医院离长春最有名的南湖公园很近，苏特不一会儿就来到了湖边。半年前他曾和高水田一起来玩过一次，长春的南湖令他想起家乡济南的大明湖。南湖没有大明湖的清幽，却有着北国的苍翠。

现在，苏特踏雪再一次来到南湖边，茫茫雪幕中见不到一个人影，偌大的南湖变成一片耀眼的雪原，塔松和白桦树上落满了雪，变成了纯白色的雪树。沙沙的落雪声掩盖了世间所有的声音……

苏特在湖边一张堆满积雪的石凳上坐了下来，他的脑子正像面前的景物一样，一片惨白。不知过了多久，雪渐渐停了，他看到宽阔的湖面上有两个活动的人影，仔细看时，发现是一对少男少女在冰面上打闹。他们沉醉在自己的世界里，无忧无虑，嘻嘻哈哈，女的摔倒了，男的上前拉她起来，不一会儿男的又摔倒了，女的上前去拉，再不就是两人都倒在冰雪上，他们起劲地笑闹、翻滚……苏特不觉看呆了。

这时，他又听到身后传来有人踏雪发出的咯吱咯吱的声音，他没有回头。声音渐渐近了，待停了时，他才回过头去。他看到一个身上满是落雪的人不知从什么地方钻了出来。那人愣了一下，突然跳过来抱住了他。

是高水田。他们在拥抱的过程中抖落了满身厚厚的白雪。高水田说：

"苏特，你们病房的人说你出来好久了，我到处找你。你看看，你变成了一个雪人，我都不敢认了。"

"水田，你也成了雪人。"苏特眼里突然涌满了泪水。

他们握着手站了很久，然后并排坐在冰凉的石凳上。

"水田，我觉得我完蛋了。"苏特极力克制着，但泪水还是顺面颊流了下来。

"苏特，你得挺住，我总感到你没事的。你不是说过吗？咱们队里即使所有的人都当不上飞行员，咱俩也不会被淘汰。"高水田也禁不住落了泪。

"可是，你看我这个样子……"

"我把课本都给你带来了，你可以自学呀。"

"如果我失去上天的机会，以后就看你的啦，水田。"

"千万别这么想。只要你咬牙过了这一关，我们就会有比翼双飞的那一天！"

高水田陪苏特往回走的时候，天放晴了，夕阳下的城市放射出夺目的光辉。

真是天不绝人——第二天，那些到农场下放劳动的专家们回到了阔别已久的医院，他们马上对苏特进行了会诊，会诊的结果是，苏特仅仅患了病毒性感冒，一般的抗生素对这种顽固的病毒根本不起作用，但注射几支病毒唑即可治愈。

得知这个消息时，心力交瘁的苏特马上就觉得自己浑身是劲。在那个难忘的瞬间，他暗淡了很久的世界霎时充满了阳光！

三天后，他没等车来接他，一个人步行往学院走去。虽然眼下是三九天气，但他感到春天已经来临了。

在学员队队部，苏特见到队长后，激动地向队长行了一个标准的军礼。队长这时却收起笑容，拉下脸来说：

"苏特同志！你已经耽误了半个多月的课程，我希望你迎头赶上去！"

第 五 章

今天，妈妈那儿还是没有任何动静，真急死人了。现在，脑子里只有一个念头：离报名截止期还剩下一天时间！只求上帝保佑我渡过这个难关。感到很累，浑身无力，最好什么也别想，好好睡一觉。

天刚蒙蒙亮时，苏明明就起床了。夜里又没睡好，但他并不感到困。

昨天晚上，妈妈说了句"让我再好好想想"，就出了他的房间，把他闪在了那里。他默默地分析了半天，仍是猜不准结果如何。一个人坐在孤灯下胡乱写了一段日记，就上了床。

夜晚的风嘹亮地刮着。每到春天，济南的夜晚就爱刮风。明明躺在床上，他听到不知谁家的窗玻璃破碎的声音。过了一会儿，他又听到楼下有人大声咳嗽。后来他就迷迷糊糊睡着了。

大约在后半夜，他被一种声音弄醒了。他侧耳听了听，发现风已停歇，那种声音不像来自外面，而像出自家里。他坐起来仔细听了一阵，却又什么也听不到了。他估计声音是妈妈发出的。醒来后，再想睡就睡

226

不着了。

明明起床时，妈妈的房间里没有一点儿动静。他轻手轻脚到卫生间洗漱，然后坐在客厅里等妈妈起床。在他的记忆中，比妈妈起得早，好像是第一次。

这时，妈妈在她房间里吩咐道：

"明明，你到外面买几个油饼。钱在冰箱顶上。"

妈妈的声音嗡嗡的，带着浓浓的鼻音，像从很远的地方传来。他喑哑地答应一声，拿着钱下楼去了。等他托着四个油饼回到家时，妈妈已经起来。他看到妈妈的眼圈红红的，想必她夜里哭过。他这才意识到，自己夜晚听到的那个声音是妈妈的抽泣声无疑。

一种难过的心情再次令他低下头去，不敢正视妈妈的眼睛。

妈妈给他冲好一杯奶粉，放在他面前，然后面无表情地说：

"你先吃吧，多吃点儿，还要去上课。"

"你呢？"他见妈妈没有吃饭的意思，就问了一句。

"我现在不饿，过会儿再吃。"

妈妈拿起抹布擦桌子、擦窗户，又拿起拖把擦地板。明明边闷头食不甘味地咀嚼，边偷偷打量妈妈。他看到妈妈完全是一副心不在焉的样子，擦桌子时把一只水杯碰落到地下，摔成了两半，也竟然没有反应；拖地时拖把上的脏水溅到了门旁的皮鞋上，她也没当回事。忙完这些后，她又去给花盆浇水。明明听到了水滴落在地面上的声音，想必妈妈浇多了水，水溢出了花盆。

明明知道，这全是由于他报名参加招飞的事给闹的。妈妈的心里一定是装进了一块沉重的石头。

他强忍着吃下了一张油饼。喝奶粉时，他感到反胃，怎么也喝不下去，趁妈妈不注意，他把那碗腥乎乎的奶粉倒进了水池。

看看时间尚早，他故意磨蹭了一会儿。他很想问问妈妈想的怎么样了，是不是同意他报名。但妈妈的神色一直不见好转，又想到报名时间还来得及，他不能像个催命鬼那样，应该多给她一点考虑的时间，便没有张口。

背起书包往外走时，妈妈叫住了他。妈妈张了张嘴，想说什么。他觉得自己的心跳突然加快，他以为妈妈要说出她的决定……

"午饭我给你留好，吃前热热，别忘了关好煤气。"妈妈有气无力地说。

仍然是多年不变的嘱咐，明明提到嗓子眼的心落了下来。他失望地点点头。但他不甘心，站在门口没动，他总感到妈妈下面还有话说。

"你还愣着干啥？快走吧，别耽误上课。"

说完这句话，妈妈别过脸去。不会有结果了，他像一只泄了气的皮球那样，全身松弛下来。他轻轻带上门，然后下楼。在楼道里开自行车锁的时候，一个邻居从他身边走过，是四楼开出租车的李叔叔。李叔叔好像冲他说了一句什么，他没有听清，也就没有回答。等他推车来到外面的空地上时，望着李叔叔的背影，他才意识到自己刚才太没礼貌了。

"李叔叔，刚才你说啥了？"明明推车追上李叔叔后，带着歉意问道。

"你说什么？"李叔叔不解其意地反问。

"噢，我是说，刚才在楼道里，你对我说啥了。"

"没有，没说啥呀。"李叔叔说，"我一直想，车没法开了，济南人太穷，不舍得坐出租，我们这行没法干了……"

"噢，是我听错了。李叔叔再见。"明明不想听他念生意经，抬腿上了车。

骑在车上，他举手敲了敲额头，在心里对自己说：

"你的脑子真的出毛病了！"

尽管路上他骑得很慢，但他仍是最早到校的学生，比平时早到了半

228

个多小时。校园里空空荡荡，老校工提着一大串钥匙，刚把各个教室门打开。明明站在门外的长廊上，没有马上进去。教室里面飘出一股隔夜的霉味，那是全班五十多个同学身上发出的气味，经过一夜的交流混合，已经凝成了一个看不见的气团，需要好一阵子才能飘散。等新的一天过去之后，又会再遗下一个气团。日子就这样结束和来临，匆忙而又缓慢。

明明不由想起上小学的时候，每天都是老师早早在校门口或教室门口迎接大家，"老师好""同学们好"的嗲气十足的问候声此起彼伏。在老师眼里，那时节的同学们一定像一群活泼、自由、欢快的小羊，而老师则像一个胸有成竹的牧羊人。上初中以后，这个项目就没有了，不到上课时间，见不到老师，此时的学生们不再像一群羊，而像一群富有个性的小马驹了。他们就在这个过程中悄悄变化和成长。

明明手扶长廊的栏杆凝神遐思，初升的阳光照到他身上，看上去像给他浑身镀了一层银粉。这时，一阵轻快的脚步声传来，同学于小伟从楼梯口露了头。

"苏明明，好早啊。"于小伟主动打招呼。

可能是因为报上了名，于小伟精神不错，平时就显大的嘴此时咧得更大，越看越像卡通片里的角色。

他含糊地应了一声，算是回答对方。于小伟陪他站了一会儿，看那样子很想同他说点儿啥——估计想说说招飞的事，他这几天见人就谈招飞，仿佛他已经被录取，马上就要驾机飞上蓝天了。但此时，于小伟却说了几句天气、学习成绩、高考，以及谁和谁又谈恋爱了之类无聊的话。于小伟用神秘的口气说：

"知道吗？吴惠和王强热乎上了，有人见他们在英雄山的树林里接吻。"

明明说不知道，他什么都不知道。

"吴惠其实对你有意思，她看你时的眼神不对，班里很多同学都看出来了。"

"是吗?"明明讥笑了一下。

"你对她不感兴趣是对的，她照尹凡差远了。"

"是吗?"明明又讥笑了一下。

于小伟见话不投机，转身往教室里走。这时，明明突然又喊住他说:

"小伟，听说你报名参加招飞?"

于小伟转身回到长廊上，兴奋劲儿又上来了，口沫乱飞地说:

"是呀。咱班不光我报了名，周超也报名了。"

"你父母支持你吗?"

"当然支持。我父母破工人一个，没权没势，我学习又不好，肯定考不上学，像我这样的，毕业后怕是连个工作都找不到。你想想，如果我验上飞行员，不就什么问题都解决了吗? 他们高兴还来不及呢，怎么能不支持?"

"原来你是这样想的。"明明说。他觉得于小伟的动机太势利。

"当然，"于小伟马上补充道，"我也确实喜欢干飞行员。这阵子我收集了不少飞机图片，有美国的 F14、F15、F16，法国的幻影 2000，俄罗斯的米格 23、米格 25、米格 29，中国的歼 7、歼 8，很多很多，看着就眼馋。别看现在没人瞧得上咱，说不定将来咱就成了空中英雄呢!"

于小伟说着说着就露出了陶醉的神色。明明觉得他这样子很可爱，他开始羡慕他了。停了停，明明又问:

"体检你有把握吗?"

"我觉得我行。爹妈没钱给我，但给了我一个好身体，长这么大，我不记得吃过药。"

"小伟你行的，祝你成功!"明明有点儿动情地说。

230

于小伟就愿听这样的话，几天来，不少同学都认为他是癞蛤蟆想吃天鹅肉，不可能成功的。十八中已经有好几年没出飞行员了，每年都有不少报名的，最后全给刷下来了，可见难度有多大。明明这句祝愿的话让于小伟感动得不轻。他说：

"明明，你不试试吗？我觉得你更没问题。"

明明感激地看了于小伟一眼。他意识到他和于小伟的距离拉近了不少。

正在这时，尹凡上楼来了。尹凡是他们班第三个到校的学生。于小伟见状，冲明明意味深长地一笑，然后进了教室。

尹凡看见明明时愣了一下。尹凡的面容和眉宇间有一股忧伤之气，她像往常那样，蓝色校服外面罩了件银灰色的羽绒服，脖子上围着红纱巾，脚穿一双浅色的平跟皮鞋，书包随便地挎在肩上，长发束在脑后，看上去像一只轻盈的小鸟。

他们已有好几天没讲话了，明明突然觉得她在短短几天的时间里成熟了许多。不知她是否有这种感觉，明明想。此时，尽管他感到没啥可说的，但他还是主动面向她，说：

"早晨好，尹凡！"

尹凡淡淡一笑，没接他的话，而是小声问道：

"昨天你找了刘老师？"

明明诚实地点点头。他觉得应该向她讲清楚，因为她是全班同学里面最关心他的人。于是，他说：

"我去报名，没报上，必须家长同意才行。"

"唉，你这人，真是咬定青山不放松。"

再往下就没话了。明明弄不清她是赞扬他，还是责怪他。幸好大批同学进了校园，他们不好再待在那里，便一前一后进了教室。

跨进教室的那一刻，明明听到尹凡发出了一声轻微的叹息。

这天上午，明明最关心的就是妈妈是否到学校来了。但直觉告诉他，妈妈没有来。上午放学回家后，他没照妈妈的吩咐点火热饭，而是简单塞了几口凉饭。若在平时，饭后他要睡会儿午觉，但这天他毫无睡意，一个人待在空空荡荡的家中，他感到孤独，于是，他骑上车子去人民商场转了一圈。

下午，上完第二节课，他随同学们下楼活动。正巧刘老师怀抱一摞书本走了过来，刘老师刚给高三二班上完课。大伙争先恐后同刘老师打招呼。他注意到，刘老师的目光在他脸上扫了一下，但没有任何表示。肯定没戏，他想。刘老师走过之后，他还是忍不住追上去，怯怯地问：

"刘老师，我妈找过你吗?"

刘老师停下来，侧过消瘦的面孔说：

"没有啊。她怎么对你讲的?"

"她说她要好好想想。"

"那就让她好好想想嘛，你急也没用。"说完，刘老师迈着两条麻秆样的瘦腿进了办公楼。

到了晚上，明明不得不再一次面对妈妈茫然的神情。他觉得自己差不多要垮掉了，如果不是那个强烈的愿望支撑着他，他真想逃到外面去。

他脑子里只有一个念头：离报名截止期只剩下一天时间了！

妈妈仍然沉默着。他明白无误地感到，妈妈的沉默是一种无声的挑战。他不想就这么败下阵来，所以他也默默地坚持着。

这个涌动的暗流几乎使人的精神崩溃。

这天晚上，他早早地上了床，并且很快进入了梦乡。他太累了。在最艰苦的时刻，他睡了一个难得的好觉。

第二天早晨，妈妈恢复了以往的样子，早早起床做好了饭，然后叫醒他，在他洗漱时，又手脚利索地收拾房间，然后母子二人一起吃早餐。妈妈脸上平静的表情让他感到不可理解。

难道妈妈已经拿定了主意，下定了决心？明明心虚地揣测着，不然，为什么她这样平静……

容不得明明多想，因为该去学校了。他有意磨磨蹭蹭穿衣服、换鞋、整理书包，又到妈妈的梳妆台前整了整头发，为的是听妈妈说出那句话。镜子里的他有点儿萎靡不振，眼皮浮肿，像是害过一场病。

果然，当他收拾利索就要出门时，妈妈突然主动地问道：

"明明，今天是报名的最后一天吧？"

"……"明明愣了愣，居然没回答她。

"我知道了。"妈妈果断地一挥手，"快点儿走吧，别耽误上课，路上注意点儿。"

春天来临的时候，空气中弥漫着一种撩人心境的味道，那是花香、树脂和茵茵青草的混合气息。白天，在阳光下，这气息可能不明显，到了晚上，潮湿的夜幕罩下来之后，这种气息就浓得化不开了。

苏特躺在床上也能闻到。

一九七一年春天的那个晚上，苏特就在这种气息的熏陶下久久不能入睡。他当然清楚，自己无法入睡的原因不在这儿，而是因为天亮之后，他就要驾机升空了。

除他之外，同时获得这种殊荣的还有高水田等七名学员。他们八个人是全学员队第一批放飞的人，别人还得等等，因为他们条件尚未成熟。

下午，当队长板着脸庄严地宣布这一决定的时候，所有人的目光刷地投向了他们八个人。自从进入飞行基础理论和实际操作课的学习后，大家都在暗暗用劲，都希望自己能成为第一批放飞的人，哪个学员不想早点儿上天？如今，经过漫长的努力，他们八个人成了幸运儿，他们在别人羡慕的甚至带有妒意的目光注视下，不觉挺直了腰板。在这个难忘的时刻，苏特感到一种发自心灵深处的激动，浑身的血液仿佛都涌到了脸上，多少个日子，风风雨雨，朝思暮想，不就是盼着这一天吗？他极力保持镇静，使自己不致因为过于激动而显出轻狂……

队长宣布队伍解散后，特意将他们八个人留下，又认真叮嘱了一番，无非是继续努力，戒骄戒躁，多向带飞教员请教之类。然后，队长面露赞赏的神态，挨个与他们握了握手。苏特觉得队长天生是个职业军人的料，队长平时从不与大家嘻嘻哈哈，他的脸长时间板着，让你觉得这人缺乏人情味，太严厉。但大家都一丝不苟地绝对服从他，因为他一抬手一投足都流露出典型的、训练有素的、令人神往的军人气质，还因为他的严厉确实对你有帮助，有好处。而当他偶尔露出笑容时，你就会感到那笑容是真诚的、温暖的、宝贵的，你很难忘掉。

队长同苏特握手时，好像格外用力，苏特觉得自己的手被队长粗糙的大手握疼了。队长剑眉往上一扬，笑容随之绽出来。队长说：

"当初我没说错吧？你行的，苏特！"

队长说的当初是指去年冬天苏特那段"灾难"性的时光。他有点儿不好意思地说：

"谢谢队长！我不会忘记队长对我的鼓励！"

"你的路还长，"队长的脸霎时又变得冷峻起来，"以后不许再哭鼻子。飞行员怎么能轻易流泪？有道是男儿有泪不轻弹，飞行员更是有泪不能轻弹！如果不是硬汉子，我劝他就别来当飞行员！"

吃过晚饭后，负责带飞的教官不约而同来到学员队。按照惯例，教官们都要同弟子们见见面，切磋一下，交代交代注意事项，提提要求。

王教官的带飞对象正是苏特。负责带飞高水田的是一名姓李的教官。李教官话不多，长相憨厚，年纪也比王教官小。据说李教官刚从战斗机部队调来不久，高水田是他带飞的第一个学员，他的性格脾气同高水田差不多，二人再般配不过了。

王教官仍是一副大大咧咧的样子。他嘴里叼着烟，眯缝着小眼睛对苏特说：

"小苏，咱们是老熟人、老朋友了，跟我飞你不用紧张，只要严格按操作规则和步骤来，准没错！"

"王教官，跟你飞我就觉得心里有了底。主要靠你点拨。"

"常言道，师父带进门，修行在个人，你咬牙练吧。但我丑话说在前头，咱们在地面上怎么着都行，上了天就不行了，你不能有一丝一毫的马虎。你就准备好挨我的训吧！"

苏特郑重地点点头。

教官们走后，到了熄灯时间，区队长特意关照那些有飞行任务的学员，什么也别想，赶快休息。

但在这种时刻，你很难做到什么也别想。

宿舍里好几个人都打起了鼾。苏特怎么也睡不着，他感到浑身燥热。想到明天就可实现的飞升，想到长久以来的企盼，他内心的情感简直无法言表。

蓝天的儿子！——这样一个美丽的词汇在他的脑际涌现出来。

然而，在激动的背后，他居然又产生了一种不踏实的感觉。明天，会顺利吗？

他想和高水田随便聊聊，于是，便伏在床沿上，朝下面轻轻地喊道：

"水田，睡着了吗？……"

高水田并不答应，苏特知道他在装蒜。这小子要是能睡着就怪了，苏特想。

第二天是个好天，万里无云，风速也很小，塔台顶部旗杆上的旗帜几乎不动。这种天气最适合新飞行员试飞。

235

穿蓝色工作服的机务人员做好飞行准备工作后，身着崭新飞行服的苏特抖擞精神，仔细戴好飞行帽，深深吸了一口气，然后跨进007号教练机的前舱，王教官神态自若地跨进后舱。随后，座舱盖"砰"的一声合上了。

"再默记一遍操作程序！"耳机里传来王教官的声音。座舱前后舱之间隔着仪表盘，教官同学员联系需要使用无线电，而不是嘴对着耳朵直接喊。

于是，苏特又默记了一遍早已背得滚瓜烂熟的操作程序。

"记住，"耳机里王教官的声音一字一顿，"无论遇到什么情况，都要保持沉着镇定。沉着镇定是飞行员最基本的素养！"

"请教官放心，我都记住了！"苏特左手按着发话按钮说。

上午八点三十分，一颗绿色信号弹腾空而起。这时，苏特的耳机里传来塔台指挥员的命令：

"洞拐（07），可以起飞！"

"洞拐明白！"苏特响亮地回应着指挥员的命令。他柔和地一推驾驶杆，飞机剧烈地震颤一下，然后滑出起飞线，对正跑道加速……

还好，半个小时的飞行时间里，尽管苏特惊出了一身冷汗，总算顺顺当当着陆了。要知道，大多数第一次升空的新飞行员很难操纵完全部过程，需要坐在后舱的教官关键时刻亲自操纵。除了几个拐弯处王教官使劲扳了扳驾驶杆外，苏特基本上独立完成了全部试飞过程。

走下飞机后，王教官评价说：

"总的来说可以。但拐弯时不稳定，需要不断改正。还有，你的手抖什么？"

苏特的手确实一路直抖动，但他感到抖动得并不明显。尽管不明显，经验丰富的王教官仍然察觉到了。苏特不由更加佩服王教官。

初次飞行，每个学员只安排了一个起落，主要以体验为目的。

紧接着，高水田驾驶的 09 号飞机也落地了。

"你们同学之间交流一下感受吧。"王教官说。他手提飞行帽，大步向塔台走去。他要去汇报带飞对象的表现情况。

王教官走后，苏特才猛然意识到，刚才在天上忘了仔细观察一下蓝天和大地。真该死，他狠狠掐了一下大腿。

苏特迎着脸涨得发紫的高水田走过去。他问高水田：

"你在天上观察到了什么？"

"我的眼睛盯仪表盘都不够使，"高水田抹了一把脑门上的细汗，"其他的什么也顾不上了。"

"这么说，我们都是稀里糊涂上了一次天，太遗憾了！"

过了段时间，又飞过几次后，苏特终于有了自己独特的体验。他问高水田：

"你觉得天空像什么？"

"我看什么也不像，天空就是天空。"高水田想了想，说。

"你的回答太没味儿。"苏特皱了皱眉，"我觉得天空就像一首铺天盖地的音乐，既强烈又柔和，无休无止；而云朵就像一群群美丽无比的少女，吸引我们去追逐，去嬉戏……当然，我们是很难得到她们的……"

高水田用惊奇的目光望着苏特，他感到苏特的想象有点儿离谱。但他不得不承认，苏特的体验是幸福的，他无法与之相比。

停了停，苏特又说：

"待在天上往下看，发现地上的很多东西那么渺小，就觉得自己非常……非常伟大！"

苏特眉毛一扬一扬的，显得十分兴奋。高水田弄不明白，他哪来那么多的感受。

过了夏天，他们这批学员基本完成了初教机的带飞课程。下一步，就该飞高级教练机了。飞行学院没有高教机，只有到南郊的机场去飞行。南郊机场的跑道很长，机场设施也很齐全，是一座符合战备要求的航空港。

双脚第一次踏上南郊机场的水泥跑道时，苏特忍不住嗷嗷叫了几嗓子。宽阔的跑道几乎伸向天边，跑道两边是大片大片碧绿的青草。威武雄壮的高教机整齐地排列在停机坪上，反射着强烈的阳光，一切都壮观极了……面对此情此景，苏特的眸子闪着灼人的光亮，他喃喃地对高水田说：

"这才是我想象中的机场。"

一九七一年九月十三日，苏特和高水田第一次在水泥跑道上试飞成功。但在当天晚上，林彪葬身蒙古的温都尔汗沙漠中。

这次事件使他们毕业的时间推迟了差不多整整一年。

第 六 章

1995 年 3 月 4 日　星期六　晴

对我来说，今天是个永远难忘的日子。从上午十一点到晚上七点，短短八个小时的时间，我经历了剧烈的感情变化，心脏真有点儿承受不了。

我的母亲，是个伟大的人。在她的全力支持下，我终于报上了名，向前迈出了一大步。下午放学后，妈妈的一席话，把我感动得哭了。有这样的好妈妈，我感到无比幸福，热血沸腾。

妈妈殷切希望我取得最后的成功，我自己也有这个信心。后面的路还很长，我会加倍努力的。现在是夜里十二点，妈妈早睡了，外面很安静，我一点儿也不困，打算再翻翻课本。这些天精力不集中，耽误了学习，得想法补回来。明天是星期天，可以踏实地睡个懒觉了……

星期六上午的最后一节课是政治课。大家都认为，考试时政治课拿高分的唯一办法就是死记硬背，所以人们对政治老师的讲解不怎么感兴趣，教室里弥漫着一股懒散的气氛。上其他课程就不存在这种情况。

班主任刘老师走进教室的时候，很多人的情绪为之一振。刘老师先是跟政治老师耳语几句，然后抬眼在人丛里搜索。苏明明蓦然感到脸上火辣辣的。果然，刘老师远远地冲他点头道：

"苏明明，你出来一下。"

他不由自主地哆嗦了几下，紧张地站起来往外走，不小心碰翻了一个同学的文具盒。那位同学很大度地说没关系，示意他只管走。他只好抱歉地冲他点点头。教室里所有的目光都追随着他，那些纷乱的目光像一道道交叉的火网，让他无法抬头。

他不知道等待他的将会是什么。出门后，刘老师对他说：

"走，去我办公室。"

刘老师的口气带着几分神秘。说罢，刘老师甩动着两条麻秆样的腿下楼。他跟在刘老师身后，大气不敢出，感到胸腔里鼓满了风。

几分钟后，在刘老师的办公室，尽管他的心里已有所准备，但那个突然而至的事实仍然令他如遇惊雷一般，半天没回过神来！

"你妈妈来找过我了，刚走。"这是刘老师进屋后的第一句话。

"她、她同意了吗？"明明急忙问。屋里的空气仿佛都凝固了。他的声音几乎小得听不见，宛若呓语。

刘老师满脸笑盈盈的，将一张表格捧在手里递给他。正是那份《空军飞行学院考生报名表》。虽然明明眼睛酸涩难忍，表格上的字像阳光下跳跃的蝌蚪，但他还是看清了——家长意见一栏清清楚楚地写着这样两行字：

我完全同意苏明明报名

母亲　丁琳　1995 年 3 月 4 日

当医生的妈妈笔迹原本潦草难认，但他眼前的这两行字却工整得像出自一个腼腆的女中学生之手。为了在这张表格上写出这几个字，妈妈不知进行了多么激烈的思想斗争！明明久久不动地凝望着妈妈陌生的手迹，像是望着妈妈跳动的心。他竭力想象着妈妈写字时的神情，那一刻，妈妈的心里究竟是感到神圣，还是感到痛苦？或者二者兼而有之？

妈妈一定感到神圣，明明想。他相信妈妈会这样的，因为妈妈是一个坚强的、不平凡的女性。

一股神圣的力量包围了明明。春天的阳光透过窗子照射进来，灼热的光线舞动着，像燃烧的火。时间一点一点从身边溜走，不知过了多久，当明明抬起头来的时候，眼里早已盈满了泪水。

"你怎么啦，明明……"刘老师有点儿不知所措地说。

"啊，刘老师，没什么，没什么……"

刘老师从他手里接过表格，轻轻放在桌上，然后扶他在一张吱吱乱响的椅子上坐好，又给他倒了一杯水。刘老师说：

"明明，说实在的，我没有想到你母亲会来学校。刚才她往表格上签字时，我看到她的手抖了好一阵。但她放下笔后，却出奇地镇静。她笑着对我说，你是一个有远大志向的孩子，现在的孩子能有几个有志向的？她为你感到高兴，所以，她支持你，完全支持你……"

随着刘老师缓慢的语调，明明的眼泪顺脸颊滚落下来。他别过脸去，抬起袖子抹去泪水，颤抖着嘴唇说：

"我也没想到她这么痛快。前两天我一直在心里错怪她，她不同意是正常的，因为我父亲也曾经是个飞行员，他失事了。我家的情况很特殊，你可能不清楚……"

"我们知道一些。"刘老师从上衣兜里摸出一支皱皱巴巴的烟，划火点着，"你母亲离开后，我马上把情况报告了校长。校长也很受感动，他让我转告你，安心参加下面的体检，耽误了课程学校将专门派老师给你补课。另外，你家生活上有什么困难，可以提出来，学校想法帮助你

241

和你母亲。你是十八中唯一的烈士子弟，过去学校对你关心不够，还请你和你母亲原谅。"

明明的泪水止不住地往外涌，刘老师的鼻子也酸酸的。刘老师猛吸一口烟，说：

"明明，别哭了，现在你该高兴才对呀。"

"是的，"他含泪笑了笑，"我高兴，我高兴……"

"你迈出第一步，很不容易。下面要做的，是先把表全部填好，下午学校要把所有的报名表送到市教委招生办公室。再过一个多星期，就要进行预选，预选合格的，再进行全面体检，很复杂的，有一个地方做不好，就会前功尽弃。"

明明点点头。其实他已经知道了往下的程序。刘老师边说边摁灭烟头，从桌上拿过那张只填过家长意见的报名表，递给明明，又递过一支钢笔。

填表时，明明的手有点儿不听使唤。最后是刘老师代他填的。

就这样，明明成了十八中第十三个报名参加招飞的学生。

刘老师将填好的表格爱惜地锁进抽屉，关切地嘱咐道：

"我连续三年负责学校招飞的事，知道选飞过程非常严格，成功者很少。因此，你也要做好两手准备，选上了，再好不过；选不上，也没关系，只要尽了力就行。关键是学习不能耽误，当不成飞行员，再影响了高考，岂不两头抓瞎？所以，你要分配好精力，至少保证一头不出问题。"

"我明白。"明明认真地说。

"当然，我希望你实现自己的愿望。"想了想，刘老师又说，"你和你母亲下这个决心不容易，既然下了，最好成功。再说，咱十八中好几年没出个飞行员了，这次就看你的啦。你先天条件好，成功的可能性肯定比别人大。"

告辞时，刘老师像上次那样，把他送到了楼梯口。

此时快到放学时间了。明明没有回教室，一来他不愿在众目睽睽之下进教室，估计同学们已经猜到了他的举动，他们的目光令他难以忍受；二来他想一个人单独待一会儿，好好想一想。孤独有时也是一种享受。

他来到了操场上。周围一个人也没有，微风吹过，沙石地面扬起细小的烟尘，接近正午的阳光均匀地洒下来，很温暖，很舒服。他坐在篮球架下的大石头上，抬起头来，他看到天是那样蓝，像清澈的湖水。他想起，已经有好久没有这样凝视天空了，过去的日子，虽然也是头顶一片蓝天，但蓝天遥不可及，蓝天不属于他，蓝天只是一个沉重的梦，这个梦不但没给他带来幸福，反而让他不寒而栗。现在，仿佛就在一瞬间，他突然获得了某种解脱，他可以踏踏实实地抬起头来，用一种过去没有的方式仰望天空了……

他感到，有一股激流在他稚嫩的身体里冲撞。他坐在凉凉的石头上，双手支着下颌，忘记了时间，忘记了地点，就那样长久地凝视着天空……

有一团白云从天上飘过。

有一队鸽子从空中飞过。

有几只麻雀从头顶经过。

有一片黑烟从远处掠过。

好像还有一只断了线的风筝在很远的地方飘，也不知风筝的主人是谁，更不知这只断了线的风筝会飘落到何方……

所有的一切都被阳光覆盖着，阳光下的万物宁静、安详，犹如睡着了一般。

放学的铃声响过了，明明没有听到。同学们回家时的嘈杂声溢满整个校园时，明明也没有听到。直到脖子和眼睛酸疼得受不住时，他才摇晃着站起来，但他仍处在恍恍惚惚的境界里。

这时，一个声音把他拉回到现实中——

"喂，这位同学，你为什么不回家呀？"

他吓了一跳，转过身子望着说话的人，一时没有反应过来。那人一迭声地问：

"你是哪个班的？有啥想不开的吗？是和家长闹了意见，还是和老师同学闹了矛盾？早就放学了，人都走光了，你怎么还待在这里？"

说话的人是校长。校长五十出头，背有点儿驼，讲话时喜欢打手势。校长责任心极强，除了吃饭睡觉外出开会，他很少离开学校，真正是以校为家，十八中无论是老师还是学生，都很敬佩校长。

"你叫什么名字？有啥想不开的，告诉我。"校长满面狐疑，朝前走了一小步，和蔼地说。

明明为自己的迟钝感到不好意思，他脸红了红，赶紧说：

"校长，我叫苏明明。"

"苏明明？"校长愣了愣，脸上的表情急剧变化了一下，摆摆手道，"噢，我对上号了，苏明明，苏明明……孩子，你没什么事吧？"

"没事的，我就想一个人待一会儿。"他摆出一副轻松自如的样子说。

"你是一个好学生，我都知道。以后不管有啥事，都可直接找我。快回家吧孩子，时候不早了，别饿肚子。"

"校长再见！"明明微笑着朝校长挥挥手，径直往大门的方向走去。他知道校长仍对他不放心，在远远地望着他，于是，他尽量装出轻松快活的样子，夸张地甩动着双臂，经过一只垃圾桶的时候，他还打了一声响亮的口哨。

来到校门口，明明朝身后看了一眼，发现校长仍站在原地未动，像一根树桩。

出了校门，他看到大街上车辆和人流都不多，平整的柏油路面在阳光下闪着白光，路边的草坪里，小草开始返青，几株迎春花的枝条抽出了新芽，离开花的日子不远了。此时正是午饭和午休时间，是一天中最寂寥的时光，整条街道都显得慵倦和静谧。

走出一段距离后，他才想起忘了骑自行车。

估计妈妈仍然在医院里，而且他也不觉得饿，于是他决定中午不回家了，一个人随便走走。此刻，他的思绪仍不平静，这几天，他不但把自己折腾得够呛，也把妈妈折腾得不轻，他们仿佛都大病了一场。而今，他像一个病后初愈的人那样，既为病中的经历感到后怕，又对未来的生活充满了信心。

临街的酒店饭馆里坐满了大吃大喝的人，透过茶色的玻璃，能看清他们酒后发涨的面孔像一只只饱满的巨大西红柿。明明想，也许这些人没什么烦心事，不然他怎能吃得下去？他真羡慕他们。从酒馆里飘出的酒气和荤腥气直顶鼻子，明明感到反胃，于是，他离开大路，折进了一条胡同。

走着走着，他觉得胡同两边的建筑物都比较面熟，好像以前来过。走到一座幽静的院落门口的时候，他才想起来，尹凡家就住在这个院子里，紧靠马路的那座二层小楼有一半归尹凡家。

明明记起，上次来尹凡家，是一个多月前，大年初一那天来拜年，而且是约了好几个同学一块儿来的。当年他们两家都住在燕子新村时，二人互相串门是常事，有时还在对方家里吃饭。上初中后，互相串门的次数就少了，尤其是尹凡家搬到这里后，他们基本上不串门了，每年仅仅是有数的一两次到对方家去。尽管他的妈妈很喜欢尹凡，尹凡的父母也很喜欢他，但他们还是尽量减少去对方家的次数，主要的原因谁都清楚，他们渐渐长大了，到了过去常说的男女授受不亲的年龄，来往多了，容易引起家长、同学和老师的猜测，如果再引出闲话，就更是得不偿失了。有什么事情需要交流时，他们一般都选择放学后回家的路上，短短的几句话，或是一个眼神、一个动作，就把意思传达到了。他们都觉得这样很好。

尹凡家的小楼是红砖结构，房子已有很多年头了，外观上很陈旧，临街朝西的一面布满了爬墙虎，但此时还不到发芽的时间，爬墙虎的枝条像一张挂在墙上的凌乱的渔网，看上去有些不顺眼。从外面看，这房子很一般，但里面是木地板，墙壁厚实，显得古朴典雅，房间面积也大，尹凡的卧室起码比明明的大一倍，尹凡住在里面，就像一个高贵的公主那样，令班里的很多女同学羡慕得眼珠子不舒服。

尹凡的卧室正是临靠马路的那间房子，爬墙虎的枝条遮住了墙上的小窗子。但向阳的大窗子正反射着阳光。明明站在一个适当的位置，能看到尹凡卧室的窗子，此时窗帘半遮半掩，窗台上放着一盆吊兰，吊兰的叶子已经发黄。紧挨着她窗子的，是她家宽大的阳台，阳台上晾晒着花花绿绿的衣服。明明一眼就认出，那件暗格呢子大衣是尹凡的。

这时候尹凡在干什么呢？明明想，她在睡午觉呢，还是在抓紧时间复习功课？他想，尹凡一般不舍得睡午觉，她肯定在抓紧时间看书。对学习，尹凡有一种天生的亲近感，很多同学学得厌厌的，发誓说，不管考上考不上，反正以后再也不这么傻学了，真是要学傻了，脑袋都快爆炸了。尹凡说，学傻了吗？我不这样看，我觉得我一天不看书，就像少了点儿什么似的。有人说，尹凡，你要是考不上大学，所有的大学都该关门了……

明明拿不定主意是否进尹凡家。他很想进去找她，把自己几天来的想法和今天报上名的事儿讲给她听。如果他报上名算是一个喜讯的话，那么，他要让她分担一点喜悦。他们是最要好的同学和朋友，除她之外，明明想不起同龄人里还有谁能与他共喜共忧。

但最后，明明决定不去她家。估计她的父母正在休息，她还有一个八十岁的老奶奶，老太太耳不聋眼不花，把她当珍珠宝贝一样护着。大中午的，进去扰乱人家毕竟不好。拿定主意后，明明退到稍远一点的地方，坐在马路牙子上，他打算在外面等尹凡，然后一起去学校。他抬腕看了看表，此时是一点整。下午两点钟上课，从这儿去学校不远，步行五分钟就到，尹凡一般一点五十分出门，也就是说，离尹凡出来还有五十分钟的时间。

面前的这条小马路很寂静，不见车辆，偶尔有一个骑自行车的人经过。明明坐在那里，感到脑袋发沉。他有点儿累，很想打个盹。但又感到坐在马路边睡觉，和小傻子差不离了。于是，他强打精神，睁大眼睛，耐心等尹凡。

在这段空闲的时光里，明明不由想起了他和尹凡过去的一些事情。

那时，他们两家都住在燕子新村。十几年前，燕子新村刚建成不久，是济南市最早建成的居民小区之一。施工时建筑工人伐掉了所有的树木，独独留下了两棵古老的杏树，那两棵杏树便成了小区最好的风景。每到初夏时节，树上结满了小拳头大小的青杏子，引得一些半大孩子们蠢蠢欲动。大人们警告说，谁也不许摘，等长熟了再摘。但没人听他们的，尤其是像明明那种年纪的男孩子，正是调皮捣蛋的时候。好像是他六岁那年，初夏时节，树上的杏子很显眼了，一天下午，大人们上班去了，明明和几个小伙伴一合计，决定上树摘杏子。明明个头比他们高，动作比他们利索，他很快爬到那棵果子密集些的树上，摘了满满两裤兜杏子。正在这时，有人在树下叫他，他低头一看，是尹凡。尹凡和他都在幼儿园上大班，他们是最早的同学。但尹凡那时很瘦弱，头发和小脸黄黄的，话不多，不合群，平时总爱咬着嘴唇走路，像个小可怜儿，小伙伴们都有些瞧不上她，不愿同她一起玩。明明也很少同她玩。

尹凡扬起她消瘦的小脸，望着树上的明明说："明明，扔给我一个好吗？"明明低头看了一眼树下的尹凡，说："去去，这儿没有你们女孩子的事。"尹凡说："就扔给我一个，行吗？"和明明爬上同一棵树的一个男孩说："明明，别理她，快点儿摘，大人们该回来了。"明明说："好，听你的，不理她。"他爬到更高一点的地方摘杏子。但尹凡仍不走，眼巴巴地望着树上。看她那可怜样儿，明明心软了，手一松，几个硬硬的青杏子朝她落去。她欢呼着扬手去接，手里没接到，却有一枚杏子砸在额头上，发出砰的一声。她捂住额头，蹲在地上，就不再吱声了。

明明下得树来，看到尹凡的额头上起了一个肿块。他表白说："我可不是故意的。你们女孩子的头真是不经砸啊，一个小杏子就砸成这样。"其实，刚才往下扔时，他是有意往她身上扔的，想砸她一下，这自然是他搞恶作剧。哪知尹凡轻揉着受伤处，反倒一个劲地安慰他说："不碍事的，不怪你，一点儿都不疼。我奶奶要问我，我就说，是我自己不小心碰的。"他感到这个小女孩很够意思，有点儿感动，想了想，便从裤兜里掏出一大把杏子塞给她。她只要一个，放在嘴边小心翼翼地咬了一点，酸得不行，马上吐掉了。其实，酸杏子很难吃，明明和小伙伴们上树摘杏子，多半出于好玩的目的，并非嘴馋。

长大后尹凡告诉明明，那次她找他要杏子，主要是想接近他，和他说说话，因为小朋友们都瞧不上她，平时没人愿意同她玩，她感到很难过，很孤单。见他们在摘杏子，她便犹犹豫豫走过去了。

逃离那两棵杏树后，尹凡邀请明明到她家里玩。明明毫不犹豫地答应了。若在以前，明明不会去的。尹凡的爸妈上班去了，只她奶奶一人在家。尹凡把明明介绍给她的奶奶，老太太热情地端来好吃的。这时，奶奶发现了尹凡额头上的红肿处，心疼得不行。尹凡告诉奶奶说，她刚才不小心撞在一棵树上，是明明小朋友主动把她送回家来的。老太太连声夸奖明明真是个好孩子，就拿那些好吃的，逼他吃，弄得他脸红红的，非常不好意思。本来，是他将尹凡的额头砸了个肿块，而他反倒受到了夸奖，在人家家里又吃又喝……

尹凡真是个很不错的小朋友呢，明明想。

打那以后，他们就经常到一块儿玩了。像他们这个年龄，出生时正赶上国家搞计划生育，明明没有兄弟姐妹，尹凡也是独生女，他们都需要个同龄的朋友来充实自己的生活。明明个头长得快，虽和尹凡同岁，却比她高出半头，他自然把自己当成了她的"保护神"，若有别的孩子欺负尹凡，明明会主动站出来帮助她，甚至不惜同别人动拳头。

后来他们一同上了小学。济南这地方的人虽不像风筝之乡潍坊的人那样迷恋风筝，但是，每到春天，周日或节假日，仍有很多小学生喜欢到空地上放风筝，有时拽着父母放，有时几个孩子约好一块儿放，边放边叽叽喳喳地叫，放上天的就高兴得不得了，放飞失败的就垂头丧气。小小的风筝对于孩子们来说，不仅仅是一个休闲的玩具，更重要的是一种理想的寄托——谁不希望自己到达一种更高更远的境界呢？

明明喜欢放风筝，尹凡也喜欢放。而且尹凡的手很巧，别的孩子放的风筝大都是从商店买的，她会自己动手做，几张纸片一糊就成了，样子虽不好看，但能放飞起来就行。

好像是他们上三年级的那年春天，一个星期天的上午，尹凡拿着自己糊的纸风筝来到楼前的空地上放飞。明明远远地望着她，脸上的表情十分复杂、古怪。那时，他的爸爸已经出事了，他开始对凡是能飞翔的东西感到恐惧了。他永远不会忘记，去年秋天因为他跟同学们一起到金牛公园坐了一次小飞机，而遭到妈妈的一顿责怪。他已经能够意识到，也许此生自己再也不能面对蓝天和飞翔了！

他感到难过，感到沉闷，但又无可奈何。

借着一阵强劲的风，尹凡手中的风筝高高地飞上了天，她兴奋地招呼明明过去和她一起放。明明面无表情，一动不动。尹凡扭头冲他说："你怎么啦，我惹你不高兴了吗?"他不语，坐在路边草坪的护栏上，低下头去，脑袋埋在臂弯里。尹凡感到奇怪，牵着线走到他身边，说："你病啦，还是丁阿姨批评你啦？"他仍是不说话，脑袋埋得更深。尹凡更是不解其意，咕哝道："你这人真是怪，昨天还好好的嘛，今天怎么这个样子……快看，我的风筝飞得多高呀！"

他终于抬起头来，眼里噙着泪。也许这时候，尹凡才意识到他的处境和心情，马上住了嘴。尹凡默默地陪他待了一会儿，然后小声说："明明，对不起，我……我也不放了。"话音未落，尹凡的手松开了，离了线的风筝向着更高更远的天空飞去……明明突然觉得，自己的心情不正像这只断了线的风筝吗？

那天，尹凡默默地陪了他好长时间，他们都不再说话。他眼里的泪干了，尹凡的大眼睛里却一直闪着泪光，像一潭清水，使他深受感动。也许正是那一刻，明明把尹凡当成了他最好的、最知心的朋友。这种少年时代的纯真友谊他永远不会忘记的，永远不会……

此刻，明明坐在尹凡家附近的马路牙子上，一任自己的思绪飞扬。忽然，一个声音唤醒了他，他抬起头来寻找，模糊中看到尹凡卧室的窗前有一个熟悉的影子。这时，窗户从里面推开了，尹凡探出头来，冲他招了招手。

在他发愣的当儿，尹凡小跑着出了院子。尹凡责怪道：

"你待在外面干啥，怎么不进家？"

"我怕影响你爸妈他们休息，"他说，"反正也快到上课时间了。"

"嗨！家里就我一个人。我爸妈都在单位，他们今天中午没回家；奶奶昨天去青岛我姑姑家了。走，进去坐会儿。"

他抬腕看了看表，差二十分钟两点，就说：

"不进去了，咱们慢慢走着去学校吧。"

"也好，你等等。"尹凡想了想，说。

几分钟后，尹凡肩挎书包从家里出来，他们慢悠悠朝学校的方向走。

"你刚才干啥啦?"明明没话找话说。

"我没睡成觉,也没看进书,总觉得有点儿什么事情,心里老不踏实。后来趴窗户前往外看,就看到了你。"尹凡一副高兴的样子。

走到胡同口时,明明停住脚步,望了一眼尹凡,郑重地说:

"我想告诉你——我报名的事,成了,我妈妈同意了。"

这个结果似乎已在尹凡的意料之中,她没显出吃惊。愣了愣,她望着他,用缓慢的口气说:

"你是不到黄河不死心。我不知道该表示祝贺,还是感到遗憾。现在,你满意了,不需要安慰了……"

他感觉到,尹凡此时的心情好像比他还要复杂。他无言以对。停了停,她轻轻叹了口气,又说:

"现在需要安慰的,是丁阿姨。我早就看出,她会同意你的,因为她是一个非常坚强的人!"

他心里猛地一紧。尹凡的话提醒了他——他想,妈妈这会儿在干什么呢?她是难过还是高兴?……他不敢往下想了。

下午放学的铃声一响,明明第一个蹿出教室,噔噔噔跑下楼,跑进停车棚,推起那辆破自行车,发疯似的往家骑。

开锁进家之前,明明在门口愣了好一会儿,直觉告诉他,妈妈就在家里。他有点儿害怕见妈妈,但又恨不得马上见到她。他就在这种心情的驱使下轻轻打开了房门。

妈妈果然在家,正躺在床上休息,好像睡着了。斜阳透过窗子,照在妈妈憔悴不堪的脸上,妈妈昔日动人的容貌已经一去不返了,他不觉心头一阵乱抖……

家里死一般的静。他在客厅里转了两圈,不知干什么好。这时,妈妈动了动,用游丝般的声音唤道:

"明明，你过来。"

他蹑手蹑脚走到床前，坐下，握住妈妈冰凉的手，心里非常想说点儿什么，但又不知说什么好。

妈妈睁开眼睛，细细端详他。他觉得脸滚烫滚烫，像着了火。渐渐地，妈妈的眼里闪烁出泪光，他下意识地攥紧妈妈的手，不敢看妈妈的眼睛。

过了好久，妈妈才开口说：

"孩子，人这辈子要经历很多事情，有些事情是意想不到的……我记得当年你爸说过，他当上飞行员时，很多人都羡慕得不行，一条街上的邻居都来家祝贺。后来我和你爸交朋友，认识我的不少女孩子眼珠子都红了，她们嫉妒死我了……当然，这些已经成为过去……"

妈妈好像在自言自语。

他想，那逝去的一页一定是个十分美丽的故事。

接下来，妈妈又讲了许多属于她和爸爸的事情。妈妈诉说时的语调非常平和，仿佛在叙述别人的故事。后来，妈妈话题一转，讲到了他报名参加招飞的事，他感到血液快速地涌进脑袋，不由低下头，呼吸变得急促起来。

然而，妈妈仍用平静的口吻说：

"干你爸那行，是挺让人提心吊胆。可话又说回来，人活着，就要担风险，走在大街上，还可能撞车，你不撞他，他偏要撞你；就是待在家里不动，还有墙倒屋塌的时候。这些道理我都懂。"

说到这里，妈妈顿了顿，微微叹了口气，又说：

"常言道，有其父必有其子，这话搁咱家，一点儿不假。你很小的时候，就对你爸那行感兴趣，我都看在眼里了。这些年我嘴上没说，但心里清楚。你当然会明白，你爸爸出事后，对咱娘俩打击很大，我不能

252

不顾虑重重。所以，前几天你提出报名，我一直犹豫，吃不下饭，睡不着觉，想呀，想呀，总也理不出个头绪。今天早晨上班，走在路上，不知怎么的，我突然就想通了，全想通了。"

他紧紧握住妈妈的手，仿佛生怕妈妈突然从他面前消失。此时天色向晚，夕阳最后的一线余晖照进房间，涂抹在妈妈脸上，妈妈看上去圣洁、安详极了，宛若童话中的圣母。他真切地感到，妈妈身上放射出的光辉照亮了他的心胸……

"你呀，和你爸一个脾气。你长大了，有了这心，想拦都拦不住，所以我不会拦你。再说，你有自己的理想、志向、追求，也确实有这个身体条件，我没有理由阻止你呀！我还想到，如果你爸爸地下有知，他肯定也会支持你的！没有人比我了解他……"

说这话时，妈妈坐了起来，目光炯炯地望着他。外面又刮起了风，风声传来，愈发显得房间里寂静无比。明明嘴唇哆嗦着，再也忍不住了，猛地伏在妈妈腿上，嘤嘤哭了起来。妈妈一下一下轻轻拍打他的后背，就像拍打一个婴儿。过了一会儿，妈妈抬高嗓门，动情地说：

"明明，妈妈应该感谢你。这些年来，我觉得自己心都死了，是你唤回了我当年的激情，才使我一下子又变得年轻了。"

"不！妈妈，是我不懂事……"他边哭边说。这是他回家后说的第一句话。

"儿子，你这是什么话！"妈妈有点儿生气，"你没错，一点儿没错！听我的话，以前的事情就不要想了，现在最要紧的，是合计合计下面的事。既然报了名，就得想办法当上你的飞行员，绝不能半途而废！"

妈妈的话打动了他。他抬起头来，透过迷蒙的泪眼，他看到妈妈正用信任、坚毅的目光望着他。这时，妈妈脸上露出了笑容。那是一个灿烂的微笑，它使已经到来的黑夜不再可怕……

妈妈的这个笑容深深地刻在了明明的脑海里，他觉得一生一世都不会忘记。

大客车爬上一个陡峭的山口时，苏特把手伸出车窗，朝前方一指，大声说：

"快看，那就是咱们的机场了！"

车上的人都顺着苏特的手指望去。果然看见大山的根部有一条亮丽的带子在闪耀，像一条平静的河流。那是嘉宁军用机场的水泥跑道。影影绰绰地还能看到一排排停放的战鹰，在阳光下闪着动人的银光。

这是一九七三年夏天的一个下午，他们终于结束了四年的航校生活，分到了刚建成不久的嘉宁军用机场。这座机场四面环山，整个地形就像一只巨大的盆子，跑道和营房处在盆底。机场建在山沟里是为了战争的需要，便于隐蔽。

分到嘉宁机场的新飞行员除苏特和高水田外还有三个人。去车站接他们的训练参谋说：

"部队有好几年没补充新飞行员了，快要断茬儿了，以后就看你们的啦！"

嘉宁机场的跑道质量没得说，部队装备也是当时最先进的，清一色的歼6飞机。唯一的缺憾就是机场建在大山沟里，条件十分艰苦，这使他们几个人略略感到失望。好在这是一支战功卓著的部队，当年在朝鲜战场上曾出过大名，威风八面。到达目的地后，苏特他们给分到好地方的同学写信时，便都不由自主地加上了下面的话：我们部队厉害得很，听说美国中央情报局都有我们专门的档案。你那个部队不行，无名小辈……

这算是一个安慰，一个挺值得骄傲的安慰。

机场附近没什么好玩的，离最近的嘉宁县城六十里，且那个小县城到处飞扬着黄尘，土得掉渣儿，去过一次就不想去了。那个年代，部队的飞行任务并不重，一般只进行简单的保持性的飞行，很少搞高难课目训练，久而久之，飞行员们的技术水平下降到令人摇头的地步。按照条令规定，新飞行员到部队后仍要由老飞行员带飞一段时间，飞那种双座的歼击教练机。苏特跟一位中队长飞了几个起落后，就发现中队长水平很一般。他在航校已经飞了上百个起落，技术达到了较高的水平，他觉得跟中队长学不到什么新东西。私下里，他和高水田议论，说有点儿失望，没想到这支有名的部队，它的成员技术水平如此一般化，真不知当年在朝鲜战场上是怎么和美国人干的。高水田也有同感，他认为与这几年飞得太少有关，飞行员不搞飞行，还算什么飞行员？

耐心等着吧，不会老是这样子的。他们互相安慰说。

空闲时间，苏特就拉高水田去散步，他们在营院里散步，在弯弯曲曲的山路上散步，最惬意的是在跑道上散步。宽阔而坚实的跑道在脚下伸展，走在上面，有时便觉得自己十分威武，雄壮非凡，众多的苦恼便被抛在了脑后。

在跑道上散步成了苏特和高水田最固定的节目。

自然是边散步边交谈，话题离不开飞机和飞行。有一次，不知是谁先提到了莱特兄弟。二十世纪初，美国的威尔伯·莱特和奥维尔·莱特兄弟研制的以内燃机做动力的双翼机"飞行者"号，在北卡罗来纳州的幼鹰海滩试飞成功。这是人类有史以来的第一架能升空的飞机，从此开创了人类航空史的新纪元。后来，他们甚至谈起了埃里希·哈特曼，这个德国空军的著名飞行员在第二次世界大战中共击落三百五十二架飞机，是迄今为止击落飞机最多的飞行员。击落飞机超过三百架的还有一个飞行员，那便是哈特曼的好友法尔德·巴尔克霍恩，他的战绩是击落三百零一架。

"这两个家伙，真让人眼馋。"苏特摇摇头说。

"是呀。"高水田颇有感慨地说，"待日后有机会，谁敢说咱俩成不了哈特曼和巴尔克霍恩那样的人？哼！这两个家伙，真牛气呀……"

一次，苏特抬头望了望被夕阳染红的半边天空，动情地说：

"假如有一天我飞到一个特定的空域，在某个外星球的巨大引力下离开了地球，那我就再也见不到爸爸妈妈了。"

高水田用古怪的眼神望着苏特，大声说：

"你这家伙，哪来的那么多奇思妙想？我真服你了！"

"是这神秘的天空给了我想象力！"苏特笑说，脸上一副陶醉的表情。

在后来的岁月里，高水田一直无法忘记苏特的这个比拟。

又有一次，上午飞行时，高水田不小心出了一个差错，团长和大队长狠狠批了他一顿。吃过晚饭，他情绪不好就一个人走出宿舍。但苏特很快追了上来。他们手插在裤口袋里，慢慢地沿着去机场的小路踱步，谁也不说话。路两边的芙蓉树上，花儿已经缀满了枝头，粉团儿般的芙蓉花在微风吹拂下摇摇摆摆，间或有一朵花儿跳下树来，接地时便有轻轻的叹息般的声音……

来到机场，他们不约而同转过脸，看到夕阳正沉沉欲坠，温柔的血一样的红光潺潺流来，涂满了他们全身，像给他们披上了远古时代的战袍，不由使他们想起童年，想起校园，想起逝去的一些事情。后来他们甚至想到了战争。当那些残酷而美丽的画面在脑海里掠过之后，他们把目光收回来，望向停机坪。此时天色已晚，满天遍野的红光也已褪尽，天空变得灰蒙蒙的，显得很沉重。望着停机坪上的剪影样的飞机，高水

256

田咧了咧嘴角，突然问：

"苏特，你说如果没有飞机天空会怎么样？"

"那样天空就太寂寞了。"苏特几乎不假思索地说。

"寂寞有时比喧嚣更吸引人，更有意思。"

"你怎么啦？"苏特用怪异的目光望着高水田，像望着一头怪物，"得了吧，天上有那么多白云姑娘没人去追逐，任她们在寂寞中苍老，岂不可惜！"

高水田开心地笑了，心中的烦恼一扫而光。苏特也笑了起来。他们的笑声在空阔的跑道上回荡。

之后，他们走向停机坪。哨兵见是两个穿皮夹克的飞行员，没有阻拦。

当一阵略带凉意的风刮来的时候，苏特歪了歪脖颈，竖起耳朵，像在探听来自天外的遥远的声音。少顷，他竖起右手食指放在嘴边，庄重地对高水田说：

"嘘，你听——"

高水田屏住气息，凝眉细听。啊，他也听到了那个声音，那声音并非来自天外，而是来自面前的战鹰。他隐隐听到面前的飞机发出阵阵强烈的金属的鸣响，那鸣响玄妙极了，感染了空气，感染了人，整个世界似乎都发生了共鸣，随着那声音，他的心脏剧烈地颤抖……他好像还感觉到，在这种震颤人心的鸣响中，飞机成了透明物，通体变得晶莹剔透，里面的每一根导管都像血管那样，汩汩的血液在流淌……

这海市蜃楼般的壮观景象人这一辈子能感受到一次就够了，足够了。心潮澎湃的高水田禁不住这样想。他用感激的目光望着亲爱的战友和兄弟苏特，他觉得苏特总是给他意想不到的启迪和影响，令他无法忘怀。

许多年后，高水田当上团长的第一件事，就是在一个傍晚，带领一批新飞行员来到飞机前。他庄严地对他们说：

"你们都给我好好听听，好好看看……"

这年年底，苏特和高水田因为由教练机改装战斗机速度快质量好，双双荣立了三等功。

第 七 章

1995 年 3 月 13 日　星期一　阴

今天到体检站参加预选，我顺利过关了，这原在意料之中，不必过分高兴。虽然检查不算太严格，却有一半左右的同学被淘汰了，这使人感到参加招飞确实不容易。负责招飞的首长说，以后如果我遇到小问题，他们会适当照顾的。但我更希望通过自己的努力全部过关。

1995 年 4 月 4 日　星期二　晴

连续两天参加大体检，真像打仗一样，惊心动魄，大喜大悲，每个人都扒了一层皮，成功者欣喜若狂，失败者垂头丧气。我也遇到了麻烦，我的空间定向能力有问题，可能是我太紧张了，脑子乱了方寸，并非身体原因，而是心理原因。我面临被淘汰的厄运，当时吓坏了。

还好，最终我战胜了自己，取得了圆满成功。老师和同学们都认为，这是天意……

三月十三日那天，济南地区的上百名考生来到指定的地点进行预选。这次预选也叫初检。每所学校参加预选的考生都有老师带队，十八中的带队老师是苏明明他们班的班主任刘老师。

昨天晚上，妈妈早早打发明明睡下后，伏在他床前说：

"我明天就不陪你去了。我去了，你反而紧张。"

明明说："你不用去，我觉得一点儿问题没有。"

十三日一大早，他们都来到学校集中。刘老师站在队前叮嘱说：

"同学们，预选虽然不像大体检那么严格，但谁也不能大意，这次要是被刷下来，可真是过了这村就没这店了。你们明白吗？"

大家齐声说："明白啦！"

接着，刘老师又嘱咐大家机灵点儿，脑袋瓜别像块木头，有些问题能逃过体检医生眼睛的，尽量想法逃过去，有些病史能隐瞒的，尽量隐瞒。说到这里，刘老师自己先嘿嘿笑起来。他说：

"我是为你们好，希望你们都能成功。当然，有的问题想隐瞒都瞒不住，我是指那些无关紧要的问题。"

十几分钟后，他们乘学校特意派的大轿车来到六里山路的体检站。这里原是一家小招待所，空军招飞部门租了下来，用来进行体检。

已经有不少应试者先他们而来，都是市内各中学的考生。大家三人一群五人一伙的，围在一起小声议论着什么，表情都有点儿紧张。

明明和于小伟、周超是一个班的，他们自然凑到了一起。于小伟说：

"老天保佑，咱们三人都能过关。"

这时，一辆桑塔纳轿车在他们身边停下，钻出来一个胖胖的中年人。此人是周超的父亲，专门倒腾海货的老板，明明以前见过他，他确有一副大老板的派头，西装革履，戴金边眼镜，头发梳得锃亮，怀揣大哥大。周超把自己的父亲向明明和于小伟做了介绍。周超的父亲爽快地说：

"你们是周超的同学，很好。体检时碰到麻烦，需要请客送礼什么的，不好向家里要钱，就跟我说，我给你们安排。"边说边晃了晃手中的鳄鱼皮包，似乎里面全是百元大票。

预选工作八点半准时开始，考生们按照事先排定的顺序依次进入楼内。预选的主要内容有体格、政治、心理品质、自然状况四个方面。体格检查涉及的主要科室有眼科、内科、外科和耳鼻喉科。由于这次预选属于简单性的检查，进行得很快，不一会儿就轮到了十八中。

仅仅用了不到一个小时，明明就完成了全部的预选项目，尽管他胸有成竹，但仍感到顺利得出乎意料。他注意到，招飞部门的军官找体检合格的考生谈话时，一般都是军衔较低的人来谈，唯独找他谈话的是一位大校军官。后来明明才知道，他是招飞办公室的程主任。程主任和蔼地对他说：

"苏明明同学，我们知道你父亲的事，报名的考生中，像你这样的，不会有第二个，我们非常希望你最终成功。以后进行各项检查时，有什么小问题，我们会适当照顾的，请你放心。"

"谢谢首长。"他感激地说，"但我更想通过自己的努力全部过关。"

"那样更好。"程主任笑道。然后叫过一位上尉军官，向明明介绍说，"苏明明同学，他是组织计划科的刘元泉干事，以后有什么事，你可直接找刘干事联系。"

刘元泉上尉三十出头，面孔白净，长得一表人才。刘上尉亲自送明明来到大门口。他热情地握住明明的手，说：

"苏明明，我和你爸爸在一个机场待过……没想到你都这么大了。你要加倍努力啊，如果你能成功，意义就大了。我们招飞办公室的人都盼望把今年的001号录取通知书送到你手中！"

一股暖流涌遍苏明明全身，他紧紧握住刘上尉的手，不知说什么好。

这时，周超的爸爸跑过来，嘴里同志同志地叫着，分开明明，把刘上尉拉到了一个僻静处。原来，周超给刷下来了，他的鼻子出了毛病，鼻窦炎。周超垂头丧气地立于路边，刘老师和于小伟在安慰他。看样子于小伟过关了。

明明来到周超跟前。周超难过地捂着鼻子说：

"明明，我真倒霉，一上去就给拨拉下来了。该死的鼻子！"

刘老师劝道："周超你冷静点儿，又不是你的错。不该吃这碗饭，说啥都没用。"

那边，周超爸爸再三央求刘上尉帮帮忙，他从鳄鱼皮包里掏出一个鼓鼓囊囊的信封硬往刘上尉的怀里塞，还说中午一块儿到齐鲁宾馆撮一顿。刘上尉坚决拒绝了。刘上尉提高嗓门说：

"老周，这忙谁也帮不上。别说你，就是省长市长的孩子，身体不行也不能招。赶快让你孩子好好上学吧，兴许能考上大学呢！"

刘上尉走了，周超爸爸红着脸踱过来，对周超说：

"看来你不是这个料，咱就死了这条心吧。不过没关系，你当不上飞行员，考不上大学，都没关系，念完高中干脆到我公司当差，我任命你当副总经理。"

不光是周超没过关，十八中十三名考生中，只有七名预选合格。其他中学的情况也大致如此。并非很严格的预选，就稀里哗啦刷掉了一半人，可见参加招飞是多么艰难。那些预选合格的考生见状，心里反倒更不轻松——等到大体检时，自己的命运又将如何呢？

四月到来后，济南的天气已经很热了。从四月三日开始，全省预选合格的考生统一集中到济南进行大体检。体检地点仍是六里山路的那家不起眼的招待所。

大体检又称全面检测。早在三月下旬，招飞办公室的刘元泉上尉曾来过明明家一次。刘上尉告诉明明，即将来临的大体检是最为重要的检测，因为大体检检测的项目最多，内容最全，下的功夫最大。按照招飞工作规定，通过全面检测的考生身体和心理品质就算基本合格。刘上尉进一步解释说：

"飞行员要在高空条件下进行作战训练，身体素质必须适应这种特殊条件下的特殊要求，譬如抗负荷能力、平衡机能、耳气压机能、视力、听力、耐力等，否则，很难承受紧张、复杂、高难度、高强度的作战训练任务，因此，具有强健的体魄和充沛的精力对飞行员来说至关重要。"

离大体检还有好几天的时间，妈妈就不断给明明鼓劲，并在生活上百般照料，督促他吃好睡好，避免疲劳。妈妈比他更了解飞行员，因为她的丈夫曾是个出色的飞行员，她和丈夫共同生活了十年，十年的时间虽不算长，但她已经利用这段不算长的时间摸清了飞行员的职业特点。

"我不担心你的身体，"妈妈说，"如果身体的哪个器官有问题，再努力也没用。关键是心理品质。对于飞行员来说，心理品质才是最重要的。我记得从一本书上看到过，飞行员心理品质条件主要有：良好的感知能力和记忆力、良好的手足运动和协调能力、良好的情绪控制能力、良好的意志品质、良好的空间定向能力。"

见他流露出畏难情绪，妈妈又说：

"飞行员也是人，不是神，不可能十全十美。关键是检测时要放松，放松，再放松，不要紧张。也就是说你要找到感觉。从今天开始，你就把自己当成一个飞行员，当成一个合格的飞行员，怎么样？"

四月二日那天是星期日。下午，尹凡突然来了。妈妈见了尹凡，喜滋滋地说：

"哟，好久没见了，你这丫头越长越漂亮了。"

"丁阿姨，每次见面你都夸我，以后我就不好意思再来了。"尹凡红着脸说。

"不是夸，确实是更漂亮了。你来得正好，明天明明就要进行大体检了，你去陪陪他吧。"说完，妈妈借故走开了。

他们闲聊了一阵后，明明若有所思地说：

"尹凡，如果我体检失败，你说我妈是高兴呢，还是难过？"

尹凡一时没弄懂他的意思，回答不上来。

"我有时想，可能我体检失败更合我妈的心意。"他含混不清地说。

"你错啦！"尹凡正色道，"你那样想，说明你把丁阿姨看低了。丁阿姨绝不是你想象的那种人！"

见尹凡一副很不理解的样子，明明马上改口道：

"我是说着玩的。就算我是小人之心度君子之腹，行吧？"

尹凡皱着的眉头这才舒展开。但她仍用严肃的口气说：

"我从来都认为，飞行员是天底下最浪漫、最光彩、最神圣的职业之一。当初你报名时，我的态度不明朗，那是因为我主要为丁阿姨着想。现在她支持你，我肯定也支持你。你好自为之吧！"

尹凡随身带来几盘磁带，全是著名的钢琴曲。他们在接下来的时间里，一同沉浸在流水般的乐曲中，一直到天黑。尹凡告辞时，明明对她说：

"这些曲子更使我增强了信心。尹凡，谢谢你，真的谢谢你！"

十八中的七名考生仍由刘老师带队去体检站。那几天，来自全省各地的数百名应试者把个小小的体检站搞得人满为患。这次检测光体格检查就分内科、外科、眼科、耳鼻喉科、神经科和特检科六大项二百多小项，涉及人体各主要部位及与飞行有关的所有部位，动用了许多先进仪器及特殊仪器，检测之全、之细、之准确是一般健康体检无法比拟的。

似乎是天意，明明的体格检测一路绿灯，几乎没遇到任何麻烦，每个科每一项都顺利得出奇。但在第二天下午进行心理品质检测时，问题来了。

问题出在他的空间定向能力上。

这项检测在一间四壁一模一样的房子里进行，房间中央放置着一把电动转椅。他坐上后，检测官让他先指明方位，再闭上眼睛，然后检测官按下了按钮。一阵疯狂的转动过去之后，椅子停下来，检测官让他指示东西南北方位。他全指示错了。再转，再指示，仍是不对。如是者三，均未成功。他觉得他太紧张了，那种疯狂的转动使他如坠云雾之中，似乎牵动了某一根敏感的神经，他感到五脏六腑仿佛被抽空一般。检测官不由得摇了摇头，对他说：

"小伙子，你的空间定向能力有问题，也就是说，如果让你驾飞机上天，你会发生方向错觉。"言下之意，他面临着被淘汰的厄运！

冷汗霎时涌上来，他觉得脑袋一阵眩晕，几乎要垮掉了。

刘元泉上尉闻讯赶来，对检测官说：

"这名考生所有的条件都不错，不能轻易淘汰。程主任指示，先让他稳定一下情绪，然后再反复给他检测。"

刘上尉又对明明说："你肯定太紧张了，心里不平静，越紧张越容易出错。走，到外面散散心。"

他艰难地出了检测室，双腿如灌了铅一般。来到楼梯拐弯处，他停下了，透过明亮的窗子，他看到外面的马路上站着许多考生，还有一些家长和老师陪着他们。考生们有的孤立于路边，有的围成一堆交头接耳，他们大都神情沮丧，面色灰暗，只有少数人喜形于色。

他看到了刘老师和两个同学，他们扬起脸来，焦急地朝楼上张望。昨天，十八中的七名考生就淘汰了三个，剩下的四人中，今天下午又干掉了两个，目前仍有一线希望的，只有他和于小伟了。于小伟现在正进行眼睛检测。

一个熟悉的身影闪进眼里。是妈妈。妈妈可能刚到，她躲在一棵法桐树后面，眼睛在乱糟糟的人群里睃巡。本来他和妈妈说好了的，像上次体检那样，不用她陪着，以免他分心。然而，妈妈终究还是忍不住跑来了，似乎她又不愿让人看到，所以故意躲在人后。

明明感到脸上一热。妈妈终于看清了站在窗前的他。他看到妈妈焦渴的目光正望着她。妈妈的眼里是无言的期待和鼓舞，他顿觉一股清流涌满心间，脑子在这个瞬间完全清醒了。他抬起手臂，朝妈妈缓缓挥手，妈妈也举起手来回应他……

五分钟后，明明再次走进检测室。电动转椅疯狂旋转起来的时候，他觉得自己升到了空中，他飘呀，飘呀，白云缠身，轻风扑面，太阳向他送来温暖和微笑，他感到无边的幸福、惬意和自由……转椅刚一停顿，他毫不犹豫地指示了四壁所处的方位。检测官满意地点点头。再转，再指示，仍是准确无误。如是者三，全部正确。检测官一边往一张表格上填意见，一边自言自语道：

"真是日怪了。一会儿的工夫，就像换了一个人……"

一直等在门口的刘上尉推门走进来，刘上尉见状高兴地拍着他的肩膀说：

"苏明明，祝贺你，你成功了！"

就像到达了一个迷人的境地，他的脑子在这个瞬间像开了锅，竟忘了对刘上尉说句感谢的话。他晃晃悠悠地往外走，差点儿撞在一个人身上。仔细看，是于小伟。于小伟一副失魂落魄的模样。看这样子，他知道于小伟凶多吉少。果然，于小伟带着哭腔说：

"明明，我完蛋了，右眼睛玻璃体浑浊，医生下了结论，不合格……"

对于飞行员来说，这种毛病是致命的，航空医学上把玻璃体浑浊称为"视见迷雾"。如辨认空中目标时，会把一只鸟误认为一架飞机，或把一架飞机误认为一只鸟；在低空大速度飞行状态下观察地面目标时，

266

大地相对移动速度很大，更容易在视觉上产生错误，如将一辆坦克看成一队坦克。

于小伟难过得几乎要哭出来，明明不知道该怎样安慰他。于小伟说：

"我是真心实意想当飞行员的，只差一步就要成功了，偏偏眼睛出了毛病……我小时候和人打架，右眼出过血，才造成这个后果。当初为什么要打架？我他妈真后悔……"

"小伟，先别急，咱再想想办法。"这时，明明想到了刘上尉，觉得找他走走后门，兴许还有一线希望。于是，他又说，"你先别走，等着我。"

他去找刘上尉，把于小伟的情况说了一遍，说他和自己一样，非常非常热爱飞行事业，将来会是个很不错的飞行员，又说，医生会不会检查得不准？刘上尉说，那好吧，我领他再检查一遍试试。

刘上尉亲自带于小伟进了眼科检测室。一刻钟后，他们出来了。刘上尉摇头说：

"找了三个医生检查，还是不行。如果在临界点上，可要可不要的话，我就想法儿要他。但差得太多，不好办。"

就这样，于小伟成了十八中的最后一个落选者。明明则是十八中唯一一个成功者。二人往外走时，无论是心情还是面部表情，都是截然不同的。

刘老师和那两个同学劈面迎上来。刘老师问明情况后，欣慰地说：

"我没有白忙活，总算没全军覆没。明明，你所以成功，我认为并非人力所为，而是天意，完全是天意使然！"

明明抬起头来，望着春日明净的天空，眼里不觉有了泪水。这时，妈妈从树后面闪出身子微笑着朝他走来，他缓缓地迎上去……

一九七五年夏天，二十三岁的女大学生丁琳迎来了她生命中的一段难忘的岁月。

丁琳是山东医科大学的工农兵大学生。几年前她到历城县农村插队，因为表现好而被推荐上了大学。她是个活泼可爱、容易接近、调皮、带点儿幽默感的姑娘，能够在众多的竞争者中捞到一个上大学的名额，与她人人都喜欢的性格有很大关系。

暑假时，她坐火车去了住在嘉宁县城的姨妈家。但嘉宁县城太小了，实在没什么好玩的，尤其是姨妈家屋后面的高音喇叭整天响个不停，翻来覆去地播送社论文章，弄得她烦烦的。于是，在姨妈家待了几天之后，她决定回济南。

就在她临走的前一天，在县农机厂当厂长的姨父说，他们厂明天组织劳模到六十里外的飞机场参观，姨父问丁琳是否跟着去参观一下。她歪着脑袋想了想，觉得去玩玩也好。飞机在她心目中是一种很神秘的东西，而越是神秘的东西越能吸引人。她决定推迟一天返济。

她那时并不知道，正是这个小小的念头改变了她的一生。

第二天是个星期天。农机厂的一辆五〇型拖拉机把二十多个人拉到了六十里外的飞机场。丁琳在满身机油味的工人兄弟姐妹队伍里，显得鹤立鸡群，十分惹眼。为保密起见，部队只能让他们参观停在营院里的那架教学用的旧飞机，由团长进行讲解。参观过后，大家被团长带到休息室喝茶，双方人员顺便交流交流国际国内的大好形势。

丁琳没有进休息室，她对这样的参观不满足，她的小脑袋似乎想要装进更多的东西。于是，她睁大眼睛四处寻找，试图发现点新鲜玩意儿。这时，她看到不远处的宿舍楼门口有两个健壮的飞行员在聊天，便毫不犹豫地走了过去。

"两个飞哥行行好，"丁琳这样对他们说，"领我参观一下真正上天的飞机，让咱正儿八经地过过瘾。"

那两个飞行员不是别人，正是苏特和高水田。

苏特和高水田怔怔地望着丁琳，面前这个陌生女孩子的举止让他俩感到新鲜。那天丁琳穿一身湖蓝色的学生装，留着男孩子样的短发，这种装束在那个年代不易看到。热风吹来，掀起她的衣衫，她的上身鼓胀胀的，如同成熟的南瓜。她小巧的鼻子和两颗小巧的虎牙看上去很调皮，圆圆的脸蛋上几颗若有若无的雀斑在阳光下闪闪烁烁，好像是几粒小星星。

就在那个瞬间，丁琳令两个男人的心脏猛地跳动了几下。

苏特后来多次想到，如果那天他和高水田不在宿舍楼门口聊天，肯定不会遇上丁琳，自然也就不会有后来的故事了。

苏特最先反应过来，他大大方方地把自己和高水田介绍给丁琳，丁琳也向他们进行了一番自我介绍。苏特想，这样的女孩要求看看飞机，恐怕谁也不好拒绝。他和高水田一商量，决定带她去机场。

在机场入口处，站岗的警卫拦住丁琳不让进。苏特一眨眼睛，说她是师长的外甥女。警卫一听，吐了吐舌头，马上放行。他们赶紧拐向停机坪。

"苏特，你可真会开玩笑，我稀里糊涂成了师长的外甥女了。"丁琳笑着说。

"这叫随机应变，不然，你别想进来。"苏特说。

他们把丁琳领到机场最偏僻的八号机窝，苏特笑嘻嘻地塞给正给飞机做检查的机械师一包烟。机械师故意拉下脸来说：

"你这家伙净搞鬼。快让她看吧，千万别让她瞎碰。"

丁琳钻进了座舱。她抚摸着面前密密麻麻的仪表，问这问那，苏特和高水田轮流给她讲解。她咂咂嘴说：

"好神秘呀。你们记着点儿，下次上天用小瓶子帮我装朵云彩带回来。"

苏特大笑："这是飞机，不是马车，座舱是密封的。"

丁琳耸耸小鼻子，做个鬼脸跟着笑。她唇上细微的茸毛反射着温柔的阳光，刺得苏特心里痒痒的。丁琳停住笑，摆出一副认真的样子，说：

"告诉你们，以前我在《人民画报》上看到过女飞行员的照片，她们好帅气哟，我羡慕得不行。你们部队什么时候招女飞行员？到时候我也来试试。到天上去，和蓝天白云打交道，多么神气呀，做神仙也不过如此吧？"

于是苏特就想，如果将来自己有了权力，一定让丁琳当飞行员，哪怕让她上一次天也好。姑娘和飞机，一个柔情一个阳刚，这样美妙的结合会使老天加倍受感动。

后来丁琳提出要戴一戴飞行头盔，苏特把自己的递给她。戴了一会儿，体验了一下，她又把高水田的要去戴上。当头盔回到苏特手中的时候，他分明闻到了一股令他微醉的清香从头盔里飘出来。这是一种令他完全感到陌生的新鲜气息。

高水田肯定也闻到了，苏特想。他看到高水田把头盔捧在胸前，久久不动。

参观过飞机，丁琳意犹未尽，苏特和高水田又带她到了跑道上。又宽又长又平滑的跑道让丁琳兴奋不已。四面的群山宛若一只苍翠的大篮子，头顶上的蓝天犹如一顶巨大的帐篷，脚下的跑道就像一条无尽头的彩练，三个朝气蓬勃的年轻人说说笑笑沿着跑道走，他们的脚步声在一个很大的空间里回响。这样的感受丁琳以前从未经历过，苏特和高水田也没经历过。就这样，他们共同度过了一段极为短暂的时光。后来的事实证明，这次偶然的相遇足以改变他们的一生。

临别时，他们相互留下了地址。丁琳主动伸出柔嫩的小手，分别同苏特和高水田握了握。她兴奋地说：

"谢谢你们。今天我没有白来，我非常高兴，不但见到了真正能上天的飞机，而且认识了两个年轻有为的飞行员。"

"欢迎你再来。"苏特说。

"我们等着你。"高水田说。

"我会来的。"丁琳若有所思地说。

一个星期后，他们收到了丁琳的信。信虽然很短，却仍然给他们平淡的生活增添了一种难以言喻的乐趣。苏特捏着丁琳的来信，对高水田说：

"来而不往非礼也。水田，咱俩是不是给人家回封信？"

"当然要回。"高水田脱口道，"你代笔吧。"

打这之后，对他们来说，收阅丁琳的来信，再给丁琳回信，成了一项非常有趣的事情。每次回信都由苏特代笔。苏特写完后，高水田看一遍，然后二人分别署上名字再寄走。时间一久，高水田总感到两个男人共同给一个女人写信不是办法，但他嘴上并没有说出来。

这年年底，苏特回济南休假。临走前，高水田对他说：

"抽空去看看丁琳吧，见了她替我问好。"

苏特明显地怔了怔，然后挠着头皮说：

"去见她，好吗？"

"当然要见！"高水田不容置疑地说，"不然她知道了会怪你的。我要是有这种机会，肯定去找她。"

苏特走后，高水田有点儿六神无主，他总觉得牙根酸酸的。夜里躺在床上，有两个影子怎么也赶不走，一个是远在济南的女大学生丁琳，一个是远在老家的村姑玉兰，一个漂亮，一个朴实；一个机灵，一个憨厚。

271

几年来，高水田每年偶尔给玉兰写一封信，玉兰多少学了点文化，收到他的信后，便写一段歪歪扭扭的字寄给他。每年回黄河边上的故乡探家时，他都到玉兰家里坐坐。玉兰的父亲年纪大了，已经把村长的位置让给了别人。村里有热心人想给他们说媒，但又考虑到他成了大军官，玉兰仅仅是个村姑，他们不太般配，只得作罢。但玉兰一直没出嫁，这是明明白白的事实。谁知道她是怎么想的？

对于未来的生活，高水田怎么也理不出头绪。他告诫自己，唯一的办法就是什么也不想，一心一意钻研飞行技术。

二十天后，苏特回到了部队。他见到高水田时的第一句话是：

"丁琳向你问好。"

"丁琳好吗？"高水田试探着问。

"她很好。再过几个月她就要毕业了。她说她有时间还来我们机场。"

不久，高水田注意到了这样一个变化：丁琳再往机场写信时，收信人由原来的苏特、高水田收，变成了苏特一个人收。这使原本喜欢沉默的他变得更加沉默了。

一九七六年初春的一个傍晚，他们像往常一样散步来到机场。四周连绵的山峦在夕阳下像一个朦胧的背景，跑道上飘荡着氤氲的雾气。他们边走边聊，说着说着，话题转到丁琳身上。苏特突然说：

"我记得丁琳说过，她认为天底下只有两个男人最可爱，那就是——你和我。"

"是吗？"高水田未置可否地一笑。

"丁琳确实是个不错的女孩子。可惜这样的女孩子太少了。"苏特感慨地说。

"我们还算幸运，毕竟我们认识了她。尤其是你，和她生在同一个城市，再合适不过了，你还犹豫什么？该干啥就干啥吧！"高水田大胆提醒道。

苏特停顿片刻，满面歉意、吞吞吐吐地说：

"水田，丁琳又来信了……她在信里向我表达了那个……那个意思，我想征求一下你的意见……"

苏特早已察觉到高水田也很喜欢丁琳，但丁琳只能属于他们中的一个人，这是没有办法的事情。他自信地认为，他和丁琳谈恋爱更是顺理成章。在这种情况下，他只好向高水田表示他的歉疚之情。

高水田扬脸嘿嘿笑了起来，他十分真诚地说：

"你好像变了，看你犹豫不决的样子，不像过去的你了。小子，那是你的福气，赶快给她回信，向她挑明，再晚她可就被别人抢去了！"

"谁抢去就算谁的。"苏特笑着说。停了停，他问，"哎，好久没听到玉兰姑娘的消息了，她还好吗？在干什么？"

"她很好啊。她参加了村里的铁姑娘班，刚刚进行完农田水利基本建设，眼下正搞春耕春播。她一直惦记着我，你瞧，我脚底下的袜垫就是她缝的……关于玉兰，这些年来有两件事我一直没忘，一是有一年我饿着肚子去上学，路上实在走不动了，我觉得快要死了，这时玉兰从后面赶上来，不由分说，就把两个煮鸡蛋塞进我手里，我心里好温暖啊；二是我当兵时，别人都反对，只有玉兰支持我，我们俩的心是相通的……"高水田说着说着，不觉动了点儿感情。

"你和她，到底怎么办好？"苏特进一步问道。

"如果能娶她，我琢磨也是我的福气，农村姑娘朴实能干，知道疼人，占着这条也可以了。"

"水田，如果你想找个城里姑娘，我可以帮你在济南物色一个……"苏特边说边观察高水田的表情。

"算了吧。"高水田当即否定道，"我是从农村长大的，虽然我嘴上说逃离农村，但我发现，我是逃不掉的。一个人想丢掉自己的根，很难很难。你不会有这种体会，这就是咱俩最大的区别！"

他们往回走时，苏特抬头望着浩渺无限的天空，自言自语道：

"假如有一天我飞到一个特定的空域，在某个外星球的巨大引力下离开了地球，那我就再也见不到丁琳了。"

"又在神思妙想！"高水田用力捣了苏特一拳。

这场兄弟间的对话到这里结束。

这期间，部队的飞行训练任务逐渐加重了。有政治经验的飞行员们开始意识到，他们航空历程中的黄金时代正悄悄来临。

一天，大队长向苏特露了点儿口风，说眼下飞行员队伍青黄不接，上级准备提拔一批年轻飞行员充实基层领导岗位，希望苏特关键时刻再加把劲。大队长的意思很明显，飞行技术上佳的苏特有望成为提拔目标。

三月底的一天，部队组织飞行，飞靶场单机投弹课目。机务人员装弹完毕后，数十架战鹰按塔台命令依次起飞。苏特随大队长第一批次进入三百公里外的靶场。前面的大队长等人投弹完毕将飞机拉起，苏特一推驾驶杆，飞机对准地面目标箭一般俯冲下去。炸弹几乎丝毫不差地正中目标，但飞机离地的最小距离超过了飞行大纲上的规定，属于危险动作。当时，发动机巨大的尾流居然将地面的树木连根拔起，在靶场负责观测的人员见状吓得抱头逃跑！

苏特的胆子太大了。精益求精命中目标的想法是对的，但他竟然玩命做惊险动作。消息传到塔台，在塔台上指挥的团长当即拍了桌子。

苏特为这件事情付出了代价。半个月后，任命下来了，他被提拔为副中队长，以踏实稳重著称的高水田当上了中队长。同时被任命的几个新飞行员中，也有当中队长的，也有当副中队长的。

大队长对苏特说："你小子真是自讨苦吃，原本你是中队长的第一人选，就因为逞能，好事成了别人的。"

"没事，"苏特满不在乎地说，"我知道自己能吃几碗干饭，当上副中队长就不错了。我有时太毛糙，上面有人压着，反而更好。"

高水田一夜之间成了苏特的上级。高水田有点儿不好意思地对苏特说：

"给你当领导，我真怕当不好。我总感到你是有意把中队长位置让给我的，要不然，哪个人能争得过你？"

"水田水田，"苏特赶紧说，"你这是哪里话，我抢还抢不来呢，怎么会主动往外让？你把我当成大傻瓜啦！"

接着，苏特又正色道：

"你一向踏实、稳重、勤勉，像你这样的人，最适合当领导。你当领导，上面放心，下面拥护。所以，你就别谦虚了，往后好好带领老弟我干吧！我保证绝对服从你的指挥！"

他们不由得想起当年在飞行学院时，关于谁睡上铺谁当上级的那段对话。事实证明，一切全颠倒过来了。

一步赶不上，步步赶不上。打这以后，苏特一直是高水田的下级。

七月初，丁琳从山东医科大学毕业了，分到了市立医院当大夫。她又来过一次嘉宁机场，是以苏特未婚妻的身份出现的。但她没见到高水田，高水田回黄河边上的老家同玉兰姑娘订婚去了。

苏特和丁琳原定夏末秋初季节结婚。九月九日，毛泽东主席去世了，部队当即进入一级战备。一份加急电报发到济南，把正准备钻洞房的苏特召回了机场。他们的婚期被迫推迟到十月份。这中间一个多月的时间里，大伙悲痛之余，戏称苏特是"半个新郎官"。

"半个新郎官"苏特最终在十月底变成了"一个新郎官"。那时，济南的大街小巷里欢庆粉碎"四人帮"的锣鼓声仍在持续不断地响着，他和丁琳婚典的鞭炮声正好是一个补充。

　　年底，高水田也回老家和玉兰姑娘完了婚。

　　次年夏末，苏特的儿子苏明明呱呱坠地。几个月后，高水田的女儿高飞来到人间。娶妻生子的苏特和高水田生活上迈出了一大步，飞行事业上也迎来了崭新的天地。

第 八 章

1995 年 8 月 11 日　星期五　晴

上午，我收到了空军飞行学院的录取通知书，今天将成为一个永远值得纪念的日子。在母亲的支持鼓励下，在很多好心人的帮助下，我终于实现了自己的愿望。这可能是我平生最大的、最美好的愿望，从此以后，我将走进一个崭新的天地。此时已是深夜，我的激动之情仍然难以平静下来。

尹凡接到了北大的入学通知书，她也顺利地达到了目的，我为她高兴，并向她表示祝贺。

1995 年 8 月 21 日　星期一　晴转阴

下午，尹凡突然来找我。因为我有意不和她来往，她生我的气了。我觉得我们还是保持点儿距离为好，主要考虑到不想让她为我担惊受怕。我劝了她一会儿，又向她认了错，她才笑起来。

三点钟时，我们到大街上转悠，虽然没怎么说话，但我感到我们已经进行了一次很好的交流。傍晚，刮起了大风，她在风中的姿势像飞起来一样，一下子打动了我。尹凡其实是一个不平凡的人……

1995 年 8 月 25 日　星期五　晴

今晚是我在家度过的最后一个夜晚，明天就要去学院报到了。回过头去想一想半年来的招飞经历，真是心潮起伏，感慨万千。我觉得过去的一切事情，都将成为宝贵的财富。

晚上，在阳台上陪妈妈说了一会儿话。妈妈指着满天的星星说，祝愿你越飞越高。我想，无论飞多高飞多远，都脱离不了妈妈的怀抱，因为妈妈的怀抱比天空和大海还要广阔。妈妈劝我早点儿睡觉，说明天要坐火车。我怎么能睡得着？多么想多陪她一会儿！我这一走，家里就剩下她一个人了，她会感到孤独吗？

妈妈，再见！但愿再见到您的时候，我的翅膀已经硬了……

在炎热的夏季，高考似乎是最牵动人心的事情。

然而此时的苏明明，却是一个比较轻松的人。因为招飞报名时，文化条件要求考生参加当年全国高考，预计总分达三百五十分，物理、数学、英语各达五十分以上者，就差不多了。有经验的人都知道，这个条件不算高，高考总分三百五十分，这个成绩不仅离本科、专科录取线差一大截，连中专学校的录取线都达不到。

六月底，招飞办公室的刘元泉上尉来搞政审时，对明明解释说：

"实际录取时，高考分数线可能与三百五十分的预计分数有一点差别，因为实际录取分数线要根据当年的高考情况临时划定，可能比基本要求高，也可能低一点。但大体上不会差太多。明明，你放心参加高考吧。"

他用不着担心高考成绩。班主任刘老师预计他的考分起码不会低于五百分。这个成绩在所有体检合格的飞行员苗子中，绝对是上等成绩。

因此，高考对于明明来说，将成为一次轻松的游戏。在临近高考的日子里，当同学们没白没黑地刻苦用功时，他的轻松自在使很多同学羡慕不已。

明明不为自己担心，却为尹凡担心。尹凡的第一志愿报了北大数学系，这是个冒险的志愿，看尹凡的架势，只想成功，不能失败。她是豁出去了。

明明被安排到了实验中学的考场，尹凡的考场在本校。七月七日早晨，他特意早早离家，去尹凡的家门口等她。她父母陪她走出院门，他迎上去，先同尹凡爸妈打过招呼，然后悄声对尹凡说：

"以前你为我鼓劲，现在轮到我为你鼓劲了。希望有那么一天，当我驾驶飞机飞过北京上空时，能在北大的校园里看到你的影子。"

这是一句富有诗意的语言。尹凡也用诗一般的语言对他说：

"谢谢你，明明。希望有那么一天，当我在北大的校园里抬起头来时，能看到你驾驶飞机从北京的上空飞过。"

说完，他们会心地笑起来。尹凡的爸妈说："你们从小就是一对要好的朋友，现在长大了，我们做长辈的，最想看到的，就是你们都有出息。"

明明陪尹凡走了一段路，见时间快到了，骑上车子直奔实验中学考场。

三天考试下来，明明估算了一下考分，不会低于五百五十分。由于没有压力，他更好地发挥了水平，这下可以完全放心了。七月九日下午，他到街头公话亭打了个电话给尹凡，问她考得怎么样。尹凡在电话那头说：

"感觉还可以。但就是心里没底。"

接下来的日子，便是等待那张蔚蓝色的录取通知书了。等待是漫长的，但也是短暂的，因为他明白，此时离告别妈妈的日子不远了，他在家的时间进入了倒计时。

家里出现了前所未有的轻松自如的气氛，妈妈的脸上时常挂着盈盈的笑意，风风火火干这干那，在不大的房间里走来走去。有一天晚上，母子二人在阳台上乘凉，妈妈又同他谈起了爸爸，谈起了他们的初恋，以及婚后甜蜜的岁月。在讲这些的时候，妈妈的语调平静得令他感到意外，仿佛妈妈并非在讲自己，而是在讲述别人的事情。他想，妈妈可能已经从苦难的往事中走出来了，为此他感到由衷的高兴。

妈妈边用扇子替他扇风，边说：

"如果不出事，你爸爸肯定会成为一名将军。他具有别人很难具备的飞行天赋，他在天上的感觉那么好，连我这个根本不懂飞行的人都能感受到。在他有生之年，没能赶上一次战斗是很遗憾的事，不然，他百分之百能成为空中英雄，我就敢打这个包票。"

"我要是能赶上爸爸一半就满足了。"他这样说。

"听你这话，没劲。你应该想法超过他才对，长江后浪推前浪嘛。现在的飞机更先进了，飞行员更神气了。儿子神气，妈妈脸上不是更光彩吗？话又说回来，我现在也够神气够光彩了，咱一家子出了两个飞行员，全世界都没几个这样的。"

后来，妈妈扬起脸来，指着满天明亮的星斗说：

"看到了吗？那些星星里，有一颗就是你爸爸。他人虽然不在了，但他不会消失的，每到夜晚，一抬起头来我就能看到他。他也在看着咱娘俩呢……"

一种庄严、神圣的情感霎时就涌满了明明的心胸。他把头靠在妈妈肩上，感到了少有的幸福……

八月初，民政部门发来的最后一笔抚恤费送到了丁琳手上。明明满十八岁了，国家给予他的生活补贴到此为止。他对妈妈说：

"其实，我早就盼着停发的这一天，因为它说明我长大了。小孩子都盼望自己快快长大。"

又过了几天，一封来自嘉宁军用机场的信寄到了丁琳单位。是高水田写来的。高水田每年都给丁琳写几封信，每年寄一两次钱。高水田在信上说，他不久前当上了师长。他的妻子玉兰情况很好，仍在军人服务社上班。就是女儿高飞不太争气，她不好好学习，整天热衷于打扮；今年参加高考，考得一塌糊涂，上大学一点儿门也没有，实在不行，只好年底送她当兵去。信中又说：

"丁琳，我的母亲上个月过世了。现在，我的亲人里除了玉兰和高飞外，再就是你和明明了。过去你的身体一直不错的，现在还好吗？明明一定长高了，个头可能超过我了吧？他今年参加高考，我估计他的成绩错不了，他是个有出息的孩子，比高飞强十倍。如果明明考上大学，他的学费全部由我来承担。另外，家里有其他困难，一定告诉我。请你尽快回信，以免我挂念你们……"

妈妈把信拿给明明看。明明看过后说：

"高伯伯一直惦记着我，无论到什么时候，我都不能让他失望。"

他早就听妈妈说过，高伯伯是爸爸一生中最好的朋友，俩人好得就像一个人。爸爸出事后，妈妈带他到嘉宁机场料理完后事，是高伯伯专程送他们回济南的，当天夜里，高伯伯流着泪陪妈妈坐了一夜。后来，他又来过家里几次，每次待的时间都不长。他太忙，部队离不开他。印象中的高伯伯方脸阔嘴，浑身上下透着一股职业军人的豪气。虽然高伯伯的相貌对于明明来说，总体上是模糊的，然而，十年来，他无时无刻不感到高伯伯的存在。

"给你高伯伯回封信吧。"妈妈说，"以前都是我来写，这回你写，把你验上飞行员的事告诉他，他会为你感到骄傲的。"

等到提起笔来写信时，明明又犯了踌躇。他说：

"妈，我暂时不想把参加招飞的事告诉高伯伯。我想到航校后再告诉他，让他大吃一惊。"

"你呀，总想玩花样。他的消息灵通得很，你瞒不了他的。"停了停，妈妈又说，"也好，先别讲这事，就说你参加高考，分数还没出来，估计上一般大学没问题，让他别惦念。家里也没有任何困难，请他别再寄钱了。如今他当了师长，担子重了，只要把工作做好，比啥都强。"

一九九五年八月十一日，是明明终生难忘的日子。那天，在十八中的办公楼里，他从班主任刘老师手中接过了空军飞行学院的录取通知书。那张蔚蓝色通知书上的标号果然是 001 号。

室外夏日的阳光很强烈，室内的光线显得有点儿暗。尽管结局早在意料之中，他握着通知书的手仍然抖动得厉害。刘老师扶了扶眼镜，沙哑着嗓音说：

"明明，今天早晨我和老婆打了一架，心情不太好，你这张录取通知书是今天唯一让我高兴的事情。祝贺的话我就不说了，我要说的是，经我之手发出的几十张通知书里，你这张分量最重！"

"谢谢你，刘老师，你给了我很多帮助。祝你家庭幸福！"说完，明明深深地向刘老师鞠了一个躬。刘老师忙把他扶起来。

告别了刘老师，明明在校门口碰到了兴高采烈的尹凡。尹凡的手里拿着北大数学系的录取通知书，真是苍天不负苦心人，她的愿望最终也实现了。明明站在离她稍远一点的地方，抑制住强烈的心跳，尽量用平静的语调说：

"这下好了，将来有一天，我驾驶飞机飞越北京上空时，就能够在北大校园里看到你的影子了。"

"你这话好动听。反过来说不也一样吗？"尹凡扑哧一声笑了，"将来有一天，我在北大校园里抬起头来，就能够看到你驾驶飞机飞越北京上空了。"

就在这个瞬间，明明突然意识到，他与北大女学生尹凡之间应该有一段距离，一段也许平生都难以逾越的距离！

这时，于小伟从一个阴影里钻出来。他的考分连中专录取线都没达到。他看了一眼明明，想掉头走开。明明叫住了他。

"如果上委培，至少要交七千块钱，我家拿不出来。看来我只好到自由市场摆摊卖东西了。"于小伟面色阴郁地说。

"有不少这样的例子，"明明对他说，"考上学的不如没考上的混得好，说不定将来你成了大款呢。小伟，请你不要气馁。"

回到家里，明明看到妈妈做了一桌子菜，杯子里也斟满了酒。他故意拉下脸来，装出难过的样子说：

"妈，我没接到录取通知书。"

"滚一边去！"妈妈嗔怪道，"你还想骗我，刚才我从窗户里看见你得意扬扬往家走，要是没接到通知书，你早跑到没人的地方哭鼻子去啦！快拿来我瞅瞅。"

明明笑吟吟地把通知书递过去，妈妈抚摸着蔚蓝色的通知书，翻过来正过去看个没完。他担心妈妈又要动感情，忙岔开话题，说：

"妈，你不是说过，等我考上学，咱们到饭店里吃一顿吗？"

"看你馋的，我没说不去呀。"

"不去也好，"明明又改口道，"哪儿的菜也没有妈你做的香。离报到时间还剩下十来天，我想多尝尝你的手艺。"

"那好，只要愿吃，我就给你做，把你喂成一只小肥猪。不过，超了体重，航校把你退回来，别怪我。"

母子二人说说笑笑，很快把酒菜扫荡一空。

饭罢，妈妈进卧室休息，明明走进自己的房间。他感到内心仍然难

283

以平静。后来，他突然想起一件事情，赶忙推开窗子，然后费力地从床下拖出那个久违的木箱——那是他八岁那年的杰作，箱子上面布满了灰尘。

他打开木箱，一股尘封已久的气息扑面而来。里面整整齐齐排列着当年爸爸送给他的礼物，一共十二件。他一件一件地取出，再把它们整整齐齐地摆在床上，然后静静地望着它们出神。当一阵热辣辣的风吹来的时候，他仿佛隐隐听到小飞机们发出了隆隆的轰鸣，并且闻到了刺鼻的汽油味儿……迷蒙中，他看到它们动了起来，一架接一架，依次在床上滑行，然后昂首飞起来，穿过窗子，乘风飞去，越飞越高，霎时便布满了整个天空……

许久之后，他收回目光，感到脸上凉凉的，是泪水。

自从取通知书那天在校门口辞别尹凡后，明明一直没与她联系。他觉得有意冷却一下他们之间的关系可能更好。他已打定主意，临走前不去向她道别。

这一点甚至连妈妈都察觉到了。一天，妈妈试探着问道：

"怎么不见你去找尹凡？按说你们都心满意足了，现在是最轻松的时候，而且过不了几天就要各奔东西了，你们应该多来往一下才对呀。"

"人家成了名牌大学的学生，咱还是离远点儿好。"他托词说。其实他心里想的是，搞飞行毕竟是一项比较危险的职业，爸爸的事就是现成的例子，他不想将那个阴影罩在尹凡头上。

尽管他没说出真正的原因，妈妈还是意识到了。妈妈思忖片刻，说：

"有意离远点儿也好，你们终归还没长大，很多事情需要慢慢考虑。"

妈妈提前一个星期就为他准备好了行装。八月十九日那天，是礼拜六，妈妈在家休息。半晌午时，妈妈突然对他说：

284

"今天闲着没事，咱娘俩出去转转。"

"去哪儿？"

"到金牛公园玩玩好不好？你长这么大，妈很少带你逛公园，这回补补课。"

他们是打"面的"去的。买票进公园后，看到里面人很多，乱哄哄的。先看了几种动物，总觉得那是小孩子们喜欢的，大人可看可不看。路过游乐场时，妈妈说：

"明明，你长这么大，妈觉得只有一件事情对不住你。你还记得是哪件事吗？"

他当然记得，这些年来，每次路过金牛公园门口，他首先会想起那年因为坐小飞机挨妈妈一巴掌的事。于是他说：

"我记得，但我从不认为那是妈妈对不住我。相反，我觉得那一巴掌挨得值，它使我更懂事了。"

"你呀！"妈妈笑着点了他一指头，"人常说女大十八变，我看男大也是十八变，你的嘴巴越来越会说了。这样吧，今天妈妈特别准许你痛痛快快坐一坐小飞机，先体验一下上天的滋味。"

"妈你到底开恩了。那我就恭敬不如从命啦！"

"这话不准确。你去开大飞机我都同意了，何况是小飞机！"

旋转升降的游乐飞机场地边上围了不少人，排队买票时，明明说：

"妈，你也坐坐吧。"

"我不敢坐，头晕。"妈妈指了指脑袋。

他在妈妈的注视下跨进小飞机里，在狭小的座位上坐好。铃声响过，粗大的支架带动起小飞机和里面的人，旋转、升降，他感到耳边呼呼生风，血液在血管里急剧冲撞，阳光下的整个世界似乎都跟着旋转升降。每当转到妈妈身边时，他都举起双手，拼命地朝她舞动。妈妈的目光追随着他，脸上露出痴迷的神情……

这一美妙的瞬间征服了他，他将永远铭记。

以后的几天里，虽然他努力不去想尹凡，然而她的影子却不时在眼前出现。他提醒自己，一定要克制住。他想，这对他们两个人都有好处。

他不去找尹凡，尹凡却在一天下午来找他了。妈妈还在上班，家里就他一个人。尹凡进门后，他注意到，她穿着一身天蓝色的真丝连衫裙，脚蹬白色皮凉鞋；浓密的长发披散在脑后，更显出少女蓬勃逼人的青春气息。但她此时一脸不快，目光幽怨。他假装没看见，淡着脸到厨房里切了个西瓜，放进茶盘，摆在尹凡面前，小声劝她吃。然而尹凡连看也不看，赌气不理他。若在平时，根本不用劝，她想吃就吃，想喝就喝，随便得很。

显然，对于他的冷淡做法，聪明的尹凡早已感觉到了。

两个人都愣在那里，气氛沉闷、压抑。

终究是尹凡没沉住气，她幽幽地开口道：

"明明，我哪个地方惹你不高兴了？"

"没有，没有啊。"他低下头说。

"那你为什么不去看我？咱班考上学的同学除了你，都去看过我。我原以为，你会是第一个去看我的人……"尹凡目光灼灼，逼视着他。

"我……我太忙，没抽出空来。"他狡辩道。

"我没想到，你也学会撒谎了……"

话没说完，尹凡先自流出泪来。她不容分说，站起来就往外走。明明这才意识到自己确有做过头的地方——不为别的，就为过去纯洁的友谊，在即将分别的时刻，也应该去看看她。是不是他想得太多了？把自己和她的事情想到了那一层关系上？真是愚蠢可笑极了……想到这里，他恢复了过去的心境，跳起来追上尹凡，一把把她拉回到座位上。

"好啦好啦，"他讨好地一笑，"都怪我不够意思还不行吗？我向你认错，尹凡小姐，请多多批评！"

尹凡破涕为笑。他顺手摸起一块西瓜递给她，自己也拿起一块大口啃起来，弄得满脸瓜汁，也顾不上擦，边啃边说：

"我向你保证，你报到那天，我亲自去车站送行。"

"得了吧，你报到的时间比我早，去送行的将是我。"

看看时间尚早，他们决定到外面散散步。出了门，他们不紧不慢地走，起初偶尔说两句话，后来索性什么都不说了，只是走，一副宁静悠远的神态。在这个行走的过程中，明明不觉想起了十几年前他同爸爸的一次散步……

那年春天的一个早晨，妈妈上班去了，回来探亲的爸爸掀起被窝，拍打着他的屁股说："今天不睡懒觉了，咱爷俩出去转悠转悠。"胡乱吃了点儿东西，他牵着爸爸的手走出家门。春天的一切都是新鲜的，春天的空气爽朗而湿润，爸爸的大手宽厚而温暖。他觉得自己已经长大了，没有了前些年见到爸爸时的那种陌生的距离感。抬头看，爸爸高大的身躯是他未来的目标，令他无限神往。他真切地闻到了爸爸黑褐色的飞行皮夹克上散发出来的浓郁的气息，也许还有爸爸身上的粗重的男人气味。在这些气味的包围之中，他感到自己快要进入梦乡了。有一刻，他甚至想到爸爸这个与天空打了十几年交道的人，大概周身都缠满了透明的云彩，现在，他就依托在那些梦幻般的云彩上，飘飘欲仙，越升越高……父子二人不紧不慢地走，他们不坐汽车，不逛商店，不进公园，只是往前走。后来，他们听到了飞机飞行的隆隆声。在济南西郊，有一个军用飞机场，本市的人都叫它西郊机场，飞机声就是从那儿传来的。接近机场时，正好有两架飞机排山倒海一般从他们面前飞过。爸爸说："这叫双机编队。"他说："看着真过瘾。"爸爸嘴角一抖，评价说："队形保持得不好，这臭技术，差远啦。"他撇撇嘴道："爸爸你在吹牛吧？"爸爸的眼睛瞪得溜圆："吹牛？下次你再去嘉宁机场，好好看看

287

爸爸是怎么飞的，爸爸闭上眼睛也比他们飞得好。"他扮了个鬼脸说："又吹。"爸爸笑骂道："小兔崽子，竟然信不过你爹……"

和爸爸一块儿散步的日子成了遥远的往事。现在，走在他身边的，是漂亮的姑娘尹凡。不知不觉，他们走上了堤口路。他突然意识到，这次他和尹凡行走的路线，正是十几年前他和爸爸走过的。沿着堤口路一直往西，就是西郊军用机场。

八月的济南，正是燠热的季节。他和尹凡身上虽然汗津津的，但二人都没有停下的意思。他们在用默默行走的方式，来完成彼此间的交流和感受……

这天下午，他们没有去西郊机场，毕竟天热路远，而且在此之前也没有那个打算。傍黑时分，他们折回到天桥上。不知什么时候刮起了大风，是那种强劲的西南风。大风刮得他们趔趔趄趄，东倒西歪。大风掀起了尹凡天蓝色的连衣裙，扬起了她浓密乌黑的长发……

一个美丽的景象进入明明的眼睛里——当强劲的风吹来时，他看到尹凡简直像飞起来一样。这个发现令他震撼不已。他激动地说：

"尹凡，你简直像飞起来一样！"

"你也是！"尹凡高声回答。

这个瞬间，两个要飞起来的人都不由自主地握住了对方的手。他们手拉手迎风前行。走到大观园时，风似乎一下子小多了，但他们握在一起的手并没有松开。

截至一九七八年秋天，苏特、高水田等八人相继完成了昼间简单气象、昼间复杂气象、夜间简单气象、夜间复杂气象四种气象条件下的所有课目，成为全师第一批全天候飞行员。

作为一名战斗机飞行员，全天候是最高的境界。

从下半年开始，报纸上、收音机里、全团唯一的那台十四英寸黑白电视机里，都连篇累牍地报道了越军在广西、云南边境一带肆意挑衅、开枪开炮、屠杀中国边防军民的种种恶行。南疆的烽火硝烟成了那段时间压倒一切的话题。机敏异常的苏特从中嗅到了战争的气味，他对高水田说：

"这下子可让我们碰上了，加紧训练吧。我们总以为要和美国人打，和苏联人打，没想到越南人从地底下冒出来了。先和他们打打也好，试试咱的刀子磨得怎么样了。"

"如果真打起来，你说咱们师会不会拉上去？"

"肯定会。咱们师是抗美援朝时期的王牌部队，咱们不上谁上？"

一九七九年元旦前后，一个没有月亮的夜晚，嘉宁军用机场的数十架战斗机腾空而起，以每小时一千三百公里的速度，在一万米的高空，做跨越半个中国的飞行。途中在武汉机场加油，作短暂停留后，直飞云南某机场。为了保密起见，整个转场过程全在夜间进行。

苏特和高水田驾驶的飞机属第一批次。机翼下，庆祝元旦的鞭炮声零星响起，他们无法听到。但翼下数不清的大小城市闪现的万家灯火，他们却看得清清楚楚。在那九天之上，远离人间烟火的地方，于震耳欲聋的呼啸声中，他们都真切地感受到了直冲云霄的豪迈之情。

一九七九年二月十九日，战斗打响，地面部队进入越南境内。却因为这是一场规模有限的战争，空军部队服从大局，并没有主动出击。上级只是命令他们随时准备战斗，如果越军飞机敢于动武，那就坚决还击，争取将越南空军彻底打垮。

那些日子里，各空军部队每天除派出飞机沿国境线巡航、侦察外，其余的一直处于待命状态，飞行员们大部分时间都待在座舱里，一有情况马上起飞迎敌。

数十年不遇的空中大战一触即发之际，越南空军却装熊了，越机不仅不敢前来挑衅，甚至连平常的起飞都不见了，一连数日，边境线上的几十部对空雷达屏幕上一片空白，没发现任何空中目标。

直到那场规模有限的战争结束时，我方的战斗机飞行员虽不间断地驾机起飞，却仍未见到越南飞机的影子。

稍稍让苏特感到欣慰的是，地面部队打得热火朝天之时，他和高水田曾有过一次短暂的，然而又是非常雄壮的体验。

那天，轮到他和高水田战备值班。他们随着塔台指挥员的命令，利利索索地驾驶歼6飞机升空，沿国境线巡航。高水田是长机，飞在前面，苏特是僚机，紧随其后。突然，在国境线的那一面，两架越机出现在视野里。那是两架性能优良的苏制米格23战斗机，它们各自翼下的四个导弹发射架闪着刺眼的红光。米格23的各项性能都远远超过了苏特和高水田驾驶的歼6飞机。苏特只看了一眼对方的双机编队，心里就有数了，越南的很多飞行员都是在中国受训的，他们的技术一般化，虽然飞机先进，但技术的粗糙抵消了武器的威力。苏特觉得他和高水田有百分之九十的把握击落他们，而自己不损伤一根毫毛。

那两个家伙可能吃了豹子胆，见了中国飞机不但不逃走，反而挑衅性地忽高忽低地飞行，把苏特和高水田气得嗓子眼儿冒烟。苏特手摁发话按钮，急不可待地向高水田请示：

"洞腰（高水田的代号为01），怎么办？是不是迎上去？"

"洞两（苏特的代号为02），请注意观察。我马上将情况报告塔台。"

高水田将情况报告地面后，正在塔台负责指挥的团长命令：

"洞腰洞两，请继续沿航线前进，接近敌机。但要冷静处置，对方不开火，你们一定不要先开火，这是纪律；如果敌机开火，那就坚决干掉他！"

他们的耳机里同时传来了团长的命令。二人说一声"明白"，话音未落，油门已推了上去。两架歼6飞机拨正方向，快速迎向敌机。由于是临战状态，苏特没有与长机高水田保持双机队形，他抢先一步逼近敌机。

四架战斗机沿着各自的国境线向前飞行，他们跃升、俯冲、转弯，动作令人眼花缭乱。有好几次，苏特的瞄准具光环准确地套住了敌机，只要他右手拇指一按发射按钮，一串炮弹就会飞出炮膛，两枚火箭就会直奔敌机，先进的米格23飞机将在剧烈的爆炸声中变成一团耀眼的火球和零乱的碎片，葬身长空，掉落大地。但是，他不能按，他只能一次一次地瞄准敌机，一次一次地在脑子里做发射炮弹和火箭的各种想象。想象的碎片充满了大脑，他感到美妙非凡……

在这个短暂的时间里，苏特盼望敌机先开火，哪怕他们打出一发炮弹，哪怕他的座机被导弹击中，只要他的飞机在两分钟内不失控，那么，他就会像下山的饿虎一样，将机上的所有炮弹和火箭打出去，把那两架敌机打下天空！

然而，两架敌机一直没敢开火，甚至苏特有意撩拨他们，大胆地飞越国境线，进入越方空域后，敌机仍是没有开火。

不远不近地纠缠了一阵，两架敌机开始拼命爬高，苏特随即和高水田用最短的时间把飞机竖起来，在机身发出一阵他们从来没有尝试过的急剧抖动之后，对方已被压在下面了。这时，那两个家伙又改变方向，突然机头朝下下降高度。苏特忍不住喊道：

"他妈的！"

高水田也跟着喊道：

"他妈的！"

几乎就在对方俯冲下降的同时，苏特和高水田也把驾驶杆推到极限，紧跟着垂直俯冲。苏特感觉到，血液爆炸般地在全身冲撞，似乎要冲出血管，喷射到座舱外面去，斑斑点点融进朵朵白云。翼下是波浪般蜿蜒起伏的国境线，那蓝莹莹的颜色真和天空一样，几乎分辨不出来。

离地面越来越近了，近得似乎一伸手就能摸到，他和高水田终于又把敌机甩在了身后。

结果是，越军的两架米格23先于他们拨转机头狼狈离去。

返航后刚出座舱，在塔台上指挥的团长就绷着脸走过来。团长说："干得不错。只是那两声他妈的……太他妈的啦！"

说完，团长倒背着手走回塔台。

苏特和高水田对视一下，恍然大悟。刚才空中那两声"他妈的"已通过电波传向四面八方，传到了团长的耳朵里并被留在了塔台的录音设备上。也许越南人也接收到了，美国和苏联的侦察卫星更是什么也落不下，五角大楼和克里姆林宫或许会派专家研究一下它的含义呢。简直绝啦！

苏特冲高水田挤了挤眼睛，说：

"他妈的！"

高水田冲苏特咧了咧嘴，说：

"他妈的！"

从南疆返回嘉宁机场后，上级给苏特和高水田各记三等功一次。不久，提升命令也下来了，高水田晋升为副大队长，苏特补高水田的缺，担任中队长。

"我们并没打上仗，却是又立功，又升官，真真受之有愧呀！"苏特翻来覆去摆弄着军功章说。

"没打上仗，是挺遗憾。不过，平时长期不打仗，不也有人在升官、立功吗？有什么好奇怪的。"高水田开导他说。

时光在飞快地流逝……

一九八一年秋天，苏特所在的部队参加了著名的华北大演习，据说这是中华人民共和国成立以来规模最大的一次三军联合演习。演习中，苏特、高水田等上百名飞行员扮成"红军"，在北方沙漠上空与入侵的

"蓝军"近百架战斗机进行了一场"激战"，大获全胜。演习结束前，他们又编队飞越检阅台上空，接受检阅。演习结束后，苏特被任命为副大队长，高水田水涨船高，担任大队长。

一九八三年春天，嘉宁军用机场挑选了二十名优秀飞行员，驾机做飞越大半个中国的长途"拉练"。苏特驾机随大部队先飞往东北，再转飞华北，接着直飞江南，绕飞华东，然后回到原驻地。这是一次令人心旌摇动的飞行，他们用小小的机翼丈量了祖国的大半个天空，感到非常幸福和自豪。

一九八四年十月一日，中华人民共和国成立三十五周年国庆之际，在北京天安门广场举行了盛大的阅兵式，陆海空三军步兵方队和各种坦克、战车、战略导弹部队经过天安门广场之后，北京的天空中传来了隆隆的飞机引擎声，天安门城楼上的党和国家领导人以及部分外国政府要人，天安门广场上的上百万普通人都不约而同地抬起头来，这时，数十架各种类型的战机编队飞过人群上空，很多人发出了欢呼声。那些掠空而过的机群里，就有一架是苏特驾驶的，他紧紧盯住前面的高水田，拿出平生练就的技艺，使自己与他保持最恰当、最严格的飞行距离。为了这次检阅，他们都苦练了整整三个月。完成任务飞返驻地后，苏特荣立二等功一次。这年年底，苏特升任大队长，高水田则担任了副团长。

时光进入一九八五年春天之后，主要飞海上拦截课目。

苏特失事之前，没有任何预兆。

那天，天气不错，草地上的露珠儿又大又亮，太阳早早地钻出了地平线，把东方的天际涂抹得一片艳丽。也没有风，是个理想的飞行天气。

飞行计划早在一天前就制订出来了，挂在团部值班室的墙上，叫人看了一目了然。别人的任务都是四个起落，只给苏特安排了两个起落，团长同他打过招呼，说他是老飞行员了，课目完成得差不多了，让他发扬发扬风格，少飞一点，腾出飞机让年轻飞行员多飞一点。

他同意了。

预计七点钟进场，八点准时开飞。他们乘大客车赶到机场的时候，太阳已经越过了东边的山梁，正好处在跑道的延长线上，抬眼望去，熔金一般光彩夺目，如一个巨大的诱惑，令人神往。

二十多架飞机整整齐齐排列在起飞线上，虎视眈眈地仰望着天空。穿深蓝色工作服的机务人员跑来跑去，正在紧张地进行起飞前的准备工作。钻进座舱前，苏特又向大队里的几个新飞行员讲了讲动作要领和要求。他已经习惯了，自从担任中队长后，每次飞行前，他都要叮嘱一下部下；担任大队长后，他的担子更重了。

八点整，塔台上方升起三颗绿色信号弹。当天的指挥员、副团长高水田命令按原计划起飞。飞第一编队的苏特和他的僚机飞行员同时开动，引擎声顿时笼罩了整个机场，震耳欲聋。两架飞机随即对正跑道，加大油门朝东方起飞，某一瞬间，竟将太阳遮住了。

苏特作为带队长机，顺利地飞完了两个起落。按说这时候他可以坐车离开机场回宿舍休息了，但他对大队里的几个新飞行员不放心，他想看看他们的起飞和降落动作，因此没有马上回去，而是来到高高的塔台上。

恰在这时，007 号飞机的飞行员身体不适，报告了塔台。副团长高水田同团长一商量，决定取消 007 号飞机后面的飞行计划。苏特摆摆手说：

"别别，别取消，我来上。几个小家伙动作完成得还是不理想，正好我再带带他们。"

团长和高水田都同意了。

临登上 007 号飞机前，苏特还同机械师说，当年在航校他第一次飞行，飞的就是 007 号飞机，他对 007 号情有独钟。

007 号率先冲上跑道，然后加速。紧跟着上的是几个年轻飞行员。他们排山倒海一般脱离地面，升入高空，朝东面的大海飞去。

这一去，苏特再也没能回来。十分钟后，大海上空的那团火球一瞬间照亮了整个的天空……

噩耗通过耳机传来，端坐在塔台上的高水田看到，天暗了，地暗了，时间停滞了，什么都没有了，只剩下一道又一道的流星，在他面前长久地闪耀。

尾　声

1995 年 8 月 26 日晚。**济南新客站**。

再过一个小时，苏明明就要离开生活了十八年之久的泉城济南，离开他亲爱的妈妈丁琳，沿着他爸爸苏特当年行走的路线，到长春空军飞行学院去报到。

正赶上夏季乘车高峰，候车大厅里人流如潮。

来给苏明明送行的，除了他妈妈丁琳和女同学尹凡外，还有班主任刘老师，以及于小伟、周超等十几个同学。看看时间尚早，他们没有到指定的地点候车，而是站在候车大厅的门口，互相说着告别的话。苏明明众星捧月一般被围在中间，像个白马王子。

同苏明明一同去空军飞行学院报到的，还有山东省实验中学的马保军、十四中的林伟平。他们两天前约好了一块儿走，路上好有个照应。今年全济南市上百名报名参加招飞的考生中，只有他们三人被录取。马保军和林伟平身边也是围了一大堆前来送行的人。

正准备向检票厅挪动时，一名健壮的中年男子，手里牵着一个留短发的少女大步流星顺自动扶梯跑上来。苏明明最先看到了这两个人，他觉得那位中年男子很面熟。这时，他的妈妈丁琳也看到了来人，她快步迎上去，握住对方的手说：

"水田，你怎么来了？"

苏明明猛地想起来，他就是高水田高伯伯。跟高伯伯一块来的，一定是他的女儿高飞了。得知最亲爱的战友苏特的儿子明明考上飞行学院后，航空兵某师师长高水田带上女儿高飞，中午从嘉宁军用机场出发，驱车三百多公里急如星火般赶到了丁琳家，邻居说娘俩去火车站了，他们又马不停蹄赶到车站。

高水田顾不上回答丁琳的话，他的目光急切地在人群中搜索，最后停留在苏明明脸上。苏明明微笑着走过去，两个男人的手紧紧握在了一起，两个男人的鼻子都感到酸楚。

"好小子，还想给我打埋伏，差一点儿我们就见不上你！"高水田抽出手来，抹了把脑门上的汗，用洪亮的嗓门说。高水田反反复复打量苏明明，疼爱的目光一直没离开他，仿佛看不够似的。

苏明明只是激动地微笑，不说话。高水田又叫过女儿高飞，对她说：

"姑娘，快来认识一下丁阿姨和明明哥。你老爸虽然当了师长，但他们比你爸伟大！"

"其实我早就认识丁阿姨和明明哥了，"高飞说，她趋前两步，一手牵起丁琳，一手抓住苏明明，"这些年你不知讲过他们多少遍了。不过，丁阿姨比我想象的还要漂亮，明明哥比我想象的还要帅气。"

大家都笑了。

二十分钟后，火车开动了。苏明明伏在车窗上，使劲朝众人招手。他的目光依次掠过他的妈妈、尹凡、高水田、高飞、刘老师、于小伟等人的面容。后来他的眼睛模糊了，眼眶里噙满了泪。

回到座位上后，即将成为战友的马保军对他说：

"苏明明，连师长都来给你送行，你简直成了将军！"

"是呀，我们俩真羡慕你。"林伟平也说。

漆黑的夜晚，火车在华北大地上奔驰，车厢里的人大都靠在椅背上睡着了，苏明明毫无睡意，他浮想联翩，心潮难平，过去的日子像江河之水那样从他的脑子里汹涌流过。而未来等待他的，将是什么呢？

　　到了后半夜，倦意袭来，他迷迷糊糊睡着了。睡梦中的景象是，一架银白色的战鹰停在起飞线上，他身着崭新的飞行服，头戴乳白色的飞行头盔，健步跨进座舱。随着一阵天摇地动的呼啸声，他驾驶战鹰飞上了蓝天。蓝天如一个无边的怀抱，拥抱着他；太阳挂在头顶，金光闪闪；朵朵白云划过机翼，妙不可言……他飞过原野和山川、城市和乡村、河流和大海，而所有的一切，都在阳光下。阳光下的故乡，像一个永恒的召唤……

　　不知什么时候，马保军和林伟平摇醒了他。他们说：

　　"苏明明，天亮了，山海关到了，快看长城！"

　　"长城到了吗？"他猛地站起来，揉着眼睛说。

　　　　　　　　　　1995 年 12 月 13 日完稿于济南七里山

图书在版编目（CIP）数据

像纸片一样飞·阳光下的故乡 / 陶纯著. —— 北京：
中国文史出版社，2019.1
（中国专业作家小说典藏文库·陶纯卷）
ISBN 978 - 7 - 5205 - 0525 - 3

Ⅰ. ①像… Ⅱ. ①陶… Ⅲ. ①小说集 – 中国 – 当代
Ⅳ. ①I247

中国版本图书馆 CIP 数据核字（2018）第 206107 号

责任编辑：牟国煜　薛未未

出版发行　**中国文史出版社**

社　　址：北京市海淀区西八里庄 69 号院　邮编：100142
电　　话：010 - 81136606　81136602　81136603（发行部）
传　　真：010 - 81136655
印　　装：廊坊市海涛印刷有限公司
经　　销：全国新华书店
开　　本：720×1020　1/16
印　　张：19.5　　　字数：258 千字
版　　次：2019 年 1 月第 1 版
印　　次：2019 年 1 月第 1 次印刷
定　　价：66.00 元